FANTASTICA

Cheon Seon-ran

LE GUARDIANE DELLA NOTTE

Traduzione di Giulia Macrì

MONDADORI

Questo libro è un'opera di fantasia. Personaggi e luoghi citati sono invenzioni dell'autore e hanno lo scopo di conferire veridicità alla narrazione. Qualsiasi analogia con fatti, luoghi e persone, vive o scomparse, è assolutamente casuale.

mondadori.it

ISBN 978-88-04-78975-8

Titolo dell'opera originale
밤에 찾아오는 구원자
I edizione settembre 2024

LE GUARDIANE DELLA NOTTE

Chi vive più a lungo è destinato a soffrire.

Suyeon

«È stato un vampiro.»

L'unico modo per dare un senso alle assurdità che questa donna stava blaterando era tornare indietro nel tempo.

*

Suyeon parcheggiò vicino al marciapiede. Scese dall'auto lasciandosi alle spalle Chantae, che stava rovistando nel vano portaoggetti alla ricerca di un sacchetto di plastica. Un agente di polizia la salutò da lontano. Si fece strada attraverso i pochi presenti e si avvicinò al cadavere coperto da un lenzuolo bianco.

«La vittima aveva settantaquattro anni. Un'infermiera ha trovato il corpo all'inizio del suo turno.»

«Si è lanciato?»

«Sì, detective, dal sesto piano. Era un paziente dell'ospedale.»

«Ha lasciato una lettera?»

«Sì, ne abbiamo trovata una anche questa volta.»

L'agente le porse il foglio: poche righe di addio che la vittima aveva scritto alla famiglia.

«Sembra che tutti muoiano dalla voglia di vedere questa "valle fiorita"» scherzò l'agente.

Gli occhi di Suyeon si soffermarono sulla lettera, dove lesse quelle parole. Pochi giorni prima, proprio in quell'ospedale, si era verificato un altro suicidio e anche in quel caso avevano trovato un biglietto che menzionava una "valle fiorita". Suyeon scattò con il suo telefono una foto al foglio prima di riconsegnarlo all'agente. Si inginocchiò, inforcò gli occhiali e sollevò il lenzuolo. Un viso sfregiato giaceva sull'asfalto. Sul cadavere, esangue e rigido, i peli erano ritti come aghi. Mentre Suyeon controllava il corpo, si accorse che una mano era stretta in un pugno. Con un fazzoletto, sciolse le dita dell'uomo dalla presa e trovò un pezzo di carta arancione stropicciato: sembrava un origami, ma era impossibile capire che forma avesse avuto originariamente.

«Quella è stata aggiustata?» Suyeon indicò la telecamera di sorveglianza sul palo del telefono.

L'agente scosse la testa. La maggior parte delle telecamere nel vicinato era finta, e le poche vere non funzionavano. L'ospedale ne aveva installata una su ogni piano, ma, essendo tutte puntate sugli ascensori e le scale d'emergenza, non registravano cosa succedeva nell'atrio. Suyeon guardò in alto, verso il sesto piano. Dietro a una delle finestre scorse una silhouette, che sparì non appena si accorse che la stava guardando.

Chantae superò il nastro della polizia con un sacchetto di plastica agganciato alle orecchie a mo' di mascherina. Suyeon si alzò, facendogli segno di allontanarsi.

«Non c'è nulla da vedere.»

«Un altro?»

«Già, un altro.»

Chantae strizzò gli occhi contro il sole e rimosse il sacchetto dal viso prima di allontanarsi. Suyeon, invece, rimase dov'era. Anche se era solo "un altro". Anche se, come aveva detto lei stessa, non c'era nulla da vedere.

Un'improvvisa agitazione scosse la scena del crimine. Suyeon, riconoscendo una voce familiare, spostò la sua attenzione verso l'origine del rumore, e vide due agenti trattenere una signora anziana che tentava di intrufolarsi oltre il nastro della polizia: Nonna Eunshim. Indossava il camice dell'ospedale, con intorno al collo l'asciugamano che le aveva regalato Suyeon. Nonna Eunshim puntò il dito verso di lei, stringendo nell'altra mano un bricco di yogurt da bere da cui spuntava una cannuccia bianca.

«Sono sua nonna!» urlò. Suyeon le andò incontro con un sorriso. Gli agenti la lasciarono andare e lei l'accompagnò lontano dalla folla di spettatori ficcanaso.

Non si era aspettata di vedere Nonna Eunshim così presto, ma evidentemente aveva sottovalutato quanto mattinieri fossero gli anziani. Suyeon si piegò leggermente per guardarla negli occhi: Nonna Eunshim le accarezzò il viso con le piccole mani morbide. La cannuccia e il coperchio dello yogurt le graffiarono la guancia, ma Suyeon non se ne accorse e le sorrise di nuovo.

«Hai il viso ancora più incavato. Perché non hai chiamato prima di venire?» chiese Nonna Eunshim.

A causa dei vuoti di memoria, si dimenticava che Suyeon era la detective che indagava sugli incidenti avvenuti nell'ospedale dov'era ricoverata, e ogni tanto la scambiava per il dottore o per uno dei corrieri che le portavano la posta.

«Non sono venuta per vedere te, nonna.»

«E allora perché sei qui? È successo qualcosa?»

«Niente di cui devi preoccuparti. Perché sei sveglia così presto?»

«Eungyeong Unni... L'ho sognata. Non capivo perché, poi mi sono ricordata che oggi è il suo compleanno. Stavo andando al mercato, vorrei almeno prendere le alghe per prepararle la *miyeokguk*.»

Nonna Eunshim pensava che Eungyeong fosse più grande di lei, e per questo la chiamava "unni". Le ricordava la ragazza del quartiere che l'aveva accudita come una sorella quando era bambina. Aveva spesso enfatizzato come Eungyeong le somigliasse, fino a quando aveva cominciato a credere che fossero la stessa persona. Quando Suyeon aveva provato a correggerla, Eungyeong l'aveva fermata. Anzi, aveva dato corda a Nonna Eunshim aggiungendo che anche i loro nomi erano simili, come quelli di due sorelle.

«Vieni per cena se non sei troppo impegnata. Eungyeong Unni si preoccupa sempre per te, ma ultimamente non ti fai mai vedere.»

Suyeon annuì più volte, e solo allora Nonna Eunshim le mise lo yogurt in mano.

«E curati di più! Se no rimarrai zitella!»

Suyeon stava quasi per ribattere che il matrimonio era l'ultima cosa a cui pensava, ma avrebbe solo fatto arrabbiare Nonna Eunshim e si sarebbe dovuta sorbire una ramanzina. Optò per un sorriso e, senza dire una parola, infilò lo yogurt in tasca. Raddrizzò la schiena e annunciò che doveva andare, incoraggiando Nonna Eunshim a rientrare. Lei si limitò a biascicare un «Okay» indugiando di fronte all'entrata. Suyeon si rese conto che sarebbe rimasta piantata lì finché non l'avesse persa di vista, così accelerò il passo.

Quando si girò per salutarla, Nonna Eunshim urlò: «Guarda avanti o rischi di inciampare!».

Chantae credeva che il motivo per cui Suyeon non riuscisse a lasciar perdere questo caso fosse proprio Nonna Eunshim. Forse aveva ragione. Suyeon andava a trovarla al Cheolma tutte le settimane: sarebbe stata altrettanto preoccupata se non avesse conosciuto nessuno dei pazienti, o se non avesse avuto ricordi legati a quel luogo? Aveva passato ore a pensarci, ma non aveva trovato risposta. Alla fine, aveva dovuto accettare che c'era qualcosa riguardo a quei suicidi che non le tornava.

Chantae la pensava diversamente. Secondo lui, le lettere parlavano da sole. Forse il suicidio stava diventando una specie di moda. L'ospedale di riabilitazione Cheolma era una struttura di assistenza a lungo termine per anziani situato in una vecchia area di Incheon che era stata selezionata per un progetto di riqualificazione. Dopo l'annuncio dell'anno precedente, tutte le attività e i servizi avevano chiuso i battenti o si erano spostati in altri quartieri, lasciando deserta l'area attorno all'ospedale. Era stato pianificato il trasferimento di quest'ultimo in una zona vicina, ma alla fine non se ne era fatto niente. La scusa era che non fosse una buona idea portare i pazienti in un luogo a loro poco familiare, soprattutto poiché la maggior parte soffriva di demenza. Il più grande ostacolo però era ottenere il permesso delle famiglie: quasi tutte erano ormai irraggiungibili. Insomma, per un motivo o per l'altro, l'ospedale Cheolma finì per rimanere esattamente dov'era. A partire dall'anno successivo, anche gli ultimi negozi sarebbero spariti, senza lasciare più nulla lì nei pressi. Lei e Chantae stavano lavorando al terzo caso quando lui, sigaretta in bocca, aveva mugugnato che, in un posto del genere, era solo questione di tempo prima che la gente iniziasse ad ammazzarsi.

«Sai perché la gente si uccide? Perché è la loro unica via d'uscita. Guardati attorno. A meno che un familiare non venga a tirarli fuori, marciranno tutti qua dentro.»

Suyeon era d'accordo, ma sentiva che c'era qualcosa che le sfuggiva. Se era davvero una moda, voleva almeno capire da cosa derivasse.

Prese lo yogurt e forò il coperchio con la cannuccia. Chantae fece una smorfia di disapprovazione mentre lasciava cadere un rafano sottaceto nel suo piatto.

«Hai davvero intenzione di berlo qui?»

Suyeon si guardò intorno. Osservò il menù del ristorante che avevano scelto per pranzo: varie zuppe – *sundaeguk, haejangguk* e *ugeojiguk* – e carne di maiale al vapore. Spostò lo sguardo sui clienti che si trovavano nel locale e sulla cameriera ormai familiare. Bevve un lungo sorso del suo yogurt. Chantae fece una risatina, sconfitto.

Suyeon poggiò il bricco e disse: «Non guardarmi come se fossi io quella strana. Sei tu quello che non sopporta la vista dei cadaveri, ma di ritorno da una scena del crimine adora mangiare carne».

«Lavorare troppo mi fa venire fame, il mio cervello ha bisogno di energie.»

Quale cervello? rischiò di dire Suyeon, ma con un altro sorso di yogurt si ricacciò le parole in gola. La cameriera arrivò con un carrellino e mise davanti a Chantae una ciotola di zuppa di frattaglie fumante, e lui ci tuffò dentro un grosso cucchiaio di salsa piccante.

«Non è un po' troppo strano per essere una coincidenza? È già la quarta volta.»

Chantae la fissò con la bocca piena di cibo. Suyeon ne approfittò per continuare.

«Non dubito che possano essere stati influenzati dai suicidi precedenti, ma fino a questo punto? Pensaci. Tutte e quattro le vittime hanno lasciato una lettera. Sembra una messinscena.»

«Sono proprio le lettere che mi fanno pensare abbiano preso ispirazione gli uni dagli altri» disse Chantae mescolando la zuppa. Dal suo tono apatico, Suyeon capì che era un modo per dirle che stava complicando le cose senza motivo. «Una messinscena... Sono bloccati in quel buco di ospedale e a poco a poco tutti si stanno ammazzando. La soluzione mi sembra ovvia. Cosa c'era scritto in quelle lettere? "Come vorrei scappare da questo inferno" o una cosa del genere, no? Hai le foto. Tirale fuori, forza.»

Chantae le lanciò un'occhiata, poi le disse di conservare le sue energie per le scartoffie. Suyeon annuì impassibile. Scosse la testa per liberarsi da quei pensieri e riempì il piatto di Chantae con altro rafano sottaceto.

"Basta con queste supposizioni" pensò. Purtroppo, però, non riuscì a tenere fede alla sua promessa nemmeno per un giorno. Mentre compilava il verbale, Suyeon riguardò le foto dei casi precedenti. Il terzo suicidio risaliva a una settimana prima. La vittima era un uomo di sessantotto anni e, proprio come l'ultimo caso, si era buttato dal sesto piano dell'edificio. Anche lui soffriva di demenza, e anche lui aveva lasciato una lettera. Suyeon posizionò le foto delle due vittime una di fianco all'altra, poi ne tirò fuori una terza. Il mese precedente c'era stata una rissa in un bar, e uno dei clienti aveva spaccato un piatto sulla testa di un altro, morto per una commozione cerebrale dopo aver perso una notevole quantità di sangue. Lo sguardo di Suyeon si mosse da una foto all'altra. Si era chiesta più volte perché quei due corpi le fossero apparsi così strani, e finalmente capì: "C'è pochissimo sangue" disse tra sé.

Dopo una breve pausa, Suyeon alzò il telefono.

Alla sua chiamata rispose Jiseon, esausta. Jiseon lavorava per la scientifica e si erano incontrate per la prima volta quando Suyeon era ancora un'agente. Come tanti altri colleghi, Jiseon l'aveva vista ossessionarsi per il più piccolo indizio, e le aveva fatto notare che aveva la stoffa della detective, e aveva ragione. Di conseguenza, era diventata la persona a cui Suyeon si rivolgeva ogni volta che si trovava di fronte a un muro. Inizialmente si sentiva in colpa a chiamarla per chiederle consigli su ogni dettaglio, così allungava il brodo con chiacchiere inutili, ma dopo un po' la collega le aveva detto di lasciar perdere i convenevoli e di andare dritta al punto. In questo modo avrebbe risparmiato tempo a entrambe.

«Ho due vittime che si sono buttate dalla finestra, ma sulla scena praticamente non c'era sangue, nemmeno sui corpi. Non una goccia, né dal naso né dalle orecchie.»

La terza vittima si era spaccata la testa sull'asfalto, e lo zigomo della quarta era frantumato. Eppure, a esclusione di qualche macchia attorno alle ferite, non c'era sangue. In altre parole, i loro cadaveri risultavano troppo puliti per essersi lanciati dal sesto piano. Come aveva fatto a rendersene conto solo ora? I corpi nelle foto sembravano imbalsamati, pronti per il funerale.

«Che tipo di pavimento?» chiese Jiseon.

«Asfalto.»

«Dopo quanto tempo sono stati trovati i corpi?»

«Cinque e quattro ore.»

«Da che piano si sono lanciati?»

«Il sesto.»

Jiseon ci mise un attimo a rispondere.

«In casi del genere c'è sempre una copiosa perdita di sangue. Soprattutto con una frattura del cranio di quella portata, dovrebbe essere un bagno di sangue, come si suol dire. Se non ne hai visto, è possibile che sia penetrato nel terreno. Oppure potresti non averlo notato, è difficile vedere sangue sull'asfalto. Ma dov'è successo? Non abbiamo ricevuto cadaveri ultimamente.»

«Un ospedale di riabilitazione a Incheon. Il Cheolma, nella zona in attesa di riqualificazione. Ci sono già state quattro vittime.»

«Quattro?» ripeté Jiseon incredula. A prescindere dalla causa della morte, le sembrava assurdo che non avessero richiesto un'autopsia, soprattutto se quattro persone erano morte nello stesso luogo.

«Nessuna delle famiglie voleva un'autopsia. Forse sono bastate le lettere d'addio.»

Prima di riattaccare, Jiseon la pregò di tenerla aggiornata. Nonostante si stesse facendo tardi, Suyeon si alzò e si infilò la giacca. Voleva dare un'altra occhiata prima che eventuali tracce di sangue avessero il tempo di seccarsi o di penetrare completamente nell'asfalto.

Suyeon arrivò alle undici senza trovare traffico e fermò la macchina di colpo: qualcun altro l'aveva preceduta sulla scena. Nel buio, Suyeon pensò si trattasse di un animale, un cinghiale sceso dalla montagna vicina, o un cane randagio, magari; altrimenti non si spiegava perché quella cosa fosse a quattro zampe con il naso attaccato al terreno.

Ma no, era una persona. Una donna, con un cappotto di pelle nera, accovacciata a terra. Suyeon lasciò la macchina in mezzo alla strada e si lanciò fuori. Sotto la luce abbagliante dei fari, la donna strizzò gli occhi mentre si alzava. Suyeon non avrebbe saputo dire quanti anni potesse avere se non fosse stato per i capelli brizzolati, ma probabilmente non più di cinquantacinque. Per qualche ragione, le ricordò Eungyeong.

Mentre si avvicinava alla donna, Suyeon cercò una spiegazione logica per cui qualcuno volesse appiccicare la faccia sull'asfalto, nel punto in cui era morto qualcuno. L'unica ragione plausibile era che fosse totalmente pazza.

«Ehi, tu!» gridò Suyeon mentre superava il nastro della polizia. «Che cosa credi di fare?»

Era pronta a fermarla, ma la donna, soddisfatta la sua curiosità, le passò di fianco con nonchalance, uscendo dalla zona delimitata dal nastro.

«L'asfalto è pulito, quindi possiamo dedurre che non ci sia altro sangue, oltre a quello rinvenuto sulle vittime. E le vittime sono state ritrovate troppo lontane dall'edificio, non possono essersi buttate da sole. Ma stai già pensando la stessa cosa, non è vero, cara detective?»

La domanda colse Suyeon di sorpresa. Quando si accorse che non aveva tenuto conto del punto in cui i corpi erano stati scoperti, si sentì troppo in imbarazzo per parlare.

Senza aspettare la sua risposta, la donna le fece un'altra domanda: «Non sei venuta apposta per confermare questa ipotesi?».

«Chi sei? Una detective?»

«No, non esattamente.»

Suyeon ripensò a quel pomeriggio. Aveva visto la donna sulla scena del crimine? No, almeno per quanto lei ricordasse. Non erano accorsi in molti, e anche con una folla più numerosa avrebbe sicuramente notato una persona così particolare, con quel viso dal colorito cadaverico.

Mani in tasca, la donna passeggiò intorno al nastro della polizia e guardò su, verso il sesto piano.

«Qualcuno deve averli lanciati fuori dalla finestra. Chiunque sia stato ha aspettato che fossero morti, o quasi, e li ha scagliati fuori. Con forza.» Mentre la donna parlava, Suyeon la seguiva con gli occhi, senza abbassare la guardia. «In questo modo, i corpi evitano di finire incastrati sugli alberi o sui pali della luce. E nessuno mette in discussione la mancanza di sangue, perché in un corpo già morto il sangue non circola più. Perché non ce n'era, giusto?»

Se sapeva tutto del sangue, allora doveva aver visto la scena prima di Suyeon, o forse addirittura prima che arrivasse la polizia. Se invece era arrivata dopo la sua squadra, allora qualcuno l'aveva autorizzata a ispezionare i corpi.

«Te lo chiedo per l'ultima volta. Se sei con la polizia, per quale dipartimento lavori?»

La donna smise di camminare e si girò verso di lei.

«Mi chiamo Wanda. Anche io acchiappo gentaglia.»

Ancora una volta, Suyeon riconobbe in quella donna qualcosa di Eungyeong. La ruga fra le sue sopracciglia si fece più marcata.

«Non puoi catturare il colpevole di questi omicidi, detective. Si trova al di fuori della tua giurisdizione, è meglio che lasci perdere questo caso.»

Se solo avesse ignorato quello che la donna aveva appena detto, sarebbe finita lì. Ma la parola "colpevole" le fece rizzare le orecchie.

Wanda se ne accorse e continuò: «Pensi anche tu che si tratti di omicidio, vero? È impossibile che le vittime si siano lanciate da sole così lontano, a meno che il responsabile non sia chi penso io».

«E chi sarebbe?»

Era quasi mezzanotte, e un silenzio denso le avvolgeva. Sopra di loro, la luce di un lampione guasto sfarfallava a intermittenza. Suyeon aspettò che Wanda dicesse qualcosa. Aveva diversi dubbi su questo caso e aveva appena scoperto di non essere l'unica. Invece di risponderle, Wanda scoppiò in una risata vuota. Suyeon si accigliò.

«Scusa, è solo che è ridicolo che io ne stia parlando con una detective.»

«E perché sarebbe ridicolo?»

«Perché, a prescindere da quello che dirò, non mi crederai. Anzi, probabilmente mi darai della pazza, e non è mai una cosa carina da sentire.»

«Non so da dove arrivi questa tua convinzione, ma non sono proprio il tipo da giudizi del genere.»

La schiettezza di quella detective intrigava Wanda, che la fissò impassibile. Suyeon stava per rimangiarsi le parole.

«È stato un vampiro.»

Quella era decisamente fuori di testa.

«L'assassino... è un vampiro.»

Suyeon scoppiò a ridere. La tensione accumulata si sciolse. Seccata e ammutolita di fronte a quell'assurdità, decise che era meglio ignorare quella pazza: aveva sprecato il suo tempo.

Lasciandosi dietro il nastro della polizia, le diede un ultimo avvertimento: «Non farti trovare di nuovo vicino a una scena del crimine. La prossima volta non chiuderò un occhio».

Da quando lavorava in polizia aveva incontrato molte persone che le avevano dimostrato quanto potesse essere crudele l'essere umano, e Wanda era fra queste. Gente per cui la morte di qualcuno non era altro che un divertimento, una curiosità. Tutti mostri senza cuore, per come la vedeva Suyeon. Non si aspettava che piangessero la morte di uno sconosciuto, ma almeno che portassero un minimo di rispetto.

E ora questa veniva a parlarle di vampiri!

Suyeon si morse le labbra. Si arrabbiò con se stessa per aver pensato che quella donna potesse essere simile a Eungyeong.

«Se fra qualche giorno ci sarà un'altra vittima» la raggiunse la voce di Wanda, che non se ne era ancora andata. «Controlla se ci sono due fori tra la nuca e le spalle. Te ne accorgerai subito, sembra il morso di un serpente. E sarebbe una buona idea controllare anche sulle altre vittime.»

Con queste parole, la donna si voltò, e Suyeon, trattenendo la rabbia, fissò la sua schiena che si allontanava. Se non altro non l'avrebbe più rivista. O almeno così pensava, fino alla comparsa della quinta vittima.

Suyeon osservò Wanda finché non scomparve inghiottita dal buio, poi anche lei se ne andò. Grosse gocce di pioggia cominciarono a cadere.

Nanju

Sette giorni prima, la serenità di Nanju aveva cominciato a sgretolarsi.

Tutto era iniziato con una crepa silenziosa che piano piano era andata allungandosi fino a quando non era più stato possibile ignorarla. Attraverso quella fessura ormai diventata un cratere si era infiltrata l'ansia, che l'aveva riempita completamente. Il battito del cuore le rimbombava nel petto tutto il giorno, reagendo a ogni minimo rumore. Era perennemente sull'attenti. Quando chiudeva gli occhi, il fiume d'inquietudine la travolgeva impedendole di dormire, fino ad arrivare al punto di non riuscire a sopportare nemmeno un secondo di oscurità. La sua mente era annebbiata, non distingueva più la notte dal giorno, il sogno dalla realtà. Per mantenersi sveglia buttava giù caffè e bevande energetiche in sostituzione dei pasti, e, nel giro di una settimana, il suo stomaco aveva raggiunto il limite. Nanju, però, continuò a tenere le tende spalancate anche quando si addormentava di giorno, con i raggi del sole che illuminavano la stanza, senza curarsi dello stress ulteriore che i sonniferi provocavano al suo intestino.

Quella giornata non faceva eccezione. Sdraiata sul letto addossato alla finestra, Nanju osservò il sole, così intenso che sembrava primavera, e chiuse gli occhi. Le ci volle molto tempo per addormentarsi. Trasaliva al minimo suono e, ogni volta, si rannicchiava ancora di più nella pozza di sole che si riversava dalla finestra, come se la luce potesse proteggerla. Si era resa conto di quella crepa una settimana prima. Da allora, Nanju era rimasta a osservare la sua vita cadere a pezzi, impotente.

Si risvegliò da un sonno leggero aprendo gli occhi stanchi. Il giorno aveva lasciato spazio alla notte e il tramonto tingeva il cielo scuro di viola. Nanju si massaggiò il collo indolenzito e si sedette. Accese l'abat-jour sul comodino, poi poggiò i piedi sul pavimento freddo e accese anche la lampada al centro del soffitto. La luce fredda illuminò il monolocale.

Per evitare di rimanere a casa, ultimamente mangiava qualcosa al volo al minimarket o al ristorante vicino all'ospedale. Il cibo comprato al supermercato, lasciato a marcire nel frigo, aveva ormai perso la sua consistenza originale. Anche i pomodori ciliegini, che credeva fossero ancora in buono stato, erano molli. Disgustata, Nanju afferrò il resto del cibo e lo svuotò nel lavandino. L'odore acido dei peperoncini sottaceto, ricoperti di una muffa bianca, le risalì nelle narici. Si lasciò sfuggire un'imprecazione. Per un attimo, la frustrazione ebbe la meglio, e scaraventò il contenitore vuoto nel lavabo, che rimbalzò rumoroso contro l'acciaio. Nanju si appoggiò al bancone della cucina e fece un respiro profondo. Si sforzò di pensare che stava esagerando, che era una paura infondata creata dalla sua immaginazione, ma l'inganno durò meno di cinque minuti.

"Quella detective mi avrà visto?" si chiedeva.

I loro sguardi si erano incrociati, ne era sicura. La detective si era girata proprio mentre Nanju la stava guardando. Cercò di convincersi che era impossibile che l'avesse vista. Non solo lei si trovava al sesto piano, ma lo striscione con il nome dell'ospedale, anche se vecchio e rovinato, copriva la finestra abbastanza da rendere difficile distinguere le figure al di là del vetro. Forse, però, per un detective non era importante vedere la faccia di chi si trovava dietro la finestra, quanto piuttosto sapere che c'era qualcuno. Forse era abbastanza per destare sospetti.

Smise di pensarci. La frustrazione che poco prima l'aveva infuocata come un eritema si dileguò e i battiti del cuore rallentarono. Ritrovata la calma, Nanju raccolse il contenitore di plastica caduto sul pavimento, lo buttò nella spazzatura senza sciacquarlo, e poi fece lo stesso con il resto degli avanzi che svuotò nel lavandino. Nonostante le mani occupate, apprezzò quella calma momentanea che sapeva non sarebbe durata a lungo.

Mancavano ancora due ore all'inizio del suo turno, ma Nanju era già pronta. Prese le chiavi della macchina e il portafoglio, e li ficcò in una borsa. Si infilò le scarpe e, proprio quando stava aprendo la porta di casa, il cellulare squillò, come se stesse aspettando solo quel momento. Era un numero che non aveva in rubrica, ma Nanju sapeva bene a chi apparteneva. Attese che il cellulare smettesse di squillare, ma la persona dall'altra parte insisteva. Doveva rispondere, altrimenti quell'uomo orribile sarebbe venuto fino all'ospedale e avrebbe fatto una scenata come l'ultima volta.

La voce cominciò a parlare non appena Nanju rispose.

«Risparmiami tempo e rispondi subito, la prossima volta.»

«Non è il giorno che abbiamo concordato.»

«Quello è passato da un pezzo!»

L'uomo al telefono sussurrò qualcosa a una persona che doveva trovarsi di fianco a lui. Una voce profonda rispose: «Esatto».

L'uomo aveva sia ragione sia torto. Nanju aveva già ripagato il debito da tempo, quindi il cosiddetto "giorno concordato" era effettivamente passato. Il problema erano gli interessi, che si erano gonfiati a dismisura, fino a superare il debito iniziale. Nanju non aveva i mezzi per ripagarli. Aveva provato a lamentarsi di quella somma stratosferica, ma ogni volta l'unica risposta che aveva ricevuto erano dei documenti sui quali spiccavano il timbro e la firma dei suoi genitori.

Erano stati proprio loro a rivolgersi a questi strozzini per pagare le spese mediche di suo padre: timoroso di scoprire se i suoi acciacchi fossero il risultato di una malattia importante, non si era mai sottoposto a esami e così aveva iniziato a curarsi troppo tardi. Nanju non capiva il perché di quel suo comportamento. Aveva ignorato il suo malessere per anni, sarebbe stato meglio se avesse continuato così fino alla morte, invece che supplicare, alla fine, di essere salvato. Anche il dottore era convinto che fosse troppo tardi, ma aveva fatto del suo meglio. Se suo padre avesse cercato aiuto prima che il suo corpo si fosse inaridito come un vecchio tronco d'albero, ci sarebbe stata speranza, ma ormai il cancro gli aveva succhiato ogni risorsa e, a meno di un miracolo, non c'era niente da fare.

In un attimo avevano bruciato i risparmi per la pensione. Avevano cercato ogni rimedio, ma senza miglioramenti. Nanju si era limitata ad andare a trovarlo in ospedale una volta a settimana per portargli quello di cui aveva bisogno, e tanto bastava. Non aveva dimenticato gli abusi subiti durante l'infanzia, e sapeva che i suoi genitori non si sarebbero fatti scrupoli a chiederle aiuto, senza la necessità che lei si offrisse.

Ma si era sbagliata. Con lei non parlarono mai di soldi, e quando le banche rifiutarono i prestiti si rivolsero a degli strozzini. Nanju lo aveva scoperto solo dopo la morte di suo padre, quattro mesi prima. Quei maledetti avevano aspettato a contattarla affinché gli interessi si gonfiassero per bene. Sapevano che era un'infermiera, e così Nanju aveva fatto di tutto per trovare un compromesso, ma erano sforzi inutili di fronte a quel contratto incredibilmente ingiusto. Nemmeno rinunciare all'eredità avrebbe aiutato, perché conoscevano tutte le scorciatoie per raggirare la legge. L'avrebbero perseguitata per sempre se Nanju fosse riuscita a svincolarsi dall'obbligo legale di ripagare il debito. Avrebbe potuto lavorare tutta la vita, ma non se ne sarebbe mai liberata. Nel frattempo, gli interessi continuavano ad accumularsi.

Tuttavia aveva un'opzione, un'alternativa che quattro mesi prima avrebbe scelto senza esitare. Adesso che le cose erano cambiate, però, non era più sicura che quella fosse la strada giusta: l'opzione includeva un altro tipo di interesse, che si sarebbe accumulato in fiumi di sangue invece che di soldi. O, almeno, così credeva.

L'uomo, con un tono beffardo, le intimò di depositare la somma concordata entro quel giorno. Nanju non aveva alcuna intenzione di sottostare al ricatto, e nemmeno ne aveva le possibilità, ma chiuse la telefonata dicendo che aveva capito.

"Cosa faccio?" si chiese. Si trovava a un vicolo cieco. Gli artigli dell'oscurità minacciarono di intrappolarla di nuovo. A quel punto, le tornò in mente il viso della detective che guardava verso l'ospedale. Sapeva che quella donna non poteva aiutarla, eppure il suo volto le era apparso come quello di un salvatore.

Nanju rimase ferma nel buio dell'ingresso per un po', poi si affrettò fuori di casa.

Wanda

Il calendario appeso nella bacheca del cinema era fermo al 1982, e la lampadina era ancora bruciata. La poltrona dove voleva sedersi Wanda si trovava nella sala d'attesa vicino al bagno, la cui porta aveva un buco largo una ventina di centimetri sulla parte inferiore.Da quel posto si era costretti a sopportare il puzzo di fogna che fuoriusciva, e non fosse mai che qualcuno si ritrovasse in bagno con la flatulenza o a chiacchierare al telefono di fronte allo specchio: si sentiva tutto. C'erano altri motivi per cui nessuno si accomodava lì ad aspettare: d'estate era in pieno sole e diventava una fornace, mentre d'inverno arrivavano spifferi gelidi dagli infissi delle finestre. Durante i giorni di pioggia o di neve, un secchio per terra raccoglieva l'acqua che gocciolava dal soffitto a causa di una falla sul tetto.

Buio, muffito e umido, quel posto era sempre vuoto, sia nei weekend con molti spettatori sia in un banale giorno della settimana, così, anche quella mattina, Wanda si svegliò con calma, sicura che la sua poltrona sarebbe stata lì ad aspettarla.

Si legò i capelli in disordine e, spazzolino in bocca, andò in cucina, dove un post-it sul frigo la informava che i suoi genitori avrebbero fatto tardi perché avevano una grossa prenotazione al negozio. Sotto, c'erano tutte le indicazioni su dove trovare latte, snack, panini e succo di frutta. Wanda sputò il dentifricio nel lavandino della cucina e tirò fuori dal frigo un panino avvolto nella carta stagnola. Lo infilò in una borsa piena di libri e di penne buttate alla rinfusa.

Ultimamente, Wanda si svegliava all'alba, disturbata dal suono delle tubature ghiacciate che scoppiavano. Tutti gli inverni erano rigidi, ma quell'anno aveva nevicato più del solito e sembrava che le temperature sarebbero rimaste bloccate per sempre sottozero. Le tubature erano esplose in diverse zone del villaggio, non solo in casa sua, ma con le strade ghiacciate era difficile per gli idraulici venire a ripararle, e a volte bisognava aspettare anche ben più di una settimana. La gente allora versava acqua bollente nei tubi e cercava di rompere con il martello il ghiaccio accumulatosi attorno al metallo. Dopo Natale, qualcuno ci aveva addirittura avvolto le lucine dell'albero nel tentativo di riscaldarle. Ognuno tentava a modo suo di sopravvivere a quell'inverno gelido, e i racconti sul passato da batterista di Maurice erano stati confermati dal ritmo costante delle martellate. Ascoltando il rumore, Wanda si infilava ancora di più sotto il piumone per cercare di riprendere sonno. Quando le martellate la svegliavano così presto, si riaddormentava sempre fino a tardi.

Maurice era uscito lasciando la televisione accesa sul telegiornale, dove i conduttori discutevano delle elezioni locali che si sarebbero tenute a breve nell'ottavo cantone. Mentre il Partito socialista e quello democratico se la battevano testa a testa, le analisi degli esperti non escludevano la possibilità di una risalita del Partito repubblicano. Wanda sapeva che Maurice non era il tipo da dimenticare la televisione accesa, e nel raro caso in cui fosse accaduto, Claire l'avrebbe spenta sicuramente, precisa com'era. Era stata una gentilezza nei confronti di Wanda la quale, essendo a casa per le vacanze invernali, rimaneva da sola. L'anno precedente, in quello stesso periodo, tenevano aperto il negozio solo la sera, così lei avrebbe avuto sempre compagnia durante il giorno. Queste vacanze però erano diverse. Con il crollo dell'Unione Sovietica, c'era stato un rapido blocco dell'economia. Ogni volta che apriva bocca, Maurice si lamentava dei flussi di immigrazione araba e sosteneva che la maggior parte dei suoi compatrioti sarebbe caduta in uno stato di indigenza. Per questo lui e Claire avevano deciso di anticipare l'orario di apertura. Non iniziavano a lavorare troppo presto, ma per Wanda, che durante le vacanze si svegliava quando il sole era già alto nel cielo, era come se fosse l'alba.

Wanda spense la televisione e uscì di casa. Chiuse la porta d'ingresso e la neve scricchiolò sotto i suoi stivali imbottiti. Solo allora si accorse dei tre centimetri che imbiancavano la strada. Aveva cominciato a nevicare da poco, e solo un paio di case avevano il vialetto già spalato. Wanda osservò la pala di fianco all'ingresso. Dal cielo continuava a fioccare neve candida. Dubitava che si sarebbe trasformata in una bufera, ma in poche ore la strada sarebbe stata coperta da uno spesso strato che si sarebbe sciolto con il sole del mattino, per poi congelarsi di nuovo in un ciclo infinito. L'anno prima, Maurice era scivolato sulla strada ghiacciata e si era fratturato il coccige. L'aveva fatta sorridere vederlo camminare tutto storto per casa, ma non aveva dimenticato il rischio che aveva corso con quella caduta, così afferrò la pala e iniziò a raschiare il terreno per spostare la neve soffice. Senza guanti, le mani le si arrossarono per il freddo, ma non se ne curò. Solo quando il vialetto che portava dall'ingresso al cancello del cortile fu libero rimise a posto l'attrezzo.

In quel momento, le tornò in mente quando Claire qualche giorno prima le aveva chiesto se le piacesse la biblioteca.

Wanda l'aveva guardata senza capire, poi aveva realizzato a cosa si riferisse. Era sul punto di dirle la verità, ma l'idea la infastidì. Claire l'avrebbe interrogata su tutti i dettagli. Anche se non era nulla di personale – e Wanda avrebbe tranquillamente potuto essere sincera –, per qualche motivo non ne aveva voglia. A volte, la sincerità poteva essere dolorosa e lei sapeva che in questo caso Claire ci sarebbe rimasta male, così si era limitata ad annuire. Una piccola bugia a fin di bene: alla fine faceva le stesse cose, soltanto in un luogo diverso. Claire, dopo quel giorno, non le aveva chiesto altro.

Quando Wanda arrivò di fronte al cinema Hirminé in via Érominne, era già buio. In inverno la notte calava presto, ma dopo aver spalato la neve, Wanda si era stesa sul divano, risvegliandosi solo al tramonto. Avrebbe continuato volentieri a dormire, ma la tormentava il pensiero di buttare via una giornata intera, e sapeva che a quell'ora non avrebbe trovato nessuno al cinema. Ci aveva pensato un attimo su, poi si era alzata. Maurice e Claire non sarebbero tornati prima di mezzanotte, e fino ad allora sarebbe stata comunque da sola.

L'ampio parcheggio era occupato soltanto da una Chevrolet Vega arancione. Wanda si calcò in testa il berretto nero ed entrò nel cinema. Davanti alla porta, un cartello avvertiva della presenza di ghiaccio. Se qualcuno le avesse chiesto perché andava al cinema invece che in biblioteca, Wanda non avrebbe saputo rispondere.

La prima volta era venuta per vedere un film. In fila per il biglietto aveva guardato i poster dei titoli in programmazione, ma nessuno l'aveva attirata. Dopo venti minuti di fila, arrivato il suo turno, Wanda aveva superato la biglietteria senza comprare niente. Si sarebbe annoiata a morte a guardare per due ore un film che non le interessava. Il problema era nato in quel momento: aveva già avvertito Claire e Maurice del suo pomeriggio al cinema e i due si erano rallegrati per quell'uscita, dal momento che se ne stava sempre chiusa in casa a leggere. Così, si era ritrovata con due ore da riempire. Era stato in quell'occasione che aveva scoperto la sedia in velluto rosso, in un angolo remoto della sala d'attesa. Impregnata dell'olezzo del bagno, sotto una lampadina bruciata, era l'unico luogo silenzioso nel caos del cinema.

La poltrona divenne il suo rifugio segreto. Forse per il rumore di sottofondo che la cullava, o per la sensazione di trovarsi da sola in mezzo alla folla, Wanda l'amava. Forse le piaceva proprio perché era un posto che nessuno, a parte lei, avrebbe mai desiderato.

Anche quel giorno si diresse senza fretta verso la sua poltrona. Per la prima volta, però, la trovò occupata.

Una ragazza dai capelli corvini che quasi toccavano terra era seduta al suo posto. Sul viso affusolato, le sopracciglia lunghe e scure contrastavano con un colorito che Wanda non sapeva se definire bianco, pallido o cadaverico. La pelle sembrava più fredda della neve che le aveva ghiacciato le mani. Il libro che stava leggendo era in una lingua a lei sconosciuta, e indossava un cappotto blu scuro. Mentre ai piedi era...

«... Scalza?»

La ragazza la udì e spostò l'attenzione su di lei. Un paio di occhi dorati e brillanti la fissarono. Chiuse il libro e si alzò. Le passò di fianco camminando a piedi nudi sul pavimento gelido.

«Puoi...» Wanda si sorprese della sua stessa voce, ma la ragazza ormai si era fermata. In qualche modo doveva finire la frase. «Puoi continuare a leggere. Su quella poltrona, dico.»

Quel posto non le apparteneva. Non spettava certo a lei decidere chi potesse sedersi. Si sentì sciocca per quello che aveva detto. Come se quella ragazza avesse bisogno del suo permesso! La sconosciuta se ne andò ridacchiando. Wanda rimase lì impalata fino a quando la ragazza sparì. Solo allora si sedette, ma scelse un altro posto.

A mezzanotte, Claire e Maurice tornarono a casa. Wanda, stesa a fissare il soffitto, si tirò la coperta fin sopra la testa. Dopo il tramonto, la neve si era fatta più fitta e i due, in piedi all'ingresso che scuotevano i cappotti, discutevano su chi dovesse spalare il vialetto. Maurice sapeva bene che non avrebbe mai vinto contro Claire, eppure ci provava sempre: era un guerriero inarrestabile. Sconfitto anche questa volta, si mise al lavoro nel cuore della notte. La porta d'ingresso si chiuse e i passi di Claire risuonarono su per le scale. Wanda sapeva che né lei né Maurice avrebbero spostato la coperta per controllare se stesse dormendo, ma Wanda chiuse gli occhi lo stesso. Claire bussò. Wanda non rispose, ma sentì la porta aprirsi e richiudersi poco dopo. Mentre scendeva le scale, Claire fece attenzione a non fare rumore.

Wanda abbassò la coperta fino al collo. Aveva smesso di nevicare. Udì Maurice che raschiava il terreno con la pala, mentre in cielo il cerchio perfetto della luna brillava più che mai. Le ricordò gli occhi dorati di quella ragazza. Che fosse un fantasma? Wanda ci rifletté. Le persone avevano un'energia particolare che confermava la loro presenza, come quando Claire aveva aperto la porta. Nella sconosciuta, però, non aveva percepito quell'energia. Inoltre, se ne andava in giro scalza e il cappotto che indossava era troppo leggero per le temperature rigide dell'inverno. Wanda si chiese se non avesse lasciato le scarpe da qualche altra parte nel cinema, ma perché togliersele? Non era certo casa sua. E anche se fosse stato così, addirittura senza calze? Le sembrava strano. Pure al cinema, seduta sulla poltrona, ci aveva rimuginato a lungo.

Non riusciva a dare una direzione ai suoi pensieri. Era difficile trarre conclusioni su chi o cosa fosse quella ragazza basandosi su quei pochi secondi in cui l'aveva vista. Aveva la mente talmente occupata ad analizzarla che non si era nemmeno fermata a chiedersi perché le interessasse così tanto.

Il giorno dopo, Wanda si svegliò di nuovo con il rumore delle martellate di Maurice. A differenza delle altre volte, però, saltò giù dal letto.

In cucina sua madre stava preparando un toast da mangiare per pranzo. Convinta che si trattasse di Maurice, senza girarsi, Claire chiese se avesse finito, ma quando si rese conto che la persona alle sue spalle si muoveva con passi più leggeri e nervosi del marito, si voltò. Le venne un colpo a vedere Wanda che, spazzolino in bocca, si stava pettinando.

«Già sveglia?»

Wanda non aveva idea di quanto potesse essere sorprendente e insieme spaventoso per un genitore vedere la propria figlia in piedi al mattino presto durante le vacanze, e, soprattutto, senza un apparente motivo. Claire si domandò se non si fosse dimenticata qualche impegno importante. Proprio allora rientrò Maurice, che appese il giubbotto all'appendiabiti nell'ingresso e fece anche lui un salto, sorpreso di trovare sua figlia sveglia. Wanda alzò gli occhi al cielo e diede una spiegazione vaga, la bocca piena di dentifricio.

«Ho appuntamento con un'amica.» Wanda si rese conto troppo tardi dell'impatto che avrebbero avuto quelle parole sui suoi genitori.

Quando arrivò, il cinema aveva appena aperto e dentro faceva ancora freddo. Superò un dipendente che stava passando lo straccio. Si era preoccupata che potessero dirle qualcosa, ma nessuno si curò di lei. L'odore fragrante dei pop-corn appena fatti riempiva l'aria. Nonostante l'abbondante colazione, quel profumo le fece venire fame. Lo ignorò; Claire le aveva infilato in borsa due panini dicendole di condividerli con la sua amica. Wanda non voleva deluderla. In un modo o nell'altro avrebbe dovuto mangiare quei panini: non era sicura di riuscire a trovare il coraggio per offrirne uno alla ragazza, qualora l'avesse rivista. Si accomodò sulla sua poltrona. Non sapendo se e quando sarebbe arrivata, Wanda aveva deciso di aspettarla fin dalla mattina. Aveva con sé un grosso libro proprio per poter attendere in tranquillità.

La sconosciuta, però, non si fece vedere per tutto il giorno.

Wanda divorò i due panini e lesse tutto il libro. Un dipendente diverso da quello della mattina si stava preparando a chiudere. Lei si alzò mentre lo osservava passare lo straccio e andò a casa.

Rimase sdraiata sul letto finché Claire e Maurice non rientrarono, e il giorno dopo si svegliò di nuovo presto. Prese due panini al pollo e tornò al cinema. Non aveva modo di sapere quando e se la ragazza si sarebbe presentata. Forse il giorno in cui si erano incontrate era venuta per caso, e non l'avrebbe mai più rivista. Tuttavia, se Wanda non avesse fatto alcuno sforzo per rincontrarla, l'idea che la ragazza potesse essere al cinema senza di lei l'avrebbe divorata. Il giorno dopo portò due bagel, poi quattro biscotti, ed entrambi i giorni mangiò tutto da sola. Arrivò così la quinta mattina.

Sdraiata a letto, Wanda valutò se andare al cinema anche quel giorno. "Tanto non verrà... Ma se poi invece decide di venire proprio oggi?" pensò combattuta. Si alzò e scese al piano di sotto. "Solo oggi, poi basta."

Claire e Maurice erano persone pazienti, e anche se era evidente che morivano dalla voglia di sapere chi fosse quest'amica, non le fecero domande. Wanda, come se niente fosse, preparò il pranzo al sacco: due panini con burro di arachidi e fette di banana. Dalla busta si sprigionava il profumo delle arachidi tostate. Wanda ci infilò il naso e fece un respiro profondo.

Il sole calò anche su quella giornata. Mentre i dipendenti pulivano la sala, la ragazza raccolse le sue cose, si avvolse la sciarpa attorno al collo e si calcò il berretto sulla testa. In vista dell'Epifania, che sarebbe stata di lì a due giorni, il cinema stava preparando la tradizionale *galette des rois*. Sebbene fosse una ricetta solitamene casalinga, anche Claire la stava preparando per venderla nel negozio alle famiglie che non avevano tempo di cucinarla, e il giorno seguente Wanda le aveva promesso che l'avrebbe aiutata. Solo in quel momento si rese conto che a causa di quell'impegno non sarebbe potuta uscire, ma scosse la testa. Aveva già deciso che non sarebbe più venuta. Uscì dal cinema spingendo la porta girevole e attraversò il parcheggio scarsamente illuminato. Wanda sospirò, l'aria calda del suo respiro mischiata al dispiacere.

Si stava dirigendo verso casa, quando si bloccò, rimanendo senza fiato per lo stupore. Con le mani che stringevano la borsa, Wanda fissò la figura in piedi sotto un lampione rotto. Passò qualche lungo minuto prima che sul viso le si aprisse un sorriso.

La ragazza era di nuovo scalza.

Suyeon

Proprio sopra la clavicola sinistra c'erano due fori. Si trovavano a cinque centimetri l'uno dall'altro ed erano minuscoli, come se fossero stati disegnati con una penna stilografica. Suyeon estrasse il telefono e li fotografò. Alle sue spalle, Chantae stava allontanando la folla di curiosi. Finita l'ispezione, Suyeon si alzò, e un agente in attesa lì di fianco coprì il volto del cadavere.

Era la quinta vittima, scoperta l'11 aprile, esattamente una settimana dopo la quarta. Un altro suicidio, un'altra persona che si era lanciata dalla finestra dello stesso ospedale nel giro di neanche sette giorni. Suyeon lasciò la scena delimitata dal nastro della polizia per raggiungere Chantae.

«Sessantacinque anni, ricoverato al sesto piano. Non soffriva di demenza. Anche questa volta c'è una lettera.»

Suyeon gli consegnò la busta di plastica che le aveva dato l'agente. Chantae diede uno sguardo alla lettera prima di passarla di nuovo alla collega e osservò l'ospedale.

«Sarà il caso che mettano delle sbarre alle finestre.»

«Non trovi che sia strano?»

Suyeon ignorò la sua irritazione e gli mostrò le immagini della quarta vittima. Il collega non le stava prestando la minima attenzione, ma lei, testarda, tirò fuori la foto che aveva appena scattato ai due fori.

«Entrambi gli uomini mostrano le stesse ferite. Al momento non so a cosa siano dovute, ma visto che sono ancora aperte, è evidente che risalgono a poco prima della morte. Senza contare i lividi di cui è cosparso il corpo. Credo dovremmo indagare meglio sulle cause della morte. Tutte le vittime sono state ritrovate troppo lontane rispetto al punto da cui si sono presumibilmente lanciate. Se davvero fosse stato un suicidio, sarebbero cadute vicino a quell'aiuola, ma sono state ritrovate tutte a più di dieci metri di distanza. Non ha senso, a meno che non abbiano preso la rincorsa.»

Chantae si girò per confrontare la posizione della finestra con quella del cadavere. L'ipotesi di Suyeon reggeva, ma mancavano prove concrete. Chantae osservò la folla, poi prese Suyeon per le spalle e la guidò in un posto più appartato, di fronte a un bar senza insegna.

«Se si comincia a dubitare di un caso, non si finisce più. La cosa importante qui è *chi* vuole scoprire la verità, e non serve a niente se quel qualcuno è il detective.» Chantae la fissò dritta negli occhi. «Svegliati, Suyeon. A nessuno dei parenti frega un cazzo.»

Suyeon non ebbe bisogno di sentire altro per capire le intenzioni di Chantae. Soddisfatto, questo le diede una pacca sulle spalle e se ne andò. Chantae aveva ragione. Suyeon rimase lì dov'era, inchiodata al terreno.

Quella sera, la detective tornò all'ospedale. Questa volta non cercava indizi. Aveva portato con sé uno scatolone pieno di bricchi di latte di soia e con quello si avviò al sesto piano. I pazienti avevano finito di cenare ed erano riuniti di fronte alla televisione nell'atrio. Al rumore dell'ascensore, si voltarono tutti a vedere chi fosse, ma quando la videro abbassarono lo sguardo delusi. Come d'abitudine, Suyeon li superò ed entrò nella stanza 708. Ospitava sei letti, ma i due centrali erano inutilizzati, con le lenzuola pulite e piegate con cura, lasciando più spazio agli altri pazienti. Il numero di ricoveri nella struttura era diminuito drasticamente da quando avevano confermato il progetto di riqualificazione, e i pochi rimasti erano detriti abbandonati dalla marea.

Il posto di Nonna Eunshim era proprio di fianco alla finestra. Suyeon scostò la tenda che circondava il letto e la trovò seduta con lo schienale in posizione eretta mentre lavorava a maglia. Gli occhiali da lettura vecchi di anni le ricadevano pesanti sulla punta del naso. Suyeon poggiò lo scatolone sul davanzale, dove c'era anche un vaso di garofani finti. Nonna Eunshim alzò lo sguardo e la studiò per qualche secondo prima di sorriderle in segno di riconoscimento. Poi, piegò le ginocchia per farle spazio.

«Non mi hai detto che saresti venuta. Hai mangiato?»

Suyeon si sedette e annuì, ma Nonna Eunshim aveva già tirato fuori un bricco di yogurt da bere e ci aveva infilato la cannuccia. Glielo porse.

«Nonna, sono grande ormai, non bevo più lo yogurt.»

Le sue proteste furono inutili. Nonna Eunshim le lanciò un'occhiataccia. Attraverso le lenti, i suoi occhi sembravano grandi il doppio.

«È meglio di quel caffè che ti bevi ogni giorno!»

Prima che Nonna Eunshim potesse iniziare la sua sfilza di rimproveri, Suyeon si infilò la cannuccia in bocca. Stava per chiederle perché mai lavorasse a maglia quando mancava poco all'estate, ma non ce ne fu bisogno.

«La tua sciarpa è tutta rovinata. Voglio fartene una bella, ma con questi occhi è un'impresa... Se inizio adesso ce l'avrai in tempo per l'inverno.»

Aveva scelto una lana color vermiglio. Nonna Eunshim era sempre stata brava nei lavori manuali, avrebbe sicuramente realizzato una sciarpa perfetta.

«Sono preoccupata per il negozio, è vuoto da troppo tempo. Appena mi dimettono devo tornare al lavoro.» Nonna Eunshim si tolse gli occhiali e fece un sospiro sofferto.

«Ti ho detto di non pensare al negozio. Me ne sto occupando io.»

«Senza proprietario, i negozi non prosperano. È inutile affidarli ad altre persone.»

«Allora fai del tuo meglio per rimetterti in forze. Nemmeno oggi sei andata a fare riabilitazione, vero?»

Le sopracciglia di Nonna Eunshim schizzarono in alto e le rivolse uno sguardo torvo. Faceva sempre così quando non sapeva come rispondere o si sentiva punta sul vivo.

Fino a sei anni prima, Nonna Eunshim gestiva il supermercato Yeongjin, di fronte alla scuola elementare che aveva frequentato Suyeon. Si era ispirata al figlio per il nome. Sulla carta era un negozio di alimentari, ma vendeva di tutto: verdura, frutta, giocattoli per bambini, pantofole e, in certi periodi dell'anno, anche i set per esperimenti scientifici che servivano agli studenti. Alle elementari, Suyeon andava al supermercato almeno una volta al giorno, e così aveva conosciuto Nonna Eunshim. Lavorava sempre a maglia, e quando lei arrivava, staccava gli occhi dai ferri per salutarla, recuperava uno dei bricchi di yogurt dal frigorifero e glielo porgeva: un integratore di vitamine speciale per Suyeon, più gracile dei suoi coetanei. Nonna Eunshim diceva che per crescere bisognava mangiare tanto, e aveva ragione. Dopo averla conosciuta, Suyeon crebbe di trentacinque centimetri, e fu quasi tutto per merito delle cure di Nonna Eunshim.

Quella signora sferruzzava sempre, seduta a gambe incrociate su una panca di legno di fronte alla cassa. Realizzava portamonete, spugne a forma di cuore o stella, e vari altri oggetti fatti a mano che vendeva nel negozio. Le sue creazioni, belle e famose per durare a lungo, andavano a ruba. Nonna Eunshim aveva gestito il negozio per anni. A un certo punto, quando cominciò a confondersi tra Yeongjin e Yeongju, dovette chiudere, ma Suyeon ricordava ancora a memoria ogni angolo di quel supermercato.

Quando le diagnosticarono la demenza, Nonna Eunshim passò sei mesi a casa del suo unico figlio prima che la ricoverassero all'ospedale Cheolma. Suyeon l'aveva aiutata nel processo di ospedalizzazione, e il figlio la ringraziò con una considerevole somma di denaro che lei prontamente rifiutò. L'uomo, però, aveva lasciato i soldi nel cassetto del comodino di fianco al letto della madre e, qualche mese dopo, Suyeon venne a sapere dalle infermiere che Yeongjin si era trasferito all'estero e si rese conto che quel denaro serviva per le cure di Nonna Eunshim. Dentro la busta il figlio aveva lasciato una breve lettera dove spiegava che non sarebbe riuscito a venire a trovare sua madre spesso, e chiedeva a Suyeon di prendersi cura di lei al posto suo. Yeongjin sapeva che Suyeon non avrebbe voltato le spalle a sua madre, e aveva ragione. Da quel giorno, infatti, aveva iniziato a far visita all'anziana ogni settimana. Con lei andava anche Eungyeong, almeno fino a qualche tempo prima.

Erano appena le otto di sera, ma al Cheolma la notte giungeva presto, rendendola interminabile. A breve sarebbero rientrati anche gli altri pazienti, le luci si sarebbero spente e Suyeon se ne sarebbe dovuta andare per lasciarli riposare.

«Quel mascalzone è di nuovo impegnato» disse improvvisamente Nonna Eunshim. «Deve avere davvero un sacco di cose da fare! Dici che verrà questo fine settimana?»

Parlava del figlio.

«Ma certo, e ti porterà un sacco di cose buone.»

«Aspetta che lo becchi Eungyeong Unni! Non vede l'ora di dargli una bella strigliata.»

I ricordi di Nonna Eunshim si sovrapponevano. Suo figlio ed Eungyeong non si erano mai conosciuti, ma Suyeon non la corresse.

«Comunque le mele che mi hai portato l'altro ieri erano davvero buone.»

«Le mele?» chiese Suyeon, confusa. Non andava a trovarla da una settimana.

«Ma sì, quelle mele rosse rubino. Erano deliziose!»

Finalmente Suyeon notò sul davanzale il torsolo di una mela che, abbandonato in un contenitore di plastica, si era ossidato fino a diventare marrone. Qualcuno doveva averle regalato delle mele, ma se fosse stato uno dei pazienti o delle infermiere, Nonna Eunshim se lo sarebbe ricordato e non si sarebbe confusa con Suyeon. Chi poteva essere andato a farle visita? Forse il figlio con la nuora? Suyeon si alzò. Raddrizzò il tavolino della cena e lisciò le pieghe sulla coperta.

«Vuoi che ti abbassi lo schienale?»

Nonna Eunshim annuì. Suyeon si accovacciò per girare la maniglia. Lo sguardo le cadde su un fiore di carta sul pavimento.

Quando si rialzò, Nonna Eunshim era stesa sul letto e fissava il soffitto con sguardo vacuo. La sera prima di addormentarsi e la mattina appena sveglia non era mai molto lucida. Diventava un'altra persona. Non riconosceva Suyeon e conversava con persone che non c'erano più. Era impossibile parlarle. Suyeon prese il fiore di carta e se lo infilò in tasca. Le rimboccò per bene le coperte, coprendola fino al mento per evitare che prendesse freddo, poi si voltò per andarsene.

«Sono andati sulle colline dove il sole non tramonta mai. Gli è andata bene!»

La voce di Nonna Eunshim era più acuta di prima. Suyeon si girò. Stava ancora fissando il soffitto.

«Bisogna lavarsi per bene, infatti quella donna è stata nella doccia per tre ore. Si è strofinata così forte da spellarsi! Ma solo così si possono raggiungere le colline.»

Certe volte, Nonna Eunshim immaginava di parlare con qualche suo vecchio conoscente, ma questa volta era diverso. Quando la chiamò, Nonna Eunshim le rivolse uno sguardo maligno. Non riconosceva Suyeon.

«Aspetta. Ha detto che c'è un ordine.»

«Un ordine?»

«Un ordine per andare a vedere le colline. Sono così gelosa che sia andata prima di me!»

Con quelle parole, Nonna Eunshim chiuse gli occhi e si addormentò di colpo, come svenuta. I sonniferi facevano sempre questo effetto. Suyeon, incapace di muoversi, rimase a fissarla. Forse stava esagerando, ma aveva la sensazione che prima o poi quell'ondata di suicidi avrebbe travolto anche Nonna Eunshim.

All'obitorio, Suyeon aveva trovato due fori sul cadavere della quarta vittima. In quel momento, aveva pensato che Wanda avesse già ispezionato il corpo sulla scena del crimine e per quello era sembrata così sicura delle sue parole. Eppure, anche la quinta vittima presentava le stesse ferite. "C'erano anche sulla terza? Cosa vogliono dire? Si tratta di un serial killer?" si chiedeva.

Uscendo dall'ospedale, Suyeon decise che doveva trovare Wanda. Si pentì di non averle chiesto il numero di telefono quando l'aveva incontrata, ma il suo rimorso non durò a lungo: la trovò nell'atrio.

C'erano due ascensori per piano, e Wanda era in piedi di fronte a quello che veniva spento per risparmiare elettricità, che premeva con insistenza il pulsante di chiamata. Suyeon la afferrò per il braccio. Voltandosi, Wanda le sorrise, felice di vederla, ma Suyeon la ammanettò.

Le due donne erano da sole nell'ufficio investigativo numero 3. Al loro arrivo aveva cominciato a piovigginare, ma adesso stava diluviando. Il silenzio si riempì del ritmico tamburellare della pioggia. Suyeon studiò Wanda. Sembrava calma e rilassata.

«Mostrami un documento d'identità.»

«Ho il passaporto francese e il mio permesso di soggiorno. Quale vuoi?»

«Sei straniera?»

«Sì.»

Suyeon non se l'aspettava. Esitò un momento prima di portare di nuovo le mani sulla tastiera. Le chiese di consegnarle il documento che aveva con sé. Wanda pescò il passaporto dalla tasca del cappotto e glielo porse. Suyeon lo aprì per controllare i dati, ma era tutto in francese, di cui lei non sapeva nemmeno una parola. Imbarazzata, fissò prima la fototessera e poi il volto di Wanda. Infine, con un po' di fatica, cominciò a trascrivere le informazioni.

«Di cosa ti occupi? Quando e perché sei venuta in Corea?»

«Sono una traduttrice, principalmente di articoli di economia e politica. Qualche volta mi capitano dei romanzi. Dentro il passaporto c'è il mio biglietto da visita con l'indirizzo e-mail. Tienilo, così puoi dare un'occhiata agli articoli che ho tradotto. Sono qui da cinque anni, più o meno. E riguardo al motivo per cui sono venuta...»

Suyeon prese il biglietto da visita e la guardò.

«È una questione un po' sentimentale. Sono nata qui, ma a cinque anni sono stata adottata e mi sono trasferita in Francia. Ho sempre avuto il desiderio di provare a vivere in Corea.»

«E perché continuo a trovarti sulle scene del crimine?»

«Ah, non te l'ho detto? Anch'io acchiappo criminali.»

«Chi? I vampiri?» A Suyeon venne da ridere.

«Li hai trovati, vero? I due fori. Immagino sia per questo che mi hai ammanettata, ti sei chiesta come facessi a saperlo. Chissà, magari il colpevole sono proprio io!»

Suyeon non seppe come rispondere: Wanda ci aveva preso in pieno.

«Ma non ha molto senso che sia io, se pensi agli indizi che ti ho dato riguardo al caso. Un caso che, per chiunque, non è altro che una serie di vecchi già condannati a morte che hanno deciso di farla finita. Ma tu no, detective! Devi avere proprio un cuore d'oro per non voler accettare che siano semplici suicidi e persistere nella ricerca di un colpevole.»

«Ti sembra un gioco?»

«No, per niente. Sei tu, detective, a credere che io mi stia divertendo a prenderti in giro.»

Le due donne si fissarono, due guerriere pronte allo scontro. Wanda era un enigma. Anche ora, in commissariato e con le manette, manteneva un'aria di calma assoluta, quasi a suo agio. Suyeon si appoggiò allo schienale della sedia, osservando gli occhi tranquilli di Wanda. Quello che diceva era assurdo, ma ancora più assurdo era il fatto che avesse ragione. Il punto in cui erano stati ritrovati i cadaveri, la mancanza di sangue, le ferite sospette. Suyeon si morse il labbro inferiore.

Eungyeong le aveva insegnato che la prima cosa da fare per risolvere un caso era svuotare la mente: doveva essere un foglio bianco dove poter disegnare, senza lasciare che i pregiudizi intaccassero la visione complessiva.

Suyeon abbassò la testa e respirò a fondo. "Libera la mente. Elimina i pregiudizi. Ammettiamo pure che nel mondo esistano i vampiri. Forse anche i licantropi e gli zombie." Si premette le tempie con le dita, poi si passò la mano sul viso. Non bastava ripeterselo per convincersene.

"Okay" si disse. "Se dobbiamo giocare, giochiamo."

«Quindi mi stai dicendo che quei due fori sono opera di un vampiro.»

«Mi credi?»

«Ci sto provando.»

Wanda sorrise soddisfatta. «I canini dei vampiri sono collegati ai nervi. Quando mordono le persone per berne il sangue, questi nervi fuoriescono e si attaccano ai vasi sanguigni come tentacoli. Vanno bene anche le vene, ma sono più comode le arterie, per questo preferiscono la carotide o la succlavia. Tutti gli umani morti per mano di un vampiro hanno le arterie maciullate. Quei due fori sono il segno del loro morso.»

Wanda si picchiettò il collo per mostrarle il punto di cui parlava.

«E come hai intenzione di provare tutto questo?»

«Ti ricordi le dimensioni e la distanza tra un foro e l'altro? Un morso di quel tipo può essere spiegato solo dalla forma della mandibola dei primati e degli umani. Se fosse stato un cane, ci sarebbero più di due fori. Si potrebbe pensare a un serpente, o a un topo, certo, ma se avessero una mandibola così flessibile, allora avremmo altro di cui preoccuparci.»

Suyeon cercò di farsi venire in mente qualche altra creatura che potesse confutare l'ipotesi di Wanda, ma non ci riuscì.

«Si tratta solo di confrontare quale delle due teorie sia più plausibile. La prima, una scimmia si è introdotta nell'ospedale, ha morso della gente e l'ha buttata fuori dalla finestra. La seconda, è stato un vampiro.»

Suyeon non riusciva a scrollarsi di dosso la sensazione che Wanda la stesse prendendo in giro, e rinunciò a seguirla. Entrambe le opzioni erano ridicole.

«Insomma, tu sostieni che il colpevole sia un vampiro, e che quei fori siano opera dei suoi canini.»

«Un vampiro non ci mette niente a scaraventare un umano fuori da una finestra, e, come ti ho già detto, li ha lanciati così lontani di proposito. Altrimenti la gente si sarebbe insospettita per la mancanza di sangue. Una persona che si lancia dalla finestra sbatte contro alberi e pali della luce e non rimangono segni? Non ha senso. La vittima aveva la testa fracassata, eppure non c'era nemmeno una goccia di sangue. Quando ci siamo incontrate, eri sulla scena del crimine proprio per questo motivo.»

Ancora una volta, quello che diceva Wanda era assurdo, ma sembrava essere la chiave per quel caso misterioso. C'era un grosso problema, però, ovvero che potevano essere tutte bugie.

«E tu come lo sai?»

«Te l'ho detto. È il mio lavoro.»

«Ti occupi di acciuffare vampiri?»

«Tu acchiappi umani che uccidono altri umani, io vampiri che uccidono umani.»

Di fronte a Suyeon c'erano tre possibilità. La prima: il colpevole era davvero un vampiro. La seconda: il colpevole era qualcuno che si spacciava per un vampiro. La terza e ultima possibilità: Wanda era davvero fuori di testa.

«Okay, mettiamo che sia stato un vampiro: perché inscenare un suicidio?»

«È il loro modus operandi per evitare di essere scoperti dagli umani. Anche le lettere d'addio che avete trovato sono state scritte davvero dalle vittime.»

«Li ha minacciati?»

«No, credo che li abbia spinti a volerle scrivere.»

Wanda posò le mani sulla scrivania e si avvicinò. La pioggia era diminuita e dalla finestra socchiusa entrava odore di terra bagnata. Era quasi mezzanotte.

«I vampiri hanno due modi per procurarsi il sangue di cui hanno bisogno. Uno di questi è aspettare qualche bel disastro che provochi delle vittime. Guidati dall'odore del sangue, i vampiri sono i primi ad arrivare. Si portano via quelli in fin di vita come se fossero merendine: è colpa loro se non si trovano i cadaveri di persone che avrebbero dovuto essere sul luogo del disastro, com'è successo in Germania nel centro commerciale che ha preso fuoco, o nello schianto di quell'aereo spagnolo. L'ultimo incidente che ho supervisionato è stato l'incendio a Guro-dong, il 19 luglio 2017.»

Suyeon si ricordava di quell'incendio. Era scoppiato in un motel, in piena notte, a causa di un cortocircuito alla reception. Con l'ingresso in fiamme, scappare era stato quasi impossibile, ma la polizia aveva trovato delle discrepanze. Dei ventiquattro ospiti che avevano fatto check-in, quindici erano morti e cinque erano stati salvati. Gli agenti avevano controllato e ricontrollato le telecamere di sorveglianza, ma gli ospiti erano proprio ventiquattro, non c'erano dubbi: quattro persone risultavano scomparse.

«Dove credi siano finiti quei quattro?»

Le telecamere non avevano filmato nessuno uscire dall'edificio prima che scoppiasse l'incendio. I clienti erano arrivati tutti prima delle sette di sera, e non erano usciti fino all'una del mattino, quando erano arrivati i soccorsi.

«Se ricordo bene, quel motel era uno dei più vecchi della zona, e aveva solo una telecamera all'ingresso. Uno dei clienti ha testimoniato di aver sentito il vetro di una finestra andare in frantumi durante l'incendio, e la gente ha semplicemente pensato che qualcuno stesse cercando di scappare. Ma nessuna delle vittime è morta a causa di una caduta, tutte sono soffocate. Il che vuol dire che qualcuno ha rotto il vetro *per entrare*.»

«Quindi le vittime scomparse sono state tutte prese da vampiri. Eri sulla scena del crimine anche allora?»

«Sono arrivata alle 5.45, e alle 5.48 ero di fronte alla reception. Il bancone era un cumulo di cenere. Le impronte che ho trovato si dirigevano tutte verso l'esterno, nessuna verso l'interno. Chiunque sia entrato, deve aver usato una finestra, oppure il tetto.»

«Sei entrata nel motel?»

«È la norma intervenire in incidenti così importanti.»

«Ma come hai fatto? L'accesso era vietato ai civili.»

Wanda la guardò confusa, come se la domanda la mettesse in difficoltà.

«Dai, non ci credo che non lo sai, con il lavoro che facciamo! Al bisogno, basta usare un documento falso.»

Suyeon evitò di soffermarsi su questo dettaglio, almeno per il momento, e ritornò al discorso principale.

«Abbiamo considerato che si potesse trattare di incendio doloso, ma non c'erano tracce di intrusi.»

«Qualcuno poteva benissimo essere entrato, semplicemente avete ignorato l'ipotesi perché non aveva senso» rispose Wanda risoluta. «La finestra sul corridoio del quinto piano era rotta, e guardando i frammenti di vetro era ovvio che fosse stata spaccata dall'esterno. Ma chiunque fosse stato, come aveva fatto ad arrampicarsi fino a lì? A meno che non fosse in grado di volare, era impossibile, e così è rimasto un mistero. Se non mi credi, ricontrolla i file di quel caso, sono sicura che c'è una foto della finestra in questione.»

Suyeon non aveva bisogno di guardare il file, ricordava quella finestra. Era il motivo per cui Eungyeong aveva sospettato che fosse stata opera di un'organizzazione criminale. Alla fine, dopo aver confermato che la causa dell'incendio era stato il cortocircuito alla reception, il caso era stato archiviato.

Suyeon fece un lungo respiro, poi chiese: «E l'altro modo di cui parlavi?».

«Sfruttano la solitudine.»

«La solitudine?»

«Esatto. La più grande debolezza degli umani. I vampiri si approfittano di chi è solo. Fanno sì che le vittime prescelte si fidino di loro e si affezionino, logorandole lentamente, fino a quando queste non arrivano a sacrificarsi di loro spontanea volontà.»

Suyeon la fissò in silenzio.

«Incontrare un vampiro porta felicità, è la loro specialità. Così come i fiori per le farfalle, la bellezza dei vampiri attira gli umani. Sono degli angeli venuti dall'inferno.»

Di fronte all'espressione sconvolta di Suyeon, Wanda si lasciò sfuggire una risatina. Suyeon non riuscì nemmeno a chiederle cosa ci fosse da ridere. La confusione che aveva in testa le impediva di pensare in modo lucido.

Ognuna delle vittime dell'ospedale Cheolma aveva lasciato una lettera dove diceva addio alla propria vita vuota e inutile per raggiungere un luogo di felicità. Dalle loro parole trapelava la certezza che la morte sarebbe stata meglio della vita, prova schiacciante che si trattava di suicidio. Tuttavia, tre delle cinque vittime erano religiose. Ogni settimana, un prete andava in visita all'ospedale e la maggior parte dei pazienti, tranne in casi particolari, partecipava alla messa che veniva celebrata al terzo piano. Alcuni andavano giusto per spiluccare le merendine offerte dal personale, mentre altri ne approfittavano per cantare qualche canzone. A prescindere da quanto potesse essere dura la loro vita, quale cristiano devoto avrebbe scelto di uccidersi? La religione era l'unica cosa a cui si aggrappavano. Ma se qualcuno gli avesse costantemente sussurrato all'orecchio parole dolci fino a condurli al suicidio, allora...

Suyeon tolse le manette a Wanda.

«Be'? Improvvisamente non pensi più che sia io il colpevole?»

Infilò le manette nella tasca posteriore dei pantaloni senza rispondere. In realtà, non aveva nemmeno il permesso di indagare su quel caso. L'aveva ammanettata solo per metterle paura. Aveva bisogno di più prove per confermare che si trattasse di un vampiro, ma trovava plausibile l'ipotesi che le vittime fossero state persuase. Qualcuno le aveva manipolate a lungo, con l'obiettivo di sfruttarle a proprio vantaggio. Non poteva essere Wanda, o avrebbe saputo che uno dei due ascensori era fuori uso.

Suyeon le restituì il passaporto. Wanda la ringraziò con un sorriso e lo infilò di nuovo in tasca. Si alzò.

«Continua con le indagini. È l'unico modo per proteggere queste persone. I vampiri sono crudeli. Devi scusarmi ma non posso rispettare il tuo ordine di stare lontana dalle scene del crimine. Anch'io devo fare il mio lavoro. Alla prossima.»

Wanda lasciò l'ufficio.

Nanju

Con un ingombrante borsone a tracolla, Nanju entrò in un edificio a otto piani su cui era appeso uno striscione che recitava la dicitura: IN AFFITTO. Non distava molto dal Cheolma. I negozi, situati tra il primo e il sesto piano, erano tutti vuoti, mentre gli ultimi due piani erano riservati ai *goshiwon*, minuscoli monolocali che spesso non superavano i quattro metri quadrati. L'edificio, trascurato e fatiscente, sembrava abbandonato. La ruggine aveva mangiato via il colore originale dell'insegna, e le pellicole oscuranti attaccate alle finestre erano crepate come il terreno nei periodi di siccità. L'edificio si trovava in una zona isolata della città vecchia, dove la luce traballante dei lampioni conferiva ai vicoletti attorno un aspetto tetro e freddo. Dai muri emanava un forte odore di muffa. In alcuni punti, la vernice scrostata lasciava intravedere il grigio del cemento. Cadaveri di insetti accumulati come polvere ricoprivano il pavimento lercio. Il palazzo era vuoto da tempo, e i ragni avevano colonizzato gli angoli con le loro ragnatele. I vari negozi – un minimarket 24h, un ristorante di *guksu*, un fruttivendolo – avevano ancora le loro insegne, di cui ormai erano rimaste solo le rovine. Strati di polvere ricoprivano le maniglie di porte chiuse da troppo tempo. Nanju premette il pulsante dell'ascensore con un gesto abitudinario. Dentro l'abitacolo, la investì una luce sfarfallante bianco pallido, attorno alla quale ronzavano delle falene.

L'ascensore raggiunse il sesto piano. Nessuna voce metallica annunciò l'arrivo mentre le porte arrugginite si aprivano a fatica. Il corridoio di fronte a lei era buio, illuminato malamente da lampade fluorescenti che si accendevano e spegnevano a intermittenza. Anche qui, l'odore di muffa trapelava dalle pareti. L'intero edificio sembrava una cisterna abbandonata; sapere che c'era gente che viveva dentro quelle celle era assurdo.

Il rumore sordo dei tacchi di Nanju riecheggiò nel silenzio. Le luci di emergenza brillavano verdi sopra la porta delle scale antincendio. Un finestrone si apriva alla fine del corridoio, ma la pellicola scura che lo ricopriva non lasciava passare alcuna luce. La prima stanza era la numero 101, sulla destra, mentre a sinistra c'era la numero 102, e così via fino a quando, di fronte alla finestra, il corridoio non svoltava a sinistra. Lì si susseguivano altre stanze prima di arrivare alla cucina in condivisione. In totale, venti stanzette ammassate l'una accanto all'altra.

Il piede di Nanju si scontrò con una scodella vuota di *jjajangmyeon* lasciata di fronte alla camera 104. Posò a terra il borsone, si accovacciò e tirò fuori un pacchetto di sigarette. Non aveva molto tempo, ma aveva una gran voglia di fumare. Diede un paio di colpetti al pacchetto. Sfilò con i denti l'ultima sigaretta prima di appallottolare la confezione e lanciarla nel corridoio. Girò la rotellina dell'accendino. Il bagliore aranciato della fiamma le illuminò il viso prima di svanire. Accucciata in mezzo al corridoio, Nanju fece un tiro. Il fumo si sollevò nel buio.

«Che schifo, cazzo.»

Prese fra le dita un insetto che strisciava sulle sue scarpe e lo calpestò con forza, trascinando la suola sul pavimento. Il rumore risuonò nel corridoio, ma nessuno si affacciò per controllare. Nanju gettò il mozzicone per terra e, dopo averlo spento sotto la scarpa, sollevò la scodella di *jjajangmyeon*. Aprì la busta di plastica nera su cui era poggiata. Dentro trovò un plico di banconote da cinquantamila won. Contò in tutto centocinquantamila. Dopo aver verificato l'importo, ficcò di nuovo i soldi nella busta e rovistò nel borsone. Ne tirò fuori una siringa e una fiala. Sfilò il tappo con i denti e inserì l'ago nella fiala per estrarne il liquido. Lanciò il contenitore vuoto nel borsone e si alzò, siringa in mano. Bussò alla porta. Ancora una volta nessuno degli altri condomini si affacciò a controllare. Guardò la maniglia girare e, poco dopo, un braccio spuntò dalla porta socchiusa. Nanju non si prese nemmeno la briga di guardare a chi appartenesse quell'arto e, con un gesto da professionista qual era, infilò la siringa nella vena, all'altezza del gomito. Oltre la porta, si sentì un debole gemito. Una volta finito, Nanju ripulì l'ago.

«La prossima volta sono cinquantamila in più» dichiarò con freddezza.

«Non riesco...»

«Non sono affari miei.»

«A-aspetta!»

Nanju ignorò le suppliche e fece per andarsene, ma l'uomo l'afferrò per il braccio. Il borsone che aveva in spalla cascò, e la siringa e la fiala rotolarono nel corridoio. Nanju colpì prontamente l'uomo sulla testa. Stordito, quello alzò le mani per attaccarla, ma Nanju recuperò con calma il borsone da terra e glielo scagliò addosso. Un fiotto di sangue rosso gli uscì dal naso mentre si accasciava a terra.

«Basta, basta! Scusa!»

Nanju lo colpì altre due volte prima di fermarsi.

«Non pensare di poterla passare liscia solo perché sono una donna. Fottuto drogato.»

L'uomo rimase in silenzio. Nanju era stufa di doversi abbassare a quei livelli per un prezzo così irrisorio: una goccia nel mare dei suoi debiti. Si rimise il borsone in spalla e lasciò l'edificio. Fuori faceva freddo. Si chiuse la zip della felpa fino al collo. Quel gelo era insopportabile. Lo affrontava da tutta la vita, ma il suo astio per l'inverno non si era mai affievolito.

Tornata in ospedale, trovò i suoi colleghi spossati. Incrociò Bohyeon, che la squadrò da capo a piedi.

«Dove sei stata?»

«Qui davanti.»

«Davanti dove?»

«Proprio qui di fronte.»

A quella risposta lapidaria, Bohyeon ricacciò indietro quello che avrebbe voluto dire e sospirò. Spiegò a Nanju che un paziente aveva continuato a urlare per ore, creando agitazione in tutto il reparto. Le urla avevano infastidito anche i pazienti più tranquilli, che si erano lamentati ed erano scoppiati anche loro in ululati di pianto. Alla fine, gli infermieri avevano dovuto chiamare l'amministrazione perché li aiutasse a riportare la calma. Nanju immaginava l'irritazione di Bohyeon, costretta a gestire quel trambusto da sola, ma non si scusò per essere stata via così a lungo.

In quell'ospedale, i giovani infermieri non duravano mai più di tre mesi, e chi fra loro aveva ancora un'idea romantica della professione, scappava dopo solo tre settimane. Anche se rispetto ad altri ospedali non si faticava molto, lo stipendio era più basso e il lavoro estremamente noioso. A Nanju faceva comodo quel repentino cambio di personale, perché in questo modo non c'era tempo di conoscersi e scoprire fatti l'uno dell'altra. Bohyeon, però, lavorava con lei al sesto piano da sei mesi, e non provava il benché minimo interesse nel conoscerla. Anche quando Nanju spariva per un'ora e la lasciava nei casini, Bohyeon, per quanto irritata fosse, non approfondiva mai le sue domande. Nanju aveva sentito che, quando lei non c'era, Bohyeon ne approfittava per farsi gli affari suoi e chiacchierare al telefono con amici. Probabilmente le faceva comodo che Nanju sparisse.

«Cos'è quello?» le chiese Bohyeon.

Sulla spalla di Nanju spiccava l'impronta scura di una mano, là dove l'uomo l'aveva afferrata. Nanju si accigliò al ricordo, poi fece spallucce, come a dire che non era niente.

Wanda

Maurice non capiva perché Wanda volesse incontrare la sua amica proprio quel giorno. Era confuso e triste: aveva dato per scontato che sua figlia li avrebbe aiutati con le preparazioni per l'Epifania. Prima che potesse manifestare il suo dispiacere, Claire gli pestò un piede per fermarlo.

«Fai come preferisci, tesoro» disse a Wanda.

La cucina traboccava di ingredienti, ma Claire sorrise per rassicurarla che non era un problema. Wanda sapeva che potevano benissimo preparare la *galette des rois* da soli, e sapeva anche che Maurice non aveva mai immaginato un'Epifania senza di lei.

«Allora vado» li salutò infine, e Maurice non la trattenne.

Il giorno prima, la ragazza l'aveva guardata in volto prima di darle le spalle e andarsene. Sembrava che fosse venuta per confermare la presenza di Wanda, ma che allo stesso tempo non volesse essere scoperta. Non sapendo quale delle due opzioni fosse quella corretta, Wanda non l'aveva né chiamata né rincorsa. Se non altro ora sapeva che non era un fantasma e che anche lei viveva in quella zona. Anche senza prove tangibili, era sicura che sarebbe tornata. Aspettando l'autobus alla fermata, si portò al petto la borsa con dentro il pranzo al sacco. Mentre lo preparava, Maurice le aveva proposto di invitare la sua amica a casa, invece di stare fuori al freddo, un'offerta che nascondeva il suo dispiacere. Wanda, per farlo contento, aveva annuito, ma sapeva benissimo che non sarebbe mai successo.

Provò a immaginare come sarebbe andata se avesse portato la sconosciuta a casa, ma le fantasie rimasero incomplete. Non riusciva a visualizzare il momento in cui glielo chiedeva, oppure si bloccava sulla reazione di Maurice e Claire. Era difficile per lei immaginare i dettagli di qualcosa che non aveva mai vissuto. Si arrabbiò con se stessa per la sua incapacità di fantasticare. "Probabilmente, se la invitassi davvero, dovrebbe indossare le scarpe." Se Wanda avesse portato qualcuno a casa, Maurice e Claire sarebbero stati felici a prescindere, ma una persona scalza con quel freddo? Di sicuro sarebbero stati un po' scettici. Wanda salì sull'autobus pensando a quali fra le sue scarpe fossero le meno usate.

Il cinema appena aperto era quasi vuoto. Il dipendente della mattina, che di solito non le prestava attenzione, le lanciò una veloce occhiata. Si era accorto che veniva tutti i giorni, si sedeva in sala d'attesa e passava il tempo a leggere. Era un problema, perché allora Wanda non si sarebbe potuta muovere liberamente e avrebbe dovuto iniziare a cercare un altro posto dove passare il suo tempo. Mantenendo un'espressione d'indifferenza, Wanda si accomodò su una lunga panca che poteva ospitare almeno cinque persone. Tirò fuori il libro che aveva portato con sé e si chiese quanto tempo avrebbe dovuto aspettare prima che la ragazza si facesse viva. Poteva venire dopo la chiusura com'era successo ieri, oppure non venire affatto. Wanda prese un profondo respiro e girò pagina. Nessuno era più bravo di lei ad aspettare, ma quel giorno l'attesa non durò a lungo. Dopo solo qualche ora, scorse la ragazza seduta su una sedia.

Aveva con sé un ombrello nero, ed era di nuovo scalza. A parte un po' di fango, non aveva ferite sui piedi. Le unghie erano dipinte con uno smalto nero. Non l'aveva notato la volta precedente, concentrata solo sui suoi piedi nudi. Wanda alzò lo sguardo lentamente. Indossava dei pantaloni di velluto a coste color avorio con un maglione verde. Il cappotto blu che le aveva visto l'ultima volta era ripiegato sullo schienale della sedia, i lunghi capelli lisci abbandonati su di esso.

Wanda le lanciava occhiate furtive, ma la guardò in viso soltanto una volta. Labbra cremisi in contrasto con il pallore della pelle, ciglia lunghe e naso aggraziato... Sembrava una di quelle descrizioni noiose che aveva letto in alcuni vecchi romanzi, ma Wanda non aveva talento con le parole, sapeva solo enumerare i fatti. Quella ragazza le faceva venire in mente storie sdolcinate, talmente bella che le parole non le rendevano giustizia. Incapace di guardarla a lungo, distolse lo sguardo. "Cosa legge? Pare un libro antico."

La giornata trascorse con spettatori che andavano e venivano a seconda degli orari di proiezione. A un certo punto, Wanda si accorse che anche la ragazza era venuta per lei. Era una sensazione chiara, che non aveva bisogno di spiegazioni. Era proprio come le aveva detto una volta Claire: «Riconoscerai subito le persone che sei destinata a incontrare».

Wanda cercò di calmare le farfalle nello stomaco. Incrociava le gambe tremanti, sfogliava il libro senza vedere le parole, tornava indietro per rileggere. Doveva parlarle. Forse oggi avrebbero potuto mangiare insieme. Poco dopo mezzogiorno, proprio quando Wanda cominciò ad avere fame, un uomo si avvicinò.

Indossava un mantello blu che gli arrivava alla vita e da cui si intravedeva una cintura dalla fibbia argento. Wanda alzò lo sguardo. Un agente di polizia! Nonostante non sembrasse anziano, dal cappello si scorgevano ciuffi di capelli ingrigiti dallo stress. Era magro, ma muscoloso, un fisico da corridore, osservò Wanda, che aveva già capito che a breve sarebbe dovuta fuggire. Dietro l'agente, in lontananza, vide il dipendente della mattina. Aveva chiamato la polizia. In effetti, sarebbe stato strano se non l'avesse fatto. Due ragazze, una che veniva tutti i giorni solo per leggere, e una scalza: decisamente sospetto. L'agente si chinò e rivolse uno sguardo gentile a entrambe per dimostrare di essere lì per aiutarle, non per spaventarle. Allo stesso tempo, però, era ovvio che le avrebbe trascinate in commissariato, indipendentemente dalle scuse che avrebbero accampato.

Wanda era nei guai. Il problema non era tanto andare in commissariato, quanto cosa sarebbe successo dopo. L'agente non l'avrebbe mandata a casa fino all'arrivo dei suoi genitori, una volta confermata la verità. Questo però significava che Maurice e Claire avrebbero scoperto che Wanda non era andata in biblioteca con un'amica, ma che tutti quei giorni aveva aspettato un'estranea seduta al cinema. E lei voleva evitare almeno quello spettacolo pietoso. Mentre rifletteva su come avrebbe potuto fare per non farsi acchiappare, alzò lo sguardo e le venne un colpo. La ragazza la stava fissando. Wanda la guardò mentre le sue labbra cremisi formarono una sola parola: "Aspetta".

La ragazza afferrò le sue cose e si alzò, superando l'agente. Quello cercò di afferrarla, ma lei lo schivò e corse verso l'uscita. Insospettito, l'uomo si lanciò all'inseguimento, lasciando Wanda da sola. Quando i due furono scomparsi, Wanda sentì un refolo gelido provenire dal bagno. "Forse c'è una finestra aperta?" Wanda tenne d'occhio la porta del bagno, perplessa. Attraverso la fessura ad arco, sbucarono due piedi nudi. Wanda si alzò di scatto.

Gli altri spettatori erano rivolti verso l'uscita principale, così lei approfittò della confusione per sgusciare nel bagno. Una volta dentro, non credette ai suoi occhi. Era sicura di aver visto la ragazza dai capelli scuri correre fuori dal cinema, eppure eccola lì, seduta a cavalcioni sulla finestra. Wanda la guardò con aria interrogativa e, per tutta risposta, lei allungò una mano verso di lei. Era l'unica via di fuga. Wanda afferrò la mano della ragazza, che la aiutò ad arrampicarsi. Il suo corpo si sollevò, e un attimo dopo era seduta sul davanzale, mentre la sua complice era già saltata giù. Wanda non ebbe nemmeno il tempo di sorprendersi. Era uno spazio troppo stretto perfino per una sola persona, così cercò di mantenere l'equilibrio per evitare di cadere. Guardò in basso. Si trovavano sul retro del cinema, vicino all'entrata del personale. In piedi, sotto di lei, c'era la ragazza. Quando si era arrampicata, la finestra non le era sembrata così in alto, ma ora le appariva incredibilmente lontana da terra. La ragazza teneva gli occhi fissi su di lei, le mani tese. Non cadeva nemmeno una goccia di pioggia, ma il suo ombrello nero era aperto.

«Ti prendo io.»

Wanda voleva urlare che era impossibile, ma fuori dal bagno sentì la voce dell'agente che, perse le tracce della ragazza, stava cercando lei. Il dipendente del cinema indovinò che doveva essere passata dal bagno, non avendola vista uscire dalla porta principale. Wanda non poteva aspettare oltre. Sotto di lei, le braccia della ragazza sembravano due rami robusti. "E se si fa male?" Da fuori, l'agente bussò alla porta del bagno.

«Permesso? Sto entrando!»

Wanda serrò i denti e si lanciò, come se stesse scappando da un incendio, o forse andandoci incontro.

Si era buttata con gli occhi serrati, così non vide l'espressione o la posizione in cui la ragazza la prese. Percepì solo le sue mani che non la lasciarono andare fino a che non toccò terra. Attraversarono il parcheggio deserto. Wanda si ricordò di aver lasciato la borsa nel cinema, ma era troppo tardi per tornare a prenderla.

«Mi chiamo Lily» si presentò la ragazza.

Disse che erano coetanee, anche se a Wanda sembrò strano. Come faceva a sapere quanti anni aveva? E poi era troppo alta per avere sedici anni. Superava Wanda di una spanna intera, e sembrava molto più adulta di lei. Non potevano avere la stessa età. A ogni modo, non era quello il momento per pensarci. Anche se Lily mentiva, Wanda era pronta ad accettare le sue bugie. Almeno per il momento. La prima cosa che le chiese fu se non sentiva freddo a camminare scalza. Lily pestò un cumulo di neve, poi mosse le dita dei piedi.

«No, per niente.»

La vera intenzione della sua domanda era scoprire perché non indossasse le scarpe, e sperava che Lily avrebbe capito senza bisogno di essere diretta. Invece non aggiunse nulla e Wanda evitò di insistere per non sembrare maleducata. "Magari non vuole dirmi il motivo. L'importante è che non abbia freddo."

Lily e Wanda camminarono su una stradina che seguiva un campo di grano. Si vedevano ancora i segni delle ruote delle carrozze che ci passavano anni prima. Dopo la costruzione della via principale che attraversava il paese però nessuno si avventurava più su quella stradina, né carrozze, né persone, né automobili. Era la strada preferita di Wanda, perché la portava a casa in un batter d'occhio. Un cipresso svettava lì sul ciglio, ricordandole i dipinti di Van Gogh.

Il sole tramontò, e Lily chiuse l'ombrello. Wanda si sentiva stranamente emozionata a fare quella strada così familiare con quella ragazza. Provò a camminare il più lentamente possibile, per allungare il tempo che avrebbero potuto trascorrere insieme, anche se sapeva che la strada sarebbe inevitabilmente finita. In lontananza, già si intravedeva casa sua e Wanda si sentì pervasa dalla tristezza. Sarebbe stato bello invitare Lily come le avevano proposto Claire e Maurice, ma dubitava che la ragazza avrebbe voluto presentarsi a casa di sconosciuti a piedi nudi.

Quando Wanda si fermò, Lily fece altrettanto. Notò la casa su cui si era posato lo sguardo di Wanda e capì che si trattava di casa sua. Fece un passo indietro.

«Te ne vai?» le chiese Wanda.

Lily annuì.

«Dove abiti tu?»

Lily indicò la zona a nordovest vicino a Pieffe, il villaggio di fronte alla foresta. Distava quaranta minuti in auto, o due ore a piedi dal cinema. Wanda sapeva che c'era una sala più vicina a dove viveva Lily. Si rese conto che, anche se la prima volta che si erano viste era stato un caso, le successive Lily era venuta apposta per lei. Voleva chiederle una conferma, ma si vergognava.

«Non possiamo tornare al cinema domani. Ormai sanno chi siamo.»

Si domandò se Lily avesse compreso cosa intendeva. Si pentì di non essere stata più chiara.

Fortunatamente, però, Lily capì.

«Vediamoci sotto quest'albero, al tramonto.»

«Domani?»

«Sì. Non puoi?»

«No, va bene.»

Wanda avrebbe voluto chiederle perché proprio al tramonto, ma trattenne l'impulso di proporle di incontrarsi prima.

Erano quasi arrivate a casa di Wanda, e così le due ragazze si salutarono. Wanda rimase a lungo a osservare Lily e il suo ombrello nero che si allontanavano.

Maurice e Claire non la rimproverarono per aver dimenticato la borsa. Al contrario, si preoccuparono che ci fosse rimasta male e la consolarono. Wanda, che non aveva mai perso nulla in vita sua, si sentì in colpa e si scusò. I suoi genitori le mostrarono la *galette des rois* che avevano preparato. La superficie decorata a foglie di alloro e spennellata di albume brillava. Tagliarono la torta in quattro fette e gliene offrirono una. Da tradizione, andava mangiata l'indomani, ma volevano tirarle su il morale.

Wanda ci pensò un attimo, poi prese la sua porzione e la mise su un piatto. Claire le diede una forchetta e lei la affondò nella crema di mandorle e composta di mele. Ne prese un bel pezzo e se lo infilò in bocca. Una delle quattro fette conteneva la *fève*, una piccola statuina di porcellana. Tutti gli anni, alla mattina dell'Epifania, ognuno prendeva una fetta di *galette des rois* e scommetteva su chi avrebbe trovato la *fève*. Il vincitore sarebbe stato il re per tutto il giorno, e si diceva che i suoi desideri si sarebbero avverati. Dopo aver mandato giù il boccone, Wanda guardò dentro la sua fetta. In mezzo alla crema, scorse la *fève*. Sorrise e la tirò fuori con le dita: era un angioletto grosso quanto un pollice. Claire si rallegrò con lei.

«La fortuna ti ha trovato!»

Fortuna... mentre rifletteva su quella parola, a Wanda tornò in mente Lily.

Più tardi, distesa a letto, Wanda si rigirò tra le mani la *fève* pulita, aspettando di addormentarsi. La luna era particolarmente luminosa quel giorno: aveva lasciato le finestre aperte, e sembrava che ci fosse la luce accesa. Wanda si rannicchiò sotto le coperte e chiuse gli occhi. L'indomani avrebbe rivisto Lily. Ripensò più volte al momento in cui si sarebbero incontrate sotto il cipresso. "E se non viene? No" Wanda scacciò via la preoccupazione, "verrà sicuramente."

Il giorno seguente considerò se portarsi appresso un paio di scarpe per Lily, ma alla fine uscì senza. Corse sulla strada buia. Sotto l'albero, Lily la aspettava indossando degli stivali di pelle e un cappotto nero. Anche quel giorno, era bella da togliere il fiato.

Suyeon

«Hai qualcosa da dire?» le chiese Chantae senza nemmeno voltarsi, quasi avesse un altro paio di occhi sulla nuca. Suyeon sospirò di sollievo prima di schiarirsi la voce.

«Qui ho finito, posso andare?»

Chantae guardò l'orologio. Mancavano trenta minuti alla fine della giornata. Non c'era motivo di trattenerla, l'unico problema era che Chantae sapeva bene che di solito Suyeon se ne inventava di ogni pur di lavorare. Doveva avere una buona ragione per volersene andare così di fretta.

«Non mi serve un mandato di perquisizione.» Suyeon anticipò i suoi rimproveri. «Vado solo a dare un'occhiata, poi già che ci sono...»

Chantae la guardò. Sembrava esausto.

«Credi che mi comporti così perché non me ne frega niente? Credimi, ci sono già passato. Non voglio che poi tu te ne penta.»

«... Posso andare se penso che non me ne pentirò?»

«Cosa chiedi a fare la mia opinione se tanto hai già deciso? Va'. Ma se arriva richiesta di rinforzi da Bucheon, ti voglio vedere correre, senza una parola! Ci siamo capiti?»

Lei esitò.

«Allora?»

Finalmente Suyeon annuì.

«Vattene, su.»

Suyeon lo salutò con un piccolo cenno del capo, poi, prima che potesse cambiare idea, si lanciò fuori dall'ufficio alla velocità della luce.

Iniziò a piovere proprio poco prima che arrivasse all'ospedale.

L'impiegato in amministrazione dormicchiava piegato sulla scrivania, nascosto dietro il computer. Quando Suyeon bussò sul bancone, l'uomo la guardò da dietro le palpebre socchiuse. Era sfinito.

«Un altro suicidio?» chiese infastidito quando la riconobbe.

«Niente del genere. Avrei bisogno dell'elenco del personale e dei pazienti ricoverati.»

L'impiegato si accigliò, scocciato di essere stato interrotto durante la pausa. «A cosa le serve?»

«Per scrivere il verbale degli incidenti. Mi servono varie informazioni, fra cui il numero di persone presenti nella struttura, e...»

«Aspetti un attimo.»

L'impiegato annuì, poco interessato alla sua scusa improvvisata, e si spostò su un altro computer. Senza farsi vedere, Suyeon tirò un sospiro di sollievo.

«Dubito che ti servirà.» Di fianco a lei si materializzò Wanda. Si appoggiò al bancone dell'amministrazione a braccia incrociate. In un sussurro udibile solo da Suyeon, aggiunse: «Ma visto che hai chiesto, fai particolare attenzione a chi ha i turni di notte».

«Non ho bisogno del tuo aiuto» sibilò Suyeon recuperando la lista che l'impiegato le porgeva.

Mentre lasciava l'ufficio amministrativo, sentiva dietro di lei i tacchi di Wanda che la seguivano. Fuori dall'ospedale, non udendola più, si voltò di scatto. Wanda era in piedi nel punto in cui avevano trovato l'ultima vittima e fissava l'esterno dell'ospedale. Si accorse che Suyeon la stava osservando.

«Chissà se le vittime avevano lo sguardo rivolto alla finestra mentre cadevano.»

Wanda si avvicinò all'edificio. Afferrò con entrambe le mani la grondaia che saliva fino al tetto, scuotendola. Si girò verso Suyeon.

«Voglio salire sul tetto.»

Invece di chiederle il motivo, Suyeon le fece segno di seguirla.

Di ritorno in amministrazione, questa volta l'impiegato non fece una piega. Le consegnò le chiavi del tetto chiedendole di fare attenzione a chiudere la porta una volta finito. Wanda premette il pulsante dell'ascensore fuori servizio. Suyeon chiamò quello in funzione.

«Quell'ascensore non va. Lo tengono spento per risparmiare sull'elettricità, visto che non c'è un gran viavai di gente. Lo usano solo per la distribuzione dei pasti.»

Al tetto si accedeva attraverso una porta a doppia anta protetta da un cancello di ferro arrugginito. Suyeon ignorò le scatole accatastate di fianco alla porta e procedette ad aprirla. Wanda, invece, ne prese una e sbirciò dentro. Traboccava di museruole, collari, e altri attrezzi per immobilizzare i pazienti. Suyeon aprì a fatica la porta e chiamò Wanda, la quale aveva lo sguardo incollato sugli oggetti nella scatola.

«Servono per i pazienti ricoverati nel reparto psichiatrico» spiegò Suyeon. «Per evitare che si facciano del male.»

L'ospedale di riabilitazione Cheolma si distribuiva su otto piani. Il piano terra ospitava l'amministrazione e gli ambulatori, il primo le cucine, il secondo una piccola sala che veniva usata a vari scopi (fisioterapia, funzioni religiose, corsi settimanali); dal terzo all'ottavo piano c'erano le stanze dei pazienti che si dividevano in due reparti: quello di riabilitazione occupava dal terzo al sesto piano, dov'erano ricoverati i pazienti con demenza o che avevano bisogno di fisioterapia; quello di Psichiatria, invece, si trovava al settimo e all'ottavo piano. Solo chi faceva parte del personale poteva entrare, tramite la sua tessera, a questi ultimi due piani, altrimenti il reparto era inaccessibile sia con l'ascensore sia con le scale di emergenza.

Nonostante la spiegazione di Suyeon, Wanda continuò a fissare l'attrezzatura. "Forse anche lei pensa che siano metodi disumani." Stava per aggiungere che venivano usati solo in casi estremi, ma Wanda la interruppe.

«Sono simili agli attrezzi che uso per catturare i vampiri. Questa, per esempio.»

Sollevò una museruola. Nei suoi occhi, Suyeon scorse la gioia di un guerriero che ritrova la fedele spada persa in battaglia. Quella reazione la mise a disagio: come poteva Wanda comportarsi a quel modo di fronte a strumenti usati per privare le persone della propria libertà? Uscì sul tetto senza rispondere.

Sul tetto deserto non c'erano segni di effrazione. La telecamera di sorveglianza sopra la porta era spenta. Aveva smesso di piovere, ma il pavimento in cemento era ancora bagnato. La pioggia aveva ormai lavato via qualsiasi eventuale traccia. Era la prima volta che Suyeon saliva fin lassù. In casi di suicidio, non era ritenuto necessario perlustrare il perimetro.

Wanda era vicino alla balaustra ricoperta di filo spinato. Le arrivava alle spalle. Lei era alta più o meno un metro e settanta: un adulto di altezza normale non sarebbe potuto cadere per sbaglio. Allungò le mani per toccare il filo spinato, ma Suyeon la raggiunse per fermarla.

«Ti fai male!»

Wanda la ignorò e passò una mano sul filo. Poi, prima che Suyeon potesse intervenire, si infilò un dito in bocca. Suyeon la afferrò per il braccio.

«Sei impazzita?!»

Wanda si rigirò la lingua in bocca per sentire bene il sapore.

«Sono stati lanciati da qui, non dalle stanze. Considerato che la porta del tetto è sbarrata, ci sono due opzioni: o il vampiro si è arrampicato sulla grondaia con la sua preda, oppure qualcuno gli ha aperto la porta. I vampiri possono arrampicarsi sui muri senza bisogno di appigli, ma con una mano occupata è un'altra storia.» Si accovacciò e passò il palmo sul pavimento di cemento. «Questo è il punto da cui ha gettato i corpi, ne sono certa. Vedi questi frammenti di cemento? Significa che un vampiro è stato qui.»

Superare la balaustra con il filo spinato non era impossibile, anche se chiunque avrebbe sicuramente perso l'equilibrio; senza contare che il cemento non si sarebbe mai sgretolato con la sola forza di un umano. Alzandosi, Wanda si spolverò le mani.

«C'è del sangue. Dev'essersi seccato prima che piovesse. Guarda, qui il colore è diverso. Ormai però è contaminato, forse non può più essere considerato una prova.»

Per fare luce nel buio della notte, Wanda accese la torcia del telefono e illuminò una spina di metallo rosso scuro che puntava verso il cielo. Cadendo, una goccia di sangue si era avviluppata alla spina, per poi scivolare sul cemento. Eccola lì, infatti. Una macchia rossa. *Dev'essere questa*. Bisognava che la scientifica la esaminasse per esserne sicuri. Una volta confermato che fosse effettivamente sangue, avrebbe potuto chiedere assistenza nelle indagini. Il problema era che una goccia di sangue non avrebbe trasformato il caso in un omicidio. Al contrario, poteva significare che una delle vittime si era fermata sulla balaustra, confermando l'ipotesi del suicidio.

L'impiegato in amministrazione le aveva detto che c'erano due chiavi per il tetto, una nel loro ufficio, l'altra invece tenuta dal guardiano. «Se qualcuno degli impiegati o degli infermieri ha bisogno della chiave, gliela diamo senza fare troppe domande.»

Una volta fuori dall'ospedale, Wanda si mise una sigaretta in bocca e tirò fuori l'accendino. Suyeon le sfilò la sigaretta dalle labbra e gliela posò sul palmo.

«Vietato fumare davanti all'ospedale.»

Wanda la guardò stranita. «Ho visto un sacco di pazienti che fumavano qui.»

«Perché sono pazienti. Un modo come un altro per evitare che si allontanino troppo per fumare e si creino problemi. Non dovresti approfittarne.»

Di fronte alla fermezza di Suyeon, Wanda non poté fare altro che infilarsi la sigaretta in tasca. La detective salì in macchina senza salutarla.

Quella notte, Suyeon pedinò Wanda. Notò che guidava solo su strade principali. Era quasi mezzanotte; non c'era nulla di strano nell'evitare le stradine secondarie, ma pareva che la donna aggiustasse il percorso e la velocità volutamente, per evitare che Suyeon la perdesse di vista.

Dopo la sera in commissariato, Suyeon aveva controllato gli articoli tradotti da Wanda e dove viveva. Ora doveva verificare che le avesse fornito un nome e un indirizzo valido.

Suyeon parcheggiò all'angolo di una via. Il posto dove Wanda si era fermata non era casa sua, ma un pub in stile occidentale. Si trovava a Incheon, nella periferia di Chinatown, non molto distante da casa di Wanda, sempre che l'indirizzo fosse corretto. Il pub si chiamava 1446, e l'insegna era illuminata da lampadine al neon dorate, alcune fulminate. Suyeon scese dall'auto e osservò il vecchio edificio. Da fuori sembrava poter ospitare al massimo una decina di clienti. Sul retro, bidoni per l'organico e la raccolta differenziata: quello doveva essere l'ingresso del personale. Per fortuna, il vicolo sul retro era cieco: si sarebbe risparmiata la fatica di controllare tutto il perimetro. Suyeon tornò in macchina.

Era mezzanotte passata. Poggiò la testa sul volante. La stanchezza cominciava a farsi sentire. Non era nemmeno un'indagine ufficiale, quindi la mattina dopo avrebbe dovuto presentarsi al lavoro in orario a prescindere da quanto tardi avesse fatto. "Magari chiudo gli occhi un attimo... No, no!" Suyeon si schiaffeggiò un paio di volte per tenersi sveglia. Prese il mucchio di fogli accatastati sul sedile del passeggero: la lista del personale e dei pazienti dell'ospedale. La sera precedente aveva notato qualcosa di strano. Le infermiere lavoravano su tre turni – mattina, pomeriggio e notte – senza sovrapporsi mai. Al contrario, si davano il cambio. Il turno del mattino finiva quando iniziava quello del pomeriggio, e così quello di notte. Una regola stabiliva che in una settimana si potevano fare al massimo tre turni notturni, e i giorni dopo i notturni o erano di riposo oppure cominciavano il pomeriggio. Solo una persona faceva eccezione: l'infermiera Seo Nanju del sesto piano. Era l'unica che aveva sempre il lunedì e la domenica di riposo, mentre il resto della settimana lavorava solo di notte.

La porta del pub si aprì. Quaranta minuti dopo essere entrata, Wanda uscì sistemandosi il cappotto. Suyeon rimise i documenti sul sedile del passeggero e scese dalla macchina. Wanda non abitava lontano da lì, e su quelle strade strette le veniva più comodo seguirla a piedi.

Wanda entrò nell'edificio all'indirizzo che aveva fornito a Suyeon, un vecchio palazzo a cinque piani. Abitava all'interno 502. Suyeon rimase nei paraggi per un'ora. Se ne andò solo quando fu sicura che Wanda non sarebbe più uscita.

Tornò al pub. Voleva avere conferma che non fosse una copertura. Fissò l'insegna al neon per qualche secondo prima di spingere la porta ed entrare. L'interno buio era illuminato solo da qualche candela. Proprio come si aspettava, era uno spazio molto ridotto. Un lungo bancone con cinque sgabelli alti permetteva ai clienti di sedersi di fronte al barista. Gli unici altri posti, una coppia di tavoli per due. Non c'erano né clienti né camerieri. Pensando che fosse chiuso, Suyeon rimase in piedi all'ingresso.

Alla fine di una lunga vetrinetta di alcolici vide una tenda nera da cui filtrava una luce biancastra e proveniva il flebile sciabordio di acqua nel lavandino. Poco dopo, una donna scostò la tenda asciugandosi le mani. Se Suyeon ricordava bene, quella doveva essere Greta.

Nanju

Quando le diedero la notizia che suo padre aveva finalmente tirato le cuoia, il viso di Nanju si aprì in un sorrisone che si affrettò a nascondere. Nessuno però poteva biasimarla. Chiunque si era ritrovato a combattere contro una lunga malattia avrebbe capito la sua reazione, mentre coloro che non ci erano passati non avevano il diritto di dirle nulla.

Quel giorno, mentre camminava verso l'ospedale, si sentiva più leggera che mai. Si era già dovuta schiaffeggiare una decina di volte per togliersi quel sorriso ebete dalla faccia. Invece di recarsi verso le stanze dei pazienti come al solito, Nanju si diresse verso la camera funeraria dell'ospedale. Mentre scendeva nel seminterrato, si sentiva al settimo cielo. Trovò sua madre ad aspettarla: aveva il viso smunto, ma il peso che le gravava sulle spalle era sparito. Un impiegato le accompagnò nella stanza dove si trovava il padre. Nanju passò le dita sul drappo elegante che ricopriva il corpo immobile. La stoffa era morbida e liscia. Quando suo padre era in vita, Nanju aveva evitato quel viso come la peste, ma quel giorno aveva deciso che si sarebbe fatta forza e l'avrebbe guardato come faceva da bambina. Per l'ultima volta.

Scostò la stoffa e rimase pietrificata.

Un urlo squarciò l'aria e lei indietreggiò.

La pelle del viso di suo padre sembrava essere stata raschiata via, la testa ancora attaccata al collo solo per qualche misero centimetro. Nanju non si era immaginata una morte del genere. Anche se suo padre le aveva inflitto null'altro che dolore, non aveva mai desiderato che morisse in questo modo osceno: un lombrico schiacciato sull'asfalto. Nanju si allontanò da quel corpo martoriato. Si fermò solo quando delle dita fredde l'afferrarono per le spalle. Guardò quella mano con occhi tremanti. Lunghe unghie nere le graffiarono la guancia.

Nanju si svegliò di soprassalto. Un incubo. Prese i tranquillanti sulla mensola e ne mandò giù uno. Sentiva ancora la sensazione delle unghie sulla pelle. Si sfregò la guancia. Era sudata, i capelli umidi appiccicati alla fronte. La sua paura si stava manifestando sotto forma di incubi. Cambiava sempre aspetto, cosicché Nanju non potesse prevederla. Non importava quanto lei la evitasse o cercasse di dimenticarla; continuava a tornare. Un avvertimento che prima o poi quella paura sarebbe diventata realtà. Nanju si sforzò di ricordare com'era apparso suo padre negli ultimi attimi. Era morto sereno, gli occhi chiusi, il viso pallido e pulito.

Nanju indossò un cappotto e uscì. Quel giorno non era di turno, ma l'idea di rimanere tappata in casa la faceva sentire male. Si diresse verso un pub in stile giapponese che frequentava spesso, il suo porto sicuro. A parte l'ottimo cibo, il locale piccolo e accogliente era perfetto per andarci da soli. Nessun posto reggeva il paragone.

Nanju entrò. Nonostante fosse un giorno feriale, il pub brulicava di clienti. Il cameriere la riconobbe e la fece accomodare al bancone. Da lì si poteva chiacchierare con lo chef e osservarlo mentre tagliava fette precise di sashimi. Per gli amanti del pesce crudo era una posizione privilegiata, ma non per Nanju. Era entrata lì per la prima volta due settimane fa e si era seduta al bancone per caso, non trovando posto altrove, ma da allora il cameriere la faceva sedere sempre lì.

Lo chef, con un coltello lungo e sottile, stava sfilettando della ventresca di tonno quando notò Nanju, e le fece un segno di saluto. Nanju rispose con un cenno del capo.

«Giorno libero?»

«Sì.»

«Ti consiglio di provare il tonno, è freschissimo. Te ne preparo una porzione abbondante.»

«Vada per il tonno.»

Nanju ordinò anche una birra. Su un raffinato vassoio di legno le venne servito il tonno insieme a scalogno sottaceto, rafano marinato e foglie di ravanello. Lei versò della salsa di soia in un piattino e ci sciolse un po' di wasabi. Osservandola, lo chef ne approfittò per chiederle come stava. Ormai Nanju sapeva che aveva un debole per lei. All'inizio aveva pensato che fosse solo gentile, ma quando aveva iniziato a raccontarle la sua vita un po' troppo nel dettaglio aveva capito. Lo chef cercava in tutti i modi di dimostrarle il suo interesse, ma Nanju faceva la finta tonta, trovando inutile ricambiare le sue attenzioni.

«Sei un po' pallida, ma immagino sia normale viste le brutte notizie che girano ultimamente. Siamo tutti un po' tesi. Non sembra, ma anche qui da noi questo mese sono calate le vendite. La gente preferisce non uscire di notte.»

Nanju fissò lo chef. Non aveva idea di che cosa stesse parlando. Lui abbassò la voce come se le stesse raccontando una storia dell'orrore.

«Non lo sapevi? Solo negli ultimi cinque giorni ci sono state sei segnalazioni di persone scomparse a Bucheon.»

Il viso di Nanju si oscurò mentre posava le bacchette.

«Hai detto che vivi qua vicino, giusto? Non andare in giro di notte da sola. Se vuoi ti posso riaccompagna...»

«Il conto per favore.»

Nanju si alzò lasciando più di metà del pesce nel piatto. Preso alla sprovvista, lo chef impallidì di colpo. Quando la donna ebbe pagato, l'uomo la afferrò per un braccio prima che uscisse. Lei lo colpì sul dorso della mano e lo fulminò con lo sguardo. Ignorando il dolore, lo chef le rivolse un sorriso forzato.

«Non hai nemmeno finito di mangiare.»

«Arrivederci.»

«Lascia che ti accompagni almeno qua davanti.»

Fece per aprirle la porta, ma Nanju abbassò la voce in un ringhio: «Smettila con queste stronzate e levati di torno».

Lui rimase di sasso. Nanju lo spinse via e sgusciò fuori dal locale. Fortunatamente, l'uomo non si mise a fare scenate rincorrendola. "Che peccato, mi piaceva questo posto." Se non fosse stato per le eccessive gentilezze di quello chef, ci sarebbe tornata volentieri. Già con i nervi a fior di pelle dopo che le aveva detto di quei casi di sparizione, la sua insistenza l'aveva fatta esplodere. Si affrettò verso casa. Sbuffò ripensando a quel tizio che si era offerto di riaccompagnarla. Ma chi si credeva di essere? Era forse convinto che il solo fatto di essere maschio potesse proteggerla da ogni male? Ridicolo. Quanto minuscolo e meschino poteva essere il mondo!

Si era fatta mezzanotte. Camminava a braccia conserte, rimuginando sulle sparizioni, quando improvvisamente si rese conto del silenzio assordante che la circondava. Si fermò in mezzo alla strada deserta. Ora non sentiva più nemmeno il rumore dei suoi passi. Si girò per controllare dietro di sé: neanche un'anima nei paraggi. Sollevata, si girò di nuovo, ma le si mozzò il respiro quando una figura imponente si stagliò di fronte a lei. Si riprese subito e, nascondendo la sorpresa, ricominciò a camminare. Nanju procedette fianco a fianco con quella sagoma scura.

«Ho sentito che a Bucheon ci sono stati degli incidenti.»
L'ombra rimase in silenzio.
«Non è opera tua, vero?»
«Certo che no.»
Nonostante fosse la risposta che voleva, si sentiva agitata come una foglia trascinata dalla corrente. Nanju però non indagò oltre. La figura scura non aveva motivo di mentirle, e se anche fosse successo, non poteva farci nulla. Camminò in silenzio.
Si fermarono di fronte a un edificio. Quell'ombra non sembrava intenzionata a entrare con lei.
«Una detective sospetta qualcosa» disse mentre le sistemava il cappotto. «Eppure, abbiamo fatto tutto alla perfezione...»
«Cosa ti aspetti da una detective? È il loro lavoro sospettare di ogni cavolata.»
Nanju parlava con il suo solito tono di voce, ma lo sguardo continuava a caderle in basso, sull'orlo delle maniche del suo interlocutore. Percepiva i suoi occhi fissi su di lei.
«Non credo stia indagando da sola» aggiunse la figura.
«Immagino di no, di solito i detective si muovono in coppia.»
«Però...»
Nanju alzò lo sguardo. Era la prima volta che esitava a dire qualcosa. L'uomo serrò le labbra, immerso nei suoi pensieri.
«Non è niente, lascia perdere.»
Nanju avvertì incertezza nel silenzio che seguì.
L'uomo le spostò una ciocca di capelli dietro l'orecchio. «Vai a dormire, oggi hai la testa troppo occupata.»
Il suo tono impensierito nascondeva una minaccia: sembrava le stesse dicendo che fosse a conoscenza dei pensieri ridicoli che le ronzavano in testa.
Dentro casa, Nanju rimase in piedi di fronte alla finestra a osservarlo mentre si allontanava a passi lenti. Era consapevole che l'uomo la stava tenendo d'occhio, ma ultimamente si era chiesta spesso se la persona da controllare non fosse proprio lui. Mentre lo guardava, Nanju si morse le unghie, nervosa.

Wanda

Wanda regalò la *fève* a forma di angioletto a Lily, e lei ne fece una collana. La corda a cui l'aveva legata era molto lunga, abbastanza perché il ciondolo rimanesse nascosto sotto i vestiti; quando Lily l'aveva sfilata da sotto la maglia per mostrargliela, a Wanda aveva ricordato una lenza. L'estate precedente era andata sul fiume con Maurice, dove aveva visto un pescatore tirare su un pesce dorato con la canna da pesca. Wanda sorrise. Aveva temuto che Lily buttasse via quel regalo insignificante, ma finalmente la sua preoccupazione sparì.

«È stato difficile perché ho dovuto crearla di nascosto.»

«Perché?» Wanda guardò la *fève* nel palmo di Lily. Sulla piccola ala sinistra aveva praticato un foro per infilare il cordino. Non era semplice lavorare la ceramica: l'ala infatti era piena di segni. A Wanda piaceva ancora di più in quel modo, perché era una testimonianza del tempo che Lily aveva dedicato al suo regalo.

«La mia famiglia non va molto d'accordo con Dio.»

Wanda scoppiò a ridere, e Lily la seguì a ruota. Ridevano a crepapelle, le spalle che tremavano.

Al tramonto, Lily l'aspettava sempre sotto il cipresso. A volte era seduta contro il tronco, oppure su un ramo basso. Di tanto in tanto la trovava in cima all'albero. Wanda la chiamava, senza avere idea di come potesse essersi arrampicata fin là sopra. Lo sguardo gelido di Lily era sempre fisso sull'orizzonte, fino a che sentiva la voce di Wanda. Allora, Lily sorrideva, diventando una persona completamene diversa. Da seria sembrava una statua di ghiaccio, ma i suoi sorrisi ricordavano a Wanda la luce primaverile che aveva visto dipinta in alcuni quadri. La bellezza che irradiava in quei momenti la lasciava senza parole, incapace di reagire. Avrebbe voluto osservare ogni secondo di quelle labbra cremisi che si aprivano in un arco perfetto, o quei suoi occhi che diventavano mezzelune, ma distoglieva lo sguardo subito.

Wanda non sapeva niente di Lily, tranne il fatto che viveva nella zona di Pieffe con la sua famiglia eccentrica e un po' pignola. Pensava a lei in ogni momento libero, e qualche volta le venivano in mente altre cose che la incuriosivano. Soprattutto, voleva sapere perché potevano incontrarsi solo di notte. Avrebbe voluto chiederglielo, ma aveva la sensazione che ci fosse un motivo importante per cui lo teneva nascosto, altrimenti Lily glielo avrebbe detto. Wanda aveva alcune ipotesi. La prima era che Lily gestisse un negozio, oppure fosse un'impiegata in un'azienda e di giorno lavorava. La seconda era che avesse una marea di fratelli e sorelle più piccoli a cui doveva badare finché non si addormentavano, o comunque non poteva uscire prima che i genitori tornassero a casa.

Quella ragazza sapeva tantissime cose, anche più di Maurice e di Claire, soprattutto quando si trattava di libri e storia. Aveva letto un infinito numero di romanzi e sentito innumerevoli leggende provenienti da tutto il mondo, Europa, Africa, America, e conosceva benissimo la storia e le guerre dell'Asia. Che avesse appreso tutte queste informazioni per avere sempre qualcosa di interessante da raccontare ai suoi fratelli e sorelle? Wanda adorava quelle storie, avrebbe voluto ascoltare la sua voce bassa e dolce fino all'alba. Purtroppo, però, la notte la spaventava. Sapeva che Maurice e Claire l'aspettavano in pensiero, e anche lei si preoccupava che Lily dovesse tornare a casa da sola.

Rigirandosi la *fève* tra le mani, Lily le raccontò degli angeli abbandonati: creature dalla doppia natura che, invece di proteggere gli umani, li corrompevano sfruttando la loro disperazione e divorando ogni loro speranza.

«Se davvero gli angeli fossero degli esseri benevoli» le aveva detto Lily, «interverrebbero prima che gli umani commettano errori, prima che diventino malvagi o egoisti.»

Claire si sarebbe arrabbiata a sentire queste storie, ma a Wanda sembravano tutte plausibili. A essere sincera, più che prestare attenzione a ciò che Lily diceva, si lasciava cullare dalla sua voce e dalle parole eleganti che sceglieva.

Controllò l'orologio sul polso. Erano passate le dieci. Si alzò, le gambe indolenzite dal freddo. Non avendo un altro posto dove andare, passavano il loro tempo sedute sotto il cipresso a parlare. I vestiti pesanti e la sciarpa le fornivano un po' di protezione, ma il vento gelido si insinuava fin nelle ossa. Da qualche giorno, infatti, le colava il naso e starnutiva a ripetizione. «Ti sei presa il raffreddore» le aveva detto Maurice, che ogni mattina le preparava una tazza di tè caldo con il limone. I suoi sforzi però erano vanificati quando puntualmente, al tramonto, Wanda usciva di nuovo. Lei comunque era certa che il tè la stesse aiutando a riprendersi più velocemente.

Claire una volta le aveva detto che ci si innamora di una persona piano piano, per svariati e insignificanti motivi che si accumulano nel tempo. A un certo punto diventano così tanti che sono impossibili da elencare, e quando qualcuno chiede come sia sbocciato quel sentimento, non si sa come rispondere. Così Claire le diceva sempre che non sapeva esattamente perché avesse sposato Maurice, le era piaciuto e basta. E lo stesso era stato con Wanda: appena aveva visto la fotografia di quella bambina che viveva dall'altra parte del mondo, era stato amore a prima vista, così, senza una ragione.

Wanda non le aveva creduto subito. Non perché dubitasse dell'affetto di Claire, ma perché pensava che la sua spiegazione fosse un modo come un altro per evitare che potesse restarci male. Adesso, invece, le credeva. Lei non sapeva nulla di Lily; si incontravano per qualche ora ogni giorno e parlavano di cose futili, tutto qui. Eppure, le piaceva. Proprio come Claire e Maurice avevano deciso di diventare i genitori di Wanda solo guardando una sua foto, anche lei aveva sentito di voler diventare speciale per Lily dal primo giorno che l'aveva notata. Quando ci sono troppi motivi, è come se non ce ne sia nessuno. Inizialmente aveva creduto di voler diventare amica di Lily così, tanto per. Ben presto, però, si era accorta che c'erano moltissime ragioni, così tante che era impossibile spiegarle tutte.

È molto improbabile che due persone si piacciano allo stesso modo. Claire e Maurice si erano scusati più volte con lei per averla portata in un paese così lontano per un loro desiderio egoistico. Decidere di fare un figlio o di adottare è una scelta puramente dei genitori. Wanda rispondeva sempre che, quando era arrivata, era troppo piccola per ricordarsi cosa avesse provato, ma ora voleva molto bene a entrambi. Contro ogni previsione, erano riusciti là dove molti falliscono: si erano piaciuti reciprocamente. Ed era raro che genitori e figli si piacessero. Wanda aveva avuto la stessa sensazione quando era rimasta seduta a leggere di fianco a Lily al cinema, e ancora quando la ragazza l'aveva aiutata a fuggire, ma non era sicura al cento per cento di piacerle tanto quanto Lily piacesse a lei.

Lily la guardò, dispiaciuta che dovessero salutarsi, e le prese la mano. Wanda sentì una scossa elettrica risalirle dalla punta delle dita.
«I miei genitori tornano a mezzanotte» disse.
Sulla strada verso casa, Wanda fu più loquace del solito. Non aveva mai portato a casa un'amica prima di allora, ma il fatto che fosse Lily la emozionava ancora di più.
«Me ne vado prima, tranquilla. Ma tu stai congelando!» osservò la ragazza a un certo punto.
Wanda avrebbe voluto presentarla ai suoi genitori, ma perse il coraggio di fronte all'improvvisa gentilezza di Lily.
«Non ci ho pensato, io non sento mai freddo» aggiunse l'amica.
Avrebbe voluto negare, timorosa che Lily non le chiedesse più di incontrarsi, ma questa volta non poté nascondere le mani gelate. La ragazza le prese fra le sue, anche se non portò nessun sollievo a Wanda: le sue dita erano fredde come sempre.
Aprì la porta per sbirciare in che condizioni fosse la sua stanza e chiese a Lily di aspettare cinque minuti. Ovviamente quest'ultima la ignorò. Prima ancora che Wanda finisse la frase, la ragazza aveva già spalancato la porta. Wanda si sentì in imbarazzo per la sua stanza spoglia e banale. Non c'era niente di interessante da vedere: l'armadio, la scrivania e il letto in legno massiccio portavano il segno di anni di usura.
«Carina! Piccola e accogliente» commentò Lily entrando.
Dopo uno sguardo alla montagna di vestiti sulla sedia, si sedette sul bordo del letto. Sentendosi un'ospite in casa sua, Wanda esitò un attimo prima di sedersi di fianco a lei.
«La tua camera è più grande?» chiese.
Avendo vissuto tutta la sua vita in quella casa, non aveva mai pensato che camera sua fosse piccola. Era la più grande dell'abitazione. Tempo addietro aveva addirittura un pianoforte, e una volta avevano installato un canestro da basket. Il commento di Lily le parve strano.
«Di poco» rispose vagamente, piegando la testa da un lato. Poi aggiunse: «E quello cos'è?».
«Cosa?»
«Quello sul muro.»
Il dito di Lily puntava sulla parete dove Claire e Maurice avevano misurato l'altezza di Wanda da quando era bambina. Ogni anno, il 1° gennaio, disegnavano una tacchetta. Bassissima a cinque anni, tra i dieci e gli undici aveva fatto un salto di una spanna. Era stato proprio in quel periodo che aveva iniziato a interessarsi al basket.
«La mia altezza.»

«Ogni quanto la misuri?»
«Tutti gli anni.»
«Cresci sempre un po'! Allora l'anno prossimo diventerai più alta?»
«Forse, o forse no.»
Lily rimase assorta nei suoi pensieri qualche secondo, poi scattò in piedi e le prese la mano.
«Proviamo adesso!»
«Mi sono misurata solo pochi giorni fa, il primo dell'anno...»
«Magari sei cresciuta nel frattempo.»
Anche se era una richiesta bizzarra, non aveva motivo di rifiutare. Wanda si allineò al muro: talloni, sedere, spalle, testa. Portò la mano in posizione per segnare il punto giusto, ma Lily le si avvicinò per farlo al posto suo e a lei si mozzò il respiro. Lily, a pochi centimetri di distanza, controllò l'altezza. Il suo viso era vicinissimo. I suoi occhi, le sue labbra, il mento... Wanda distolse lo sguardo.
«Hai ragione, sei uguale.»
Wanda sentì pruderle la fronte. Erano così vicine che il respiro di Lily le solleticava la pelle.
«Visto?»
Mostrandosi imbarazzata, si grattò la fronte. Non riusciva a capire da dove derivassero quelle strane emozioni contrastanti che provava quando era con Lily. Era sola da così tanto tempo che la confondevano. Andava nel panico e non riusciva a calmarsi, terrorizzata dall'idea di risultare ridicola. Spinse delicatamente Lily da parte, ma proprio quando le stava proponendo di fare qualcosa di più divertente, sentì la porta d'ingresso aprirsi. Non erano ancora le undici. Wanda uscì dalla stanza e si sporse per guardare al piano di sotto. Maurice era tornato prima del previsto.
Lo vide mentre prendeva una bottiglia di vino dalla dispensa. Suo padre amava il vino, ma non lo beveva spesso. Qualche anno prima il medico gli aveva consigliato di ridurne il consumo a causa dei suoi problemi al fegato, e da allora ne beveva solo un bicchiere nelle occasioni speciali. O almeno questa era la sua regola. Al momento, però, Maurice non sembrava particolarmente felice. La solitaria luce sopra il tavolo da pranzo lo illuminava mentre se ne stava seduto da solo a bere. Wanda non riuscì a ignorarlo. Scese le scale e andò a sedersi di fronte a lui. Maurice, perso nei suoi pensieri, la notò e cercò di sorriderle. Wanda non aveva mai visto un sorriso così triste. Gli chiese cosa fosse successo. Era strano che Maurice fosse andato direttamente in cucina per bere, senza passare da camera sua a controllare se stesse dor-

mendo. Maurice non rispose subito. Si rigirò il bicchiere tra le dita, la testa bassa. Poi si passò una mano sul viso per asciugare le lacrime. Wanda vide l'esitazione nei suoi occhi. Finalmente Maurice decise che sua figlia aveva il diritto di sapere cosa fosse successo.

«Arthur... è morto.»

Wanda sussultò, ma rimase in silenzio. Arthur era il migliore amico di Maurice. Si conoscevano da moltissimi anni. Maurice aveva condiviso più di metà della sua vita con lui ed era stata una presenza costante anche nella vita di Wanda. Arthur era nelle foto del primo Natale che lei aveva passato in Francia, aveva partecipato a tutti i suoi compleanni, le aveva insegnato a pattinare sul ghiaccio.

Non si era mai sposato. Gestiva una stazione di servizio e viveva con Berry, il suo Golden Retriever. Prendeva regolarmente medicine per una malattia al cuore. Gli piacevano i bambini, ma la paternità lo spaventava, e così, invece che una figura paterna, aveva cercato di essere un amico per lei. Wanda confidava a lui tutto ciò che non poteva dire a Maurice, e ogni tanto facevano dei bei giri in macchina insieme a Berry.

Sebbene avessero trascorso meno tempo insieme da quando era diventata grande, il suo legame con Arthur non era mai cambiato. La sua morte la sciocc̀ò e la riempì di tristezza. Incapace di consolare suo padre, Wanda rimase immobile. Maurice, nel frattempo, aveva finito il vino e se ne stava versando un altro bicchiere. Wanda non ebbe la forza di fermarlo.

Passò molto tempo prima che gli chiedesse come fosse morto. Sperava che se ne fosse andato senza soffrire, in pace. Maurice iniziava a essere brillo. Posò il mento su una mano e sospirò. Se ci fosse stata Claire, gli avrebbe impedito di bere ancora. Ma Claire non era ancora tornata, e Maurice, perso tra i fumi dell'alcol e quella tristezza prepotente, non riusciva a pensare con lucidità.

«Qualcuno è andato a casa sua e lo ha ucciso. Non hanno rubato nulla, quindi ipotizzano che si tratti di vendetta. Ma chi mai potrebbe odiare Arthur? Non aveva nemici. Per tutto il tempo che ha vissuto qui, non ha fatto altro che aiutare i vicini con le riparazioni e altri lavoretti. Lo sai anche tu che il villaggio aveva bisogno di lui.»

Certo che lo sapeva. Nessuna delle persone che conosceva lo odiava. Nonostante la solitudine, Arthur era gentile e sensibile e aveva sempre fatto del suo meglio per farsi amare. Wanda non riusciva a credere che qualcuno l'avesse ucciso. L'idea che ci fosse stato un omicidio nel quartiere le dava i brividi, non poteva essere vero.

«A volte, il motivo della morte è più doloroso della morte stessa. È esattamente come mi sento io adesso. Se fosse inciampato o si fosse dimenticato di prendere le sue medicine, avrei incolpato me stesso per non essere stato con lui nel momento del bisogno, ma così... Non so dove indirizzare questo odio! Mi rimangono solo tristezza e rabbia.»

Wanda era d'accordo. Quando il dolore si intrecciava all'odio e al risentimento, diventava una tragedia. Preferiva di gran lunga che Maurice abbandonasse quei due sentimenti terribili, perché una volta che si infiltravano nel cuore non se ne andavano più.

«Avrei preferito l'avesse ucciso un vampiro» disse Maurice.

«Un vampiro?»

Lui si fece serio. «Quando capitano incidenti improbabili come questo, pensare che sia stato un vampiro rende il dolore più sopportabile. O almeno così diceva tuo nonno. Raccontava un sacco di storie assurde, diceva sempre di averne incontrato uno da ragazzo. Mi spiegò che le sparizioni, gli omicidi senza senso e la pazzia improvvisa degli uomini erano tutta opera dei vampiri.»

Scoppiò a ridere. Si sentiva patetico anche solo per aver detto tali assurdità. Wanda però non stava ridendo. Perché la parola "vampiro" le aveva fatto venire in mente Lily?

Wanda corse al piano di sopra, ma rimase un attimo interdetta non trovando più la ragazza nella sua stanza. Istintivamente, guardò fuori dalla finestra. Lily era lì, nel cortile, che la salutava con la mano. Wanda non aveva bisogno di chiederle come fosse scesa: l'unica via d'uscita, oltre alla porta d'ingresso, era la finestra.

Il giorno dopo Wanda, Maurice e Claire indossarono abiti neri e si recarono al funerale di Arthur. Una corona di fiori gli adornava il collo, un accorgimento per nascondere una brutta ferita. Wanda accarezzava Berry e pensava a Lily e ai vampiri. Cos'aveva più senso? Una persona che camminava a piedi nudi nella neve, o un vampiro? Entrambe le cose le sembravano inverosimili.

Quando le due ragazze si incontrarono di nuovo, Wanda decise di raccontare a Lily quello che era successo ad Arthur, e menzionò di sfuggita i vampiri. Era convinta che Lily l'avrebbe confortata per la morte del suo caro amico, ignorando quelle ipotesi ridicole. Ma si sbagliava. Un'ombra cadde sul viso pallido di Lily, e la ragazza si dileguò nell'oscurità.

Suyeon

Solo una volta nel corso della sua vita Suyeon aveva pensato di morire. Aveva diciannove anni. Dal soggiorno arrivava la voce del presentatore del telegiornale delle nove di sera, che raggiungeva attutita la sua stanza. Appoggiata di schiena contro la porta, era seduta per terra, le scarpe ancora ai piedi. La camera, priva di finestre, era buia. Seduti davanti la televisione, i suoi genitori non si erano accorti che era tornata prima da scuola, saltando l'ora di studio individuale della sera. Da quanto tempo era lì? Le faceva male lo stomaco. Non aveva mangiato nulla, ma il solo pensiero del cibo la nauseava.

Anche se aveva deciso di morire, non voleva che fosse una morte solitaria. Più che una persona che le stesse accanto nei suoi ultimi momenti, desiderava avere qualcuno a cui poter confidare tutto. Qualcuno che la ascoltasse senza giudicare. Aveva scorso i numeri nella sua rubrica, ma nessuno l'avrebbe capita. I suoi amici l'avrebbero ignorata proprio come facevano i suoi genitori, che fingevano di non sentire, di non vedere. Suyeon aveva bisogno di una persona che non la conoscesse. Qualcuno che, dopo averla ascoltata, non si sentisse in dovere di fare qualcosa per lei. Alla ricerca di questa persona, aveva deciso di iscriversi a un blog d'incontri e aveva conosciuto Greta.

Il blog, che teoricamente doveva essere accessibile solo agli adulti, era stato aperto da poco e aveva un pessimo processo per verificare l'età. Bastava registrarsi con un nome e una foto plausibili. Per questo, quando Greta vide Suyeon raggiungerla con ancora indosso la divisa del liceo, si accovacciò portandosi una mano alla fronte. Più tardi Greta le aveva confessato che effettivamente era rimasta stranita di fronte alla sua proposta di vedersi al parco giochi. Quella donna aveva un aspetto esotico e il suo nome, che Suyeon credeva uno pseudonimo, era reale. Immaginò che venisse da qualche paese europeo.

Nonostante fossero passati nove anni, Greta era uguale a come se la ricordava. Stesso pallore e rughe sottili intorno agli occhi.

Greta inclinò la testa guardandola. "Devo presentarmi? È passato un bel po' di tempo dopotutto..." rifletté Suyeon per qualche minuto prima di aprire bocca. Se non avesse detto niente, Greta probabilmente non si sarebbe ricordata di lei. Ma Suyeon voleva che la riconoscesse, e così le rivelò il suo nome. Non l'aveva mai ringraziata per quello che aveva fatto nove anni prima. Greta spalancò gli occhi ed emise un gridolino stridulo. Per fortuna non si era dimenticata di lei.

«Aspetta un attimo» le disse Greta prima di sparire in cucina.

Sul bancone in legno Suyeon notò una macchia nera che era penetrata a fondo nelle venature. Cosa poteva essere? Seduta da sola al bancone, guardò prima alla sua destra e poi alla sua sinistra. Chissà se Wanda si era seduta lì. Era passato parecchio tempo da quando se n'era andata; non avrebbe trovato sue tracce.

Suyeon doveva guidare, e così Greta le offrì un cocktail analcolico, poi poggiò le braccia sul bancone e il mento sulle mani. La sua pelle bianca emanava una strana freddezza. "Era così anche allora? Forse non me ne sono accorta perché era inverno." Il cocktail sapeva di succo di arancia. Greta lasciò che ne bevesse un altro po' prima di sorridere soddisfatta, poi disse ghignando: «Quindi la detective che aspettavo sei tu?».

Suyeon balzò in piedi e la donna, vedendo il suo volto teso, le fece segno di calmarsi.

«Wanda mi ha avvertito che sarebbe venuta una detective. Mi ha chiesto di trattarla bene.»

Suyeon aveva sottovalutato Wanda. Ora capiva perché aveva usato solo strade principali. Le tornò in mente l'edificio dove l'aveva vista sparire. Era molto probabile che fosse tornata a casa da brava bambina proprio perché sapeva che Suyeon la stava seguendo. Mentre lei era assorta nei suoi pensieri, Greta sgusciò fuori da dietro il bancone. Era ora di chiusura. Spense l'insegna al neon e tirò le tende alle finestre. Il pub ora sembrava una stanza segreta completamente isolata dal mondo esterno. Greta si rivolse a Suyeon, in piedi come uno stoccafisso.

«Mettiti comoda, forza. Puoi chiedermi quello che vuoi.»

Suyeon però era troppo tesa. Greta ritornò al suo posto e poggiò le braccia sul bancone.

«In questi casi non dovresti chiedermi come conosco Wanda, cosa stiamo tramando, domande del genere? Sfrutta al massimo la mia disponibilità prima che cambi idea.»

Suyeon non rispose.

«Sbaglio?»

Finalmente Suyeon si sedette. Sorridendo, Greta si mise comoda e lasciò vagare lo sguardo mentre pensava da dove iniziare a raccontare.

«Io e te ci siamo incontrate nel 2011, nove anni fa, giusto? Ero arrivata da appena un anno. Prima vivevo a Berlino. È lì che ho incontrato Wanda, la quale mi parlò della Corea, un paese diviso, proprio come la Germania. Sono venuta qui pensando che sarebbe stato simile. La mia vita mi annoiava e le storie di Wanda mi avevano intrigata. Non stavo con nessuno a quel tempo, e anche se vivevo a Berlino da tanto, non mi sono mai affezionata a quella città. Wanda è venuta qui quattro anni dopo di me. Prima che arrivasse, passavo il mio tempo tranquilla, incontrando gente ogni tanto. È incredibilmente facile incontrare persone in Corea. Anche noi ci siamo conosciute così, dopotutto.»

Greta rise, ma Suyeon non rispose. Per qualche motivo si sentiva in imbarazzo.

«Ho incontrato le persone più disparate. Sono anche stata truffata una volta, ma questa è un'altra storia. Il solo pensiero mi manda in bestia. Comunque, è stata Wanda che mi ha aiutato ad aprire questo locale. A quanto pare, era in contatto con il vecchio proprietario da quando viveva in Francia, anche se non saprei dirti perché. Era un uomo che voleva smettere di lavorare e godersi gli anni della pensione con i suoi nipoti. A dire la verità, è una zona morta quindi non ho molti clienti, ma non mi lamento. Il locale è carino, no? Non ci ho nemmeno speso molto. Ti basta o ti serve altro? Ah!» Greta batté le mani. «Wanda è una traduttrice. Guadagna pochissimo, ma fa regolarmente donazioni a un orfanotrofio per i bambini in attesa di adozione. Sicuramente questo le fa guadagnare qualche punto!»

«Donazioni?»

Greta sparì dietro la tenda e tornò con un biglietto da visita in mano.

«Se non mi credi, verifica tu stessa.»

Suyeon prese il biglietto da visita. CASA DEL FUTURO, INCHEON, DONG-GU. Non era lontano da lì. Infilò il biglietto in tasca.

«Anche io ci vado ogni tanto. Leggo qualche favola in inglese ai bambini o insegno tedesco a quelli che verranno adottati in Germania. Ah, e tieni anche questo.» Greta le porse un altro biglietto da visita. «Questo è il mio.»

Suyeon lo prese, perplessa.

«Chiamami se hai bisogno. E non andare in giro a incontrare sconosciuti come allora.»

Greta le chiese se avesse altre domande, ma non gliene venne in mente nessuna che fosse appropriata. I dubbi che aveva non potevano essere risolti da Greta, così la barista capì che l'interrogatorio era finito.

«A Wanda piaci molto, detective. Puoi fidarti di lei. Vede anche l'invisibile.»

Erano quasi le due del mattino. Suyeon si alzò.

«Si è fatto tardi, se vuoi puoi dormire da me. Abito a cinque minuti a piedi da qui.»

Suyeon abbassò il capo in segno di rifiuto. Greta non insistette e le aprì la porta. L'aria gelida si insinuò nel locale, riportando Suyeon nel presente. Salutò Greta con un cenno e se andò.

La mattina successiva, appena sveglia, chiamò l'orfanotrofio Casa del Futuro. Scoprì che quello che le aveva detto Greta era vero. Il direttore, freddo all'inizio, si mostrò entusiasta non appena lei menzionò Wanda: ogni mese versava due milioni di won.

Seduta in macchina, le mani saldamente aggrappate al volante, Suyeon sfilò di nuovo il biglietto da visita dell'orfanotrofio dalla tasca. Non solo faceva donazioni ogni mese, ma quando aveva tempo andava a trovare i bambini per insegnare loro il francese o leggere romanzi. Quando Suyeon aveva chiesto al direttore se ne fosse sicuro, lui le aveva detto che poteva tranquillamente passare a controllare le ricevute e le foto che aveva scattato a Wanda durante le sue visite. Suyeon si grattò la testa, riflettendo: Greta avrebbe detto le stesse cose se avesse saputo delle assurdità sui vampiri che diceva Wanda?

«Vampiri...»

Non importava quanto ripetesse quella parola, le sembrava sempre una follia. Questa volta però non le venne da ridere. Le sillabe indugiarono pesanti sulle sue labbra.

La portiera del passeggero si aprì, e Wanda prese posto in macchina. Si erano date appuntamento alle sette di sera, nell'attimo esatto in cui iniziò a diluviare. Era stata Suyeon a chiamarla. Non poteva continuare a ignorarla dopo gli indizi che le aveva dato. Senza salutare, Suyeon le passò una cartelletta e andò dritta al punto.

«Dentro ci sono i verbali di tutti e cinque i casi di suicidio avvenuti all'ospedale di riabilitazione Cheolma. Diciamo pure che le vittime sono state lanciate giù dall'edificio da un vampiro, come spieghi le prime due morti?»

Wanda sfogliò lentamente i documenti e si fermò su quello del primo caso.

«Hai ispezionato di persona anche questo cadavere?»

La prima vittima era stata trovata impiccata a un albero sulla montagna dietro l'ospedale. Donna, settantasette anni, ricoverata al sesto piano, non soffriva di demenza. Anche in questo caso avevano trovato una lettera d'addio.

«Sì. E abbiamo confermato che si è trattato di morte per soffocamento. Non ho trovato i due fori, ho esaminato il collo.»

«L'avrà morsa da un'altra parte. I vampiri non sono stupidi. Vedo che è stata coinvolta in un incidente stradale.» Wanda indicò con l'indice un punto sul documento.

«Era in macchina con la famiglia quando si sono schiantati contro un furgone precipitando giù dalla sopraelevata. Sono morti tutti, tranne la vittima.»

«Aveva altri familiari?»

«Una sorella più grande. È venuta il giorno in cui è stata trovata morta.»

«Si sentivano spesso?»

Suyeon scosse la testa. «Non si vedevano da quasi un anno. Qualche telefonata ogni tanto, ma la sorella non ha mai sospettato della sua depressione.»

«In che stato era la vittima dopo l'incidente d'auto?»

«Gravi danni alla colonna vertebrale, gambe paralizzate. È stata trasferita al Cheolma da un ospedale universitario, ed era in riabilitazione da tre anni. A quanto pare, non faceva nemmeno fisioterapia regolarmente.»

«Usava una sedia a rotelle immagino.»

«Esatto.»

«La montagna dov'è stata trovata è quella dietro l'ospedale, giusto? Quindi tu mi stai dicendo che questa vecchia signora ha deciso di farsi una bella scalata con la sua sedia a rotelle per andare a impiccarsi a un albero. E la corda attorno al collo chi gliel'avrebbe legata?»

Anche Suyeon era rimasta perplessa quando era andata sulla scena, ma nessuno aveva preso in considerazione la sua ipotesi di omicidio.

«Non avendo trovato segni di lotta, è stato archiviato come suicidio, soprattutto considerata la sua brutta depressione.»

Non avevano trovato graffi sul collo della vittima, segno che non aveva cercato di liberarsi. La donna aveva semplicemente chiuso gli occhi, abbandonandosi alla morte. Solo una persona per cui la vita è un dolore insopportabile, una mera imitazione della morte, poteva essere così indifferente nel lasciare questo mondo. Ma se davvero si trattava di omicidio...

Un'anziana costretta sulla sedia a rotelle si era trascinata fino ai piedi di una montagna per impiccarsi. Forse i vampiri erano davvero la spiegazione alle stranezze di questo caso: un vampiro aveva portato la donna sulla montagna; aveva legato per lei la corda a un ramo; si era nutrito del suo sangue prima che morisse, e poi aveva appeso la vittima che ancora oscillava tra la vita e la morte all'albero. Ormai dissanguata, la donna non aveva avuto le forze per resistere. Ogni più piccolo dettaglio del puzzle si incastrava perfettamente, tutto tranne il fatto che i vampiri non esistevano.

Wanda passò al caso successivo.

«Non c'è una lettera d'addio.»

«No. Era completamente solo. Celibe, nessun familiare rimasto. Non aveva persone da salutare. L'abbiamo trovato morto nel letto.»

«Proprio il tipo di sangue che piace ai vampiri.»

Suyeon le rivolse un sorriso sardonico, ma Wanda ignorò la sua reazione.

«Hai mai sentito piangere qualcuno al Cheolma?» le chiese calma.

A Suyeon tornarono in mente i pianti e le urla dei pazienti. Accadeva sempre quando erano meno lucidi. Piangevano come bambini, chiamando disperati le loro madri; un semplice sintomo, comune nei pazienti affetti da demenza senile, proprio come la febbre o la tosse nell'influenza. Fatta eccezione per quei momenti, non li aveva mai uditi piangere sul serio. Quando si sentivano le urla, gli altri pazienti fissavano quei bambini anziani con occhi asciutti e vuoti, ma solo per un attimo, prima di voltarsi dall'altra parte. Tutti i pazienti passavano la loro vita in ospedale nel silenzio, come se avessero perso la voce.

Cos'aveva a che fare quel silenzio con i vampiri? Suyeon rispose che no, i pazienti non piangevano.

Wanda cambiò completamente argomento. «Per fare il vino rosso, si mette a fermentare l'uva intera, compresa di buccia e semi, per questo il vino diventa cremisi e prende acidità. Gli intenditori riescono a capire l'anno di fermentazione e il luogo di produzione solo dal colore. Io non sono un'amante del vino, ma mio padre lo adorava. Quello che so l'ho imparato da lui, perché ogni tanto me lo faceva assaggiare.»

Suyeon l'ascoltava senza dire niente. Faticava a comprendere dove volesse andare a parare.

«Più il vino fermenta, più diventa chiaro e prende sapore di terra.

Alcuni dicono che profumi di corteccia. Insomma, invece di scurirsi di un rosso più profondo, si diluisce. Chi ne sa poco di vino lo trova pessimo e non lo capisce, ma gli esperti come mio padre ne vanno matti. Era disposto a guidare otto ore per bere vini invecchiatissimi. Lo stesso vale per il sangue. Te l'ho detto, i vampiri ci sguazzano nella solitudine. Appena ne sentono l'odore, ci si tuffano a capofitto. Vogliono sentirne il sapore.» Wanda fece una pausa e guardò Suyeon. «"Sangue dei dimenticati", così lo chiamano i vampiri. L'acredine nel sangue di questi umani soli e infelici ha un sapore e un profumo che non trovano da nessun'altra parte.»

Suyeon fece un respiro profondo. «Cos'hanno di speciale queste persone?»

«Chi si ritrova schiacciato dalla solitudine non piange. Forse perché ha dimenticato come fare, o perché sa che è inutile. Queste persone passano le giornate a fissare il soffitto con occhi vacui. Riuscire a piangere quando si è tristi significa che in qualche modo si è ancora vivi, ma le lacrime non portano sollievo a chi ha perso ogni speranza. In questo modo, l'umidità rimane intrappolata nel corpo e si mischia al sangue, diluendolo. Proprio come succede con un vino rosso ben fermentato. I vampiri hanno un senso dell'olfatto mille volte più sviluppato del nostro, riconoscerebbero l'odore del sangue dei dimenticati ovunque.»

Suyeon non riusciva a credere che la solitudine potesse avere questo effetto sul sangue di una persona, tanto da renderla una preda.

«Tu come sai queste cose?»

«Perché conosco il sapore e l'odore del sangue delle loro vittime.»

Suyeon arricciò il naso disgustata. Si ricordò di quando aveva trovato Wanda con la faccia sull'asfalto che annusava la scena del crimine, o di quando l'aveva vista assaggiare il sangue rimasto sul filo spinato.

«Tu potrai anche non crederci, detective, ma i vampiri esistono.»

«Li hai mai visti?»

«Visti? Ne ho uccisi tanti quanti le zanzare in estate. Probabilmente li hai visti anche tu.»

«No, mai.»

«Ne sei sicura?» Gli occhi neri di Wanda si fissarono su di lei, come la lente di una telecamera di sorveglianza. «Hanno gli occhi dorati. Una leggenda dice che Dio li amasse così tanto da donare loro il colore più bello. La pelle è bianca e liscia come l'impasto del pane, le labbra rosse da far spavento. Sono alti e dalle mani affusolate. L'incarnazione dei nostri ideali di bellezza. Una volta che li vedi, non riesci a dimenticarli. Il loro pensiero ti perseguita. E, soprattutto, non invecchiano. O meglio, invecchiano molto più lentamente di noi, quindi ai nostri occhi sono sempre giovani. Per quello, quando li rincontri dopo anni, sembra sempre che il tempo per loro non sia passato. Basta uno sguardo per riconoscerli in mezzo a una folla. Davvero non ne hai mai incontrato uno, detective?»

Suyeon scosse la testa, sforzandosi di cancellare l'immagine di Greta che le era apparsa davanti agli occhi.

«I vampiri si muovono solo di notte, di giorno il sole brucia loro la pelle. Escono se è molto nuvoloso, o nel pomeriggio se il sole è già tramontato, ma la loro pelle brucia comunque, e così preferiscono la notte. Non è vero che odiano l'aglio e nemmeno che soffrono alla vista delle croci. Anzi, il loro simbolo è proprio una croce rossa. Non si muovono in gruppo. Sono creature molto territoriali e detestano che altri vampiri invadano la loro zona per cacciare, il che è una fortuna per gli umani perché, se girassero in gruppo, non avremmo scampo. Per questo motivo noi cacciatori lavoriamo in coppia, così, se anche uno viene catturato, l'altro può pugnalare il vampiro al cuore.»

«Perché ho la sensazione che tu mi abbia chiesto di lavorare assieme per usarmi come esca?»

«Non preoccuparti, possono succhiarti fino a metà del sangue senza ucciderti, di solito» disse Wanda a mo' di consolazione, ma Suyeon non la intese nello stesso modo.

«Sei da sola a fare questo lavoro?» chiese.

«Non esattamente, c'è un'organizzazione.»

«Ovvero?»

«Un posto dove addestrano umani a catturare vampiri. In Asia non esiste, per questo hanno mandato me.»

«Il governo ne è al corrente?»

«Figurati.»

«Sarebbe molto meglio se collaborassero con il governo.»

«I vampiri possiedono una potenza incredibile che potrebbe radere al suolo l'intero continente americano nel giro di pochi giorni. È vero che esiste un'organizzazione in grado di controllarli, ma sarebbe davvero corretto rivelare l'esistenza dei vampiri all'umanità? Secondo me no. La maggior parte delle persone ne avrebbe paura, ma ci sarebbe sicuramente qualcuno che vorrebbe mettere le mani sopra questo potere, che venderebbe la propria anima pur di fare il proprio interesse. Non credi anche tu?»

Gli umani non sono creature oneste. Lo sembrano solo perché gli manca la forza per fare del male. Suyeon era d'accordo con Wanda: se gli umani avessero scoperto dell'esistenza dei vampiri, sarebbe accaduto il pandemonio. Sarebbero nati culti religiosi in loro adorazione, la gente avrebbe collaborato con loro per commettere crimini. Faceva la detective da abbastanza tempo per esserne sicura.

«Quante probabilità credi ci siano che un umano incontri un vampiro nella sua vita?»

Suyeon non rispose, aspettò che fosse Wanda a farlo.

«Praticamente vicino allo zero. Di cinquecento persone che vivono in un villaggio, forse accadrà a una di loro, ma molto più probabilmente non lo incontrerà nessuno. È anche molto difficile trovare qualcuno che li abbia visti perché i vampiri li fanno fuori prima che possano andare a dirlo in giro.» Wanda fece una pausa. «È ancora più raro incontrare vampiri che, invece di nutrirsi di umani, li sfruttano.»

Suyeon notò il tremolio negli occhi di Wanda. Solo un detective concentrato sul suo interlocutore poteva accorgersi di un movimento così impercettibile.

«Se davvero esistono vampiri che usano gli umani» interruppe Suyeon, «allora forse qualcuno in ospedale lo sta aiutando.»

«Cosa te lo fa credere?»

«Hai detto che cercano persone abbastanza sole da scegliere la morte. Significa che devono osservare i pazienti da vicino, no? È probabile che qualcuno del personale li aiuti. Se usano il tetto per lanciare i corpi, devono avere accesso alla chiave. Ho controllato lo staff, e c'è un'infermiera che mi ha insospettito.»

«Mi piace questo approccio. Non sei male come detective! A ogni modo, i vampiri sono arrivati in Asia più tardi rispetto all'Europa, ci vorrà tempo prima che la loro esistenza venga riconosciuta. Guarda quanto ci ho messo per convincere te.»

Aveva quasi smesso di piovere. Le nuvole stavano spremendo le loro ultime gocce.

Forse Wanda aveva ragione: non importava che lei credesse o meno ai vampiri. Solo perché lei non li aveva mai visti non significava che non esistessero. "I vampiri sguazzano nella solitudine." Le lettere d'addio lasciate dai pazienti avevano tutte un punto in comune: la salvezza. Ognuna delle vittime parlava di come fosse stata salvata. Se davvero i vampiri facevano leva sulla solitudine per spingere le loro prede alla morte, come riuscivano ad approcciarli così facilmente? Un vampiro che sfrutta gli umani...

«Indagherò ulteriormente riguardo alle possibili cause dei fori sulle vittime. Devo scoprire da cosa derivano, vampiro o meno. Credo che questo sia il modo migliore per procedere senza destare sospetti. E c'è un'altra cosa che mi chiedo...»

Wanda annuì, incoraggiandola.

«Hai detto che puoi riconoscere un vampiro anche in mezzo a una folla. È sufficiente il loro aspetto?»

«Esatto.»

«Quindi non ne hai ancora visti nell'ospedale, giusto?»

Se era così facile scovare vampiri, Wanda avrebbe reso il suo lavoro più veloce. Quella consapevolezza alleviò un po' le preoccupazioni di Suyeon. Voleva chiederle di infiltrarsi nel personale. Una volta trovato il vampiro, sarebbe stata solo una questione di tempo prima di chiudere il caso.

Eppure, Wanda scosse il capo.

«L'ho visto.»

Suyeon rimase di sasso. Credeva che Wanda non conoscesse l'identità del vampiro che stavano cercando. Ma se sapeva chi era, allora non bastava attirarlo fuori dal suo nascondiglio per risolvere il caso?

«Non sono ancora sicura che sia stato lui» confessò Wanda. «Posso catturarlo solo quando ho la certezza che le vittime siano morte per causa sua. Sono le regole. Se vuoi saperne di più, vai a trovare la tua amica vampiro. Ti spiegherà tutto. E non portare la pistola, con quella non li uccidi.»

Nanju

Mentre si dava una sistemata davanti allo specchio della postazione degli infermieri, Nanju notò la targhetta appuntata storta sul lato sinistro del petto. La raddrizzò in modo che fosse di nuovo orizzontale. Il suo nome brillò sotto le lampade al neon. La tenda si aprì e Bohyeon entrò spingendo un carrellino, di ritorno dal suo giro di visite.

«Sei ancora qui? A breve inizia il corso.»

«Adesso vado.»

Nanju prese una scatola e alcune cartelle mediche, e si lasciò Bohyeon alle spalle. Abituata alla freddezza della collega, Bohyeon lanciò un'occhiataccia alla sua schiena prima di distogliere lo sguardo.

Nanju entrò nella sala polifunzionale al secondo piano. Quindici pazienti erano seduti attorno a un grande tavolo. Dietro di loro, nella stessa posizione, erano schierati i rispettivi operatori sociosanitari, i quali avevano tutti gli auricolari alle orecchie e guardavano il cellulare. Nessuno salutò Nanju.

Poggiò la scatola sul tavolo. Ne estrasse un plico di fogli colorati e ne passò uno al paziente seduto alla sua destra, che a sua volta lo diede a quello seduto di fianco e così via, finché tutti ne ricevettero uno. Nanju ne approfittò per segnare i nomi dei presenti. Nonostante l'ospedale Cheolma mettesse a disposizione vari corsi a scopo riabilitativo, non erano molti i pazienti che partecipavano, e anche quei pochi di solito erano spinti da altre motivazioni: spesso volevano solo ricevere le merendine che distribuivano a fine lezione, o erano gli operatori che si occupavano di loro che ce li trascinavano in cerca di una pausa.

«Oggi faremo l'origami di una rosa» proclamò Nanju.

I pazienti si limitarono a guardarla. Prese il foglio di fronte a lei e il gruppo la imitò. Concentrata sul pezzo di carta, cominciò a spiegare i passaggi per realizzare la rosa, alzando lo sguardo di tanto in tanto per controllare la classe. La maggior parte non riusciva a stare al passo. Arrivata a metà del procedimento, Nanju si alzò per girare tra i pazienti e sistemare gli origami di coloro che erano ancora fermi al primo punto. «Piegate il foglio a metà.» Fare il lavoro al posto dei pazienti in un corso riabilitativo non era l'ideale, ma l'ospedale doveva salvare le apparenze, e a ogni modo gli infermieri tenevano i corsi senza ricevere nessun extra. Le mani ruvide di Nanju piegarono i fogli in tante roselline grossolane.

Un paziente iniziò ad agitarsi: con un urlo, tirò un calcio al tavolo. Nanju si voltò. Bak Mokjun di solito era tranquillo. Un ictus gli aveva paralizzato la parte destra del corpo. Faceva fatica a parlare e sbavava sempre, tanto da aver bisogno di un bavaglino. Fino a un anno prima, erano i figli a prendersi cura di lui, ma ora si limitavano a pagare le spese ospedaliere. Non venivano nemmeno più a trovarlo, un risultato predetto da tutto il personale: Mokjun era un paziente difficile e gli operatori sanitari avevano scommesso che la famiglia avrebbe tenuto duro per un anno preciso prima di abbandonarlo, e così era stato.

La vera angoscia per i figli di Mokjun non derivava dal dovergli cambiare bavaglino ogni ora, piuttosto dalla violenza che aveva sviluppato. Fino a un anno prima, Mokjun gridava insulti e lanciava oggetti ogni volta che poteva. Anche se non lo dicevano apertamente, Nanju sapeva quando le famiglie avevano raggiunto il limite. Dopo anni di servizio, ormai le bastava guardare le facce per capire: senza energie per ridere o piangere, incapaci persino di arrabbiarsi. I pazienti invece, con le emozioni fuori controllo, insultavano chiunque gli capitasse sottomano e urlavano piangendo lacrime di disperazione, tuttavia le loro famiglie rimanevano indifferenti, come se fossero comportamenti appartenenti a un mondo parallelo. Nanju credeva davvero che si trovassero in un altro mondo. Fuggivano lontano da quello dei pazienti, dove non esistevano né futuro né speranza.

L'ultima volta che Nanju aveva visto i figli di Mokjun, avevano esattamente quell'espressione d'indifferenza. Vivevano in un mondo diverso da quello del padre. Prima di interrompere le visite, avevano dato il permesso agli infermieri di somministrargli dei sedativi.

Le pillole aiutavano a tenere sotto controllo la violenza, ma rendevano i pazienti apatici. Agivano in modo simile all'anestesia generale, andando a sopprimere l'autonomia di pensiero e movimento. Per questo, di solito, le famiglie che nutrivano ancora delle speranze si opponevano ai sedativi, oppure acconsentivano solo a piccole dosi. Anche i figli di Mokjun avevano fatto così all'inizio, ma alla fine avevano dato il loro permesso a somministrare dosi maggiori che potessero sopprimere le emozioni del padre, probabilmente per il senso di colpa che provavano nei confronti del personale medico che si sarebbe preso cura di lui al posto loro. Da allora, Mokjun non era più stato violento. Passava le sue giornate stordito, fissando il soffitto con occhi vacui.

Ogni tanto, però, la rabbia accumulata esplodeva in sfoghi, come ora. Mokjun gridò di nuovo. L'operatore seduto alle sue spalle si precipitò verso di lui.

«Eccolo che ricomincia! Calmati, Mokjun!»

Gli diede un colpo secco sulla schiena, ma l'uomo non si calmava. Al contrario, cominciò a gridare ancora più forte. Sembrava un bambino capriccioso. L'operatore, sconsolato, sbloccò le ruote della sedia a rotelle, pronto ad affrettarsi fuori dalla sala. Nanju lo fermò.

«Me ne occupo io.»

«No, no, lo porto di sopra e...»

«Dovresti comunque aspettare che si calmi. Disturberebbe gli altri pazienti al piano superiore.»

L'operatore la guardò storto, poi alzò le mani in segno di resa. Nanju lo ignorò e spinse la sedia a rotelle fuori dalla sala, in una stanza vuota. Si accovacciò di fronte a Mokjun. Dalla bocca del vecchio si allungava un rivolo di bava, le mani aggrappate con forza ai braccioli. Nanju ne prese con gentilezza una fra le sue.

«Non puoi arrabbiarti così.»

Gli occhi di Mokjun, fino ad allora fissi nel vuoto, si spostarono su Nanju, che strinse la presa attorno alla mano dell'uomo. La pelle sbiancò.

«Se gridi così, la gente penserà che hai perso la testa, e addio ai tuoi sogni di morte. Nessuno crederebbe mai che un vecchio pazzo possa essere abbastanza lucido da suicidarsi.»

«Ah... Male...»

Mokjun annuì lentamente. Nanju gli rivolse un debole sorriso.

«E non vogliamo che la gente abbia sospetti, giusto?»

«N-no...»

La mano del vecchio sembrava un sacco di pelle vuoto. Accarezzandola, Nanju gli ruotò il braccio. Sollevò la manica rivelando una ferita scura. Tirò fuori un cerotto dalla tasca dei pantaloni e lo premette per bene sulla pelle per assicurarsi che non si staccasse.

«Devi rimanere calmo, proprio come piace a lui. Altrimenti, non vorrà più aiutarti e l'unico a perderci sarai tu.» Vedendo che il vecchio si era tranquillizzato, Nanju sorrise soddisfatta. «Su, torniamo dagli altri.»

Quando si alzò per rimettersi dietro la sedia a rotelle, Nanju notò che qualcuno di fronte alle scale di emergenza la stava fissando. Nanju si girò per andarsene, ma la donna continuò a fissarla. Tornata nella sala, non riusciva a togliersi dalla testa quel viso. Il cuore iniziò a batterle all'impazzata. Quello sguardo sembrava leggerle dentro, penetrare nel profondo di un segreto che non osava rivelare.

Nanju cercò di concentrarsi sul corso, evitando di guardare in direzione delle scale, ma la sua serenità era svanita nel momento in cui aveva notato la donna. Rimase immobile, il foglio di carta tra le mani, mentre gli occhi dei pazienti la fissavano senza capire. Nanju voleva sapere perché quella donna era lì. "Mi ha scoperta?" Le tornò in mente la conversazione avuta qualche sera prima riguardo alla detective. Non aveva mai visto il suo interlocutore inquieto come allora. Doveva esserci un motivo.

Era una situazione nuova per lei. Di solito, quando era preoccupato che qualcuno potesse intralciare i suoi piani, lo eliminava senza lasciare tracce o faceva in modo che non potesse andare in giro a blaterare, riducendolo a un guscio vuoto. Nanju veniva a sapere di queste persone solo dopo che se n'era occupato. Questa inquietudine, invece, era decisamente una reazione inaspettata.

Nanju guardò di nuovo in direzione delle scale, ma la donna non c'era più. Concluse il corso in fretta e furia, e si precipitò fuori dalla sala. L'ascensore era bloccato ai piani alti, così si scapicollò giù per le scale. Non aveva pensato a cosa le avrebbe chiesto, aveva agito d'istinto, guidata da una profonda disperazione.

Scandagliò ogni angolo dell'edificio, anche il parcheggio sotterraneo, ma non trovò la donna da nessuna parte. In mezzo al parcheggio, si accovacciò a terra. Respirò a fondo, cercando di calmare i tremori che la scuotevano.

I suoi affanni e le sue maledizioni riecheggiarono sulle pareti, poi Nanju si zittì, e un silenzio tombale riempì il sotterraneo. Lasciò ciondolare la testa, apatica. Un ragno atterrò sul suo ginocchio. Mentre lo fissava muovere le lunghe zampe una dopo l'altra, facendosi strada sulla sua coscia, lo schiacciò con il palmo. Il viso si distese in un'espressione di tranquillità spettrale. Senza nemmeno pulirsi la mano dal cadavere dell'insetto, Nanju uscì dal parcheggio.

Wanda

L'indomani, Lily non si presentò. Seduta da sola sotto il cipresso, Wanda fissò il buio del sentiero deserto. Notò che tenendo lo sguardo fermo in un punto, i dintorni divenivano sfocati fino a distorcersi. Le spighe di grano si flettevano e si deformavano attorno alla strada, ma appena Wanda spostava lo sguardo su di loro, tornavano a distendersi dritte prendendosi gioco della sua inutile attesa.

Più il tempo passava, più il mistero si ingigantiva, come una palla di neve che rotola giù da una montagna. L'ombra sul viso di Lily, la sua figura che correva nell'oscurità... Solo Lily poteva aiutarla a risolvere questo enigma, ma se fosse sparita, Wanda sarebbe rimasta senza risposte tormentandosi per tutta la vita.

Già sapeva cosa sarebbe successo: la nostalgia l'avrebbe mangiata viva, fino a che il tempo trascorso con Lily non le sarebbe sembrato altro che un breve pomeriggio. E, alla fine, sarebbe arrivata persino a dubitare che il loro incontro fosse realmente accaduto. Lily e la sua pelle di ghiaccio sarebbero diventati uno spettro, un'illusione nella memoria di Wanda. Avrebbe continuato per sempre a desiderare di rivedere quella creatura dai contorni indefiniti. Al pensiero di quel terribile futuro, Wanda si accigliò. Non voleva che finisse così. Ma, soprattutto, non voleva che Lily diventasse un sogno a occhi aperti destinato a sparire.

Wanda si alzò. Era il quarto giorno che l'aspettava al loro solito posto. Non aveva più senso rimanere. Se Lily non voleva venire, le restava solo un'opzione: doveva andare a cercarla. Si poggiò al tronco del cipresso e guardò in direzione di Pieffe. Nei suoi sedici anni di vita, Wanda era stata messa al mondo, abbandonata, scelta e portata in Francia senza che nessuno chiedesse il suo parere. Per la prima volta, la decisione era nelle sue mani.

Non era sicura che andare alla ricerca di Lily fosse la scelta giusta, considerando che la stava evitando. "Magari mi odia. Magari, dopo la nostra ultima conversazione, ha deciso di dimenticarmi e ora sta benissimo senza di me. Magari mi sto comportando da idiota disperata e finirò per trasformare un sogno in un incubo." Wanda aveva paura. Il peso di questa decisione e di quello che comportava la opprimeva, eppure voleva comunque andare a cercare Lily. Poteva sopportare un incubo, ma non un rimpianto.

Wanda partì alla ricerca: a volte si prendono decisioni anche se dolorose. Che fosse stato lo stesso per chi l'aveva abbandonata? In sedici anni, non ci aveva mai pensato.

Per arrivare a Pieffe, doveva prendere l'autobus per venti minuti. Alle sette di sera, le strade erano buie e deserte. Sull'autobus, oltre a Wanda, c'era solo una signora anziana con un cappello di pelo viola, seduta dietro il conducente. Wanda si accomodò sui sedili più in fondo e osservò quello strano cappello. Era decorato con una farfalla gialla e un fiore scarlatto. Nonostante la combinazione di colori kitsch, si adattava perfettamente alla signora. Wanda si ricordò di quando Claire, l'inverno scorso, aveva iniziato a lavorare a maglia per hobby. Completata una sciarpa blu tutta bitorzoluta, aveva smesso. «Sono già un'ottima cuoca, non posso essere brava anche con i ferri» aveva detto sulla difensiva. Wanda si rese conto che quest'anno aveva lasciato la sciarpa sul fondo dell'armadio. "Non vorrei che le dispiacesse se non la uso" pensò, e decise di indossarla l'indomani.

La signora, che fino a quel momento aveva guardato fuori dal finestrino, si accorse del suo sguardo insistente e si girò verso di lei. Wanda, colta di sorpresa, tentò di nascondere il volto, ma scorse la donna che le sorrideva e le rivolgeva un cenno col capo. Wanda avvertì le orecchie avvampare per l'imbarazzo. Rispose al saluto e poi si voltò velocemente verso il finestrino.

Giunta a destinazione, si sentì persa. Pieffe era molto più grande di quanto immaginasse, e Lily non le aveva mai dato l'indirizzo preciso di casa sua. Poteva essere ovunque. Sola alla fermata dell'autobus, si mise a pensare. Si era fatto tardi, e una parte di lei sarebbe voluta tornare indietro, ma decise di continuare la sua ricerca. S'incamminò verso l'ingresso del paese. Era arrivata fin lì, doveva almeno dare un'occhiata in giro.

La strada era buia e quasi deserta. Pieffe le sembrò più scuro e tetro del suo villaggio. Scorse una donna ubriaca e sola con una bottiglia di liquore in mano. Indossava un cappotto grigio e un berretto. Barcollava. Lanciò un'occhiata a Wanda e lei si irrigidì; raddrizzate le spalle, alzò la testa, sperando di dare l'impressione di abitare nei dintorni e di essere sulla via di casa. La donna si fermò e Wanda sentì che la stava fissando, ma la ignorò e proseguì. Quando attorno a sé non vide altro che fabbriche, finalmente comprese perché la donna l'avesse guardata a quel modo: stava camminando in direzione della zona industriale abbandonata di Pieffe. Wanda si avvicinò a uno degli edifici vuoti e bui e gettò uno sguardo oltre il vetro polveroso di una finestra. Qualche scrivania dismessa e mucchi di spazzatura negli angoli.

Affamata e infreddolita, Wanda si girò per tornare indietro. Non avrebbe mai trovato Lily. Non sapeva nulla di lei e quel posto era troppo grande. Proprio allora, udì un rumore provenire dalla fabbrica, ma quando guardò, vide solo nero. Si incamminò verso la stazione degli autobus.

Il rancore aveva bisogno di sostanza, altrimenti trasformava le persone in mostri. Ultimamente Wanda aveva cominciato a vedere proprio quel mostro nello specchio. Prima di Lily, non aveva mai provato rancore: né quando si era resa conto che venire da un luogo lontano come l'Asia la rendeva diversa dai suoi compagni di scuola, né quando aveva scoperto che Maurice e Claire non erano i suoi genitori biologici. Erano solo fatti che facevano parte del suo passato; non aveva motivo di serbare rancore.

Wanda festeggiava due compleanni. Il primo si teneva nel giorno in cui era nata, la data effettiva scritta sui documenti; il secondo invece si riferiva alla data in cui era arrivata a casa di Maurice e Claire. Per il primo compleanno, Claire le preparava una versione approssimativa della *miyeokguk*, la zuppa di alghe coreana che si mangiava per tradizione in Corea ai compleanni. Per il secondo, invece, la tavola si riempiva di torte, crostate, pollo arrosto, e altri cibi deliziosi che rendevano quel giorno il compleanno preferito di Wanda.

Ricordava ancora quando, durante uno di questi secondi compleanni, Maurice e Claire le avevano detto di averla adottata. La festa si era svolta come al solito, con l'unica eccezione che le avevano mostrato un album in cui c'erano foto di momenti che Wanda non ricordava. Lei seduta con una faccia triste, circondata da bambini vivaci; lei accigliata dentro a una tutina con disegnati musi di animali; lei neonata mentre piangeva disperata... In tutte le foto, aveva una targhetta con il suo nome attaccata ai vestiti. Erano state scattate nell'orfanotrofio dove Wanda aveva vissuto prima che Maurice e Claire la adottassero. Consapevole che i suoi due genitori adottivi l'amavano incondizionatamente, osservare quegli scatti non l'aveva smossa in modo particolare.

Durante il suo primo anno di scuola, Wanda scoprì che alcuni problemi emergono solo quando qualcuno li mette in evidenza. La sua insegnante era una donna anziana e educata, almeno a prima vista. Di fronte all'intera classe, con un bel sorriso stampato in faccia, aveva raccontato tutti i fatti personali di Wanda, offrendola su un piatto d'argento ai suoi compagni. Infine, aveva aggiunto di non prenderla in giro per il suo aspetto, e di essere gentili con lei. Se l'insegnante fosse stata zitta, non sarebbe successo niente. Ma non tutti i suoi compagni erano di buona indole, e ogni tanto mascheravano di gentilezza le loro cattiverie.

Purtroppo, una pletora di esperienze positive non cura le ferite provocate da quelle negative, per quanto poche possano essere.

Eppure, chi poteva incolpare? Wanda non conosceva il volto dei suoi genitori biologici. Per qualche tempo aveva provato a immaginarseli quando si guardava allo specchio. Era stato un periodo doloroso, ma alla fine l'aveva superato. La ferita non era sparita o guarita, semplicemente ormai apparteneva al passato.

Quando Wanda restava troppo tempo a letto, Maurice e Claire si preoccupavano. I primi due giorni la osservavano da lontano; i successivi due si sedevano sul bordo del letto e le davano un bacio in fronte. Maurice entrava baldanzoso e le proponeva di fare qualche attività insieme, ma finiva per chiudersi la porta dietro le spalle, in silenzio. Quella mattina però fu diverso. Maurice le accarezzò una spalla, chiedendole con gentilezza se avesse voglia di parlare. Wanda avrebbe preferito evitare, ma non voleva che Maurice ci restasse male, così si raddrizzò senza dire una parola. Maurice le prese una mano tra le sue. Sperava che fosse lei a parlare per prima. Ma come poteva dirgli che le mancava una ragazza che se ne andava in giro scalza in pieno inverno?

«Hai litigato con la tua amica?» le domandò lui infine.

Wanda annuì. Non era troppo lontano dalla verità. I suoi problemi le sembrarono insignificanti. Temeva che Maurice sarebbe rimasto deluso scoprendo che si era preoccupata per una sciocchezza del genere.

«Mi dispiace. È una stupidaggine...»

«Succede anche a me. Quando litigo con un amico passo la notte a rigirarmi nel letto. Non te lo aspettavi, eh?»

In realtà Wanda lo sapeva. Le era capitato di vederlo di notte mentre si aggirava al piano di sotto bevendo un bicchiere di acqua dopo l'altro. Ma Maurice voleva consolarla, e Wanda non voleva sminuire i suoi sforzi. Scosse la testa.

«Su alcune cose ci siamo rappacificati, su altre no. È successo proprio con Arthur.»

«Ma se non si fa pace, cosa succede quando ci si rivede?»

«Fingevamo non fosse successo nulla. All'inizio è un po' imbarazzante, poi il tempo passa, si chiacchiera e a un certo punto sembra davvero che la litigata non ci sia mai stata. Capitava che ne riparlassimo dopo molto tempo, un po' di volata, e così risolvevamo tutto. Ammetto che non è il migliore dei metodi, anzi, forse è un po' meschino.»

Wanda dubitava che Arthur avesse mai giudicato Maurice meschino.

«È qualcosa che può succedere solo fra amici, però, sai? Un giorno giocavamo a scacchi. Arthur mi ha battuto subito e io mi sono infastidito tantissimo. Invece di arrabbiarmi, ho finto di non voler continuare, e quando Arthur ha proposto di giocare a ping-pong, o a biliardo, io me ne sono andato dicendo che mi stavo annoiando. Non l'ho nemmeno salutato. Avrei dovuto semplicemente confessare che ero invidioso di quanto fosse bravo a scacchi. Invece ho scelto di essere meschino, sicuro che il giorno dopo avremmo di nuovo giocato assieme, come se niente fosse. E invece quella è stata l'ultima volta. Ora che non c'è più, è troppo tardi. Bisogna parlare con i propri amici quando se ne ha la possibilità, anche se sono cose poco piacevoli.»

«Ma se la mia amica non vuole vedermi?»

«In quel caso, le scriverei una lettera per spiegarle come ti senti.»

Wanda abbracciò Maurice, grata per le sue parole. Non conoscendo l'indirizzo di Lily, decise che sarebbe tornata a Pieffe. Avrebbe persistito proprio come aveva fatto quando l'aveva aspettata al cinema.

Di giorno, le fabbriche abbandonate non facevano paura. Le strade erano pulite, e non si vedevano senzatetto né cani randagi. Dietro alla zona industriale c'era un bosco di sequoie, le cui chiome si stagliavano altissime contro il cielo, eppure la notte scorsa non le aveva notate. Fissò gli alberi con il naso per aria, poi si mise in cammino. Se qualcuno le avesse chiesto perché si stava allontanando dalla zona residenziale per infilarsi tra quelle vecchie fabbriche, Wanda non avrebbe saputo cosa rispondere. L'unica cosa di cui era certa era che la stanza di Lily era grande tanto quanto l'intero secondo piano di casa sua, e gli edifici nella zona residenziale erano tutti delle stesse dimensioni, troppo piccoli. Le era sembrato improbabile che Lily abitasse lì. La casa poteva benissimo essere una di quelle fabbriche, soprattutto se pensava ai suoi piedi scalzi e alla sua resistenza al freddo...

Wanda si perse in un labirinto di mattoni rossi. Alla fine di ogni vicolo si imbatteva in un altro muro. Gli edifici non seguivano alcuna logica, quindi decise di memorizzare i numeri di quelli in cui era già stata per evitare di smarrirsi. Mentre vagava nel labirinto, trovò alcune fabbriche che le sembravano abitate, ma i cancelli erano chiusi da catene corrose dalla ruggine. Era evidente che non venivano aperti da tempo. Wanda andò oltre e continuò a camminare finché il sole calò, allungando la sua ombra. Si ripromise di tornare l'indomani, ma proprio mentre stava per raggiungere la fermata degli autobus, scovò un cancello la cui catena era stata chiusa frettolosamente.

Wanda tirò con tutte le sue forze per smuoverla, ma quella non cedette di un millimetro. Si guardò attorno e, due spanne sopra la sua testa, vide una finestra aperta. Wanda si arrampicò sul muro facendo leva sul davanzale. La suola liscia delle scarpe scivolava, ma infine riuscì a issarsi sulla finestra aiutandosi con i gomiti. All'interno, la fabbrica brillava di rosso. C'erano mucchi di spazzatura accatastati in un angolo anche lì, ma le scrivanie abbandonate erano sotterrate da pile e pile di libri. Gli occhi di Wanda si illuminarono. Doveva entrare. Con un ultimo sforzo, riuscì a issarsi sul davanzale, ma la fretta le fece dimenticare che si trovava piuttosto in alto e cadde di schiena sul pavimento. Prima ancora che il dolore raggiungesse il cervello, la vista le si oscurò e svenne. Rimase così fino al tramonto.

Quando Maurice aveva parlato di vampiri, Wanda aveva immediatamente pensato a Lily. "Maurice dice che tutte le cose strane che accadono sono opera dei vampiri. Se davvero esistono, secondo me hanno il tuo aspetto" avrebbe voluto dire a Lily durante il loro ultimo incontro, ma lei si era volatilizzata. Proprio come avrebbe fatto un vampiro.

Qualcosa stava bruciando. Wanda aggrottò le sopracciglia e aprì gli occhi. Una luce rossa si rifletteva sul soffitto, tremolante. Non poteva essere il tramonto. Il lato sinistro del suo corpo era caldo. Girò la testa in quella direzione e vide le fiamme crepitare in un bidone vuoto della spazzatura. Seduta dietro il bidone, Lily leggeva un libro. Di colpo, Wanda si sedette.

«Potresti fare l'investigatore privato. Come hai fatto a trovarmi?» chiese Lily continuando a sfogliare il suo libro senza guardarla.

Wanda sbatté le palpebre, incredula. Di fronte al suo silenzio, Lily chiuse il libro e si girò verso di lei.

«Perché mi hai cercata?»

Cosa avrebbe potuto risponderle? Wanda non ci aveva pensato, sapeva solo che, se non l'avesse fatto, se ne sarebbe pentita per sempre.

«Non posso?»

A volte bisognava essere sfacciati, soprattutto quando le risposte erano un'ovvietà per entrambe le parti. Wanda stava usando la stessa strategia di Maurice: quando Claire lo riempiva di domande, Maurice rispondeva chiedendo le stesse cose; alla fine lei rideva per disperazione e smetteva di insistere. Wanda sapeva che Lily avrebbe reagito come Claire, perché era perfettamente consapevole del motivo per cui Wanda era venuta a cercarla.

Il cielo notturno era tappezzato di stelle. Maurice le aveva insegnato che quelle più brillanti erano pianeti, ma per Wanda non faceva molta differenza. Ai suoi occhi, stelle e pianeti erano uguali. Da vicino erano sicuramente diversi, ma da così lontano brillavano tutti come stelle. A Wanda piaceva osservare le cose da lontano. Le piaceva anche quando qualcuno osservava lei da lontano. Una volta aveva detto a Maurice: «Per me sono tutte stelle. Mi piace che da lontano sembrino uguali». Al che lui le aveva dato una risposta che avrebbe ricordato per sempre.

«Anche se sembrano uguali, alcune stelle brillano più delle altre, e quando una cattura la tua attenzione, vorresti continuare a guardarla. Anche se ti sforzi di tenere gli occhi chiusi, la sua immagine ti rimane impressa dietro le palpebre. È impossibile ignorarla. Prima o poi avrai il desiderio di usare un telescopio per guardarla più da vicino.»

Era esattamente quello che Wanda stava facendo ora: aveva puntato la sua lente su Lily, l'astro più luminoso di tutti. Non c'erano dubbi che fosse un astro particolare, soprattutto dopo che Lily si arrampicò sul muro con Wanda in spalla per portarla sul tetto. Forse Maurice aveva ragione. Lily, più che una stella, era un pianeta.

Wanda moriva dalla voglia di farle delle domande, ma si trattenne. Non era spaventata, ma temeva che, se avesse tirato fuori il discorso, lei sarebbe sparita di nuovo. Sdraiata sul tetto a fissare il cielo, Wanda si fece coraggio e si girò. I suoi occhi incontrarono quelli di Lily, che la stava osservando da un po'.

«Ti ho mentito.»

«Su cosa?» le chiese Wanda.
«Non siamo coetanee. Ho duecento anni più di te.»
«E poi?»
«E poi, cosa?»
«E poi su che altro hai mentito?»

Ogni anno, per ogni bambino, nascono e muoiono milioni di Babbo Natale. Il Babbo Natale di Wanda era morto quando lei aveva smesso di crederci. L'assassinio di Babbo Natale è un passaggio necessario, il primo di tanti, per accedere all'età adulta. Nel corso della propria vita, una persona compie diversi omicidi, in totale silenzio, senza neanche rendersene conto. È così che durante la crescita, i bambini vengono abbandonati a loro stessi. A forza di uccidere tutte le fantasie superflue per un adulto, dentro si rimane vuoti. Si cerca di riempire quello spazio con le persone, cosa non facile perché le persone sono imprevedibili e mai gentili come le fantasie dell'infanzia. Questa è la pena da scontare per essere degli assassini. Wanda però si trovava ancora sull'orlo: non aveva ucciso del tutto ogni sua fantasia. Non le importava che Lily avesse duecento anni più di lei, era preoccupata piuttosto che le avesse mentito. Ma Lily scosse la testa.

«Quella è l'unica bugia. Non ho mai detto di essere umana, no?»
«Be', no. E allora che cosa sei?»

Lily si mise a sedere. I suoi capelli lunghissimi sfioravano il pavimento. Wanda tese una mano e le accarezzò le punte lucide e nere. La ragazza cambiò argomento.

«Perché mi aspettavi in quel cinema?»

Wanda comprese che la sua amica aveva bisogno di tempo e così, anche se non capiva il motivo di quella domanda, rispose: «Volevo vederti, ecco tutto».

«Perché?»
«Deve per forza esserci una ragione?»
«Sì.»
«Perché ti eri seduta al mio posto.»
«Sarebbe questa la tua spiegazione?»
«A parte me, nessuno si siede mai su quella poltrona. Lì è buio, freddo, si sente la puzza dei bagni. È il mio posto preferito proprio perché nessuno lo vuole. Quel giorno tu eri seduta lì, e, appena ti ho vista, ho pensato che mi sarebbe piaciuto sedermi vicino a te.»
«Sono un vampiro. Bevo sangue umano per vivere.»
«E me lo dici così, all'improvviso?»
«Ero andata al cinema perché avevo fame. L'idea era di uccidere

chiunque si fosse seduto vicino a me. Ma quando ti ho visto, non ce l'ho fatta.»

«Perché?»

«Perché no.»

«Non te lo chiederò di nuovo.»

«Sono un mostro, Wanda.»

Wanda avrebbe voluto risponderle che, a volte, anche lei vedeva il riflesso di un mostro nello specchio.

«Non importa, sono un mostro anch'io.»

I mostri vivevano negli armadi, sotto il letto, dentro gli specchi, sopra i tetti. Wanda era contenta di essere lì con Lily.

Più tardi, il mostro assetato di sangue umano correva con il mostro dello specchio aggrappato sulle spalle. Il mostro dello specchio doveva giungere a casa prima dei genitori, e nel mentre ascoltava le storie che il mostro assetato di sangue le raccontava per intrattenerla.

Tanto tempo fa c'era un uomo con il corpo pieno di peli e mani e orecchie gigantesche. A causa del suo aspetto, i suoi compaesani avrebbero preferito tenerlo alla larga, ma tutti avevano bisogno di lui per la sua natura sincera e gentile. I fiori che le sue mani coltivavano erano più grandi e belli di quelli di chiunque altro. Ogni volta che gli chiedevano quale fosse il suo segreto, lui rispondeva che bastava mettersi d'impegno. Eppure, nonostante gli sforzi, nessuno riusciva a far crescere fiori così belli. Un giorno, un gentiluomo di passaggio si innamorò dei suoi fiori e ne comprò un bouquet. La fama di quei boccioli si sparse rapidamente e ricevette così tanti ordini da ricoprire lui di denaro, e il villaggio di fama. A uno a uno, gli abitanti lasciarono il loro lavoro per aiutarlo. Concentrarono tutte le loro risorse nella coltivazione dei fiori, esportandoli per il mondo. L'intero villaggio si arricchì.

Gli abitanti allora decisero di dare ai fiori dei nomi eleganti e unici, diversi da quelli delle altre nazioni. Fu così che rinominarono tutte le trecento varietà di fiori che venivano coltivate nel villaggio. Mentre si occupavano di denominare le varie specie, l'uomo continuava silenziosamente a fare il suo lavoro. Ma la serenità e la ricchezza non durarono a lungo. Come tutte le favole, anche questa aveva una fine crudele. Un nobile in visita al villaggio rimase sconvolto dalla bruttezza dell'uomo, e gli sparò. La sua morte rattristò tutti gli abitanti. Senza di lui, non potevano più coltivare quei fiori speciali che avevano affascinato il mondo intero, e le sue creazioni meravigliose sparirono dalla sera alla mattina. I nomi dei fiori furono dimenticati, e ne rimase solo l'effimero ricordo. Incapace di reggerne il confronto, la realtà perse tutta la sua bellezza agli occhi degli umani.

Arrivata in camera di Wanda, Lily la fece scendere.

«Ma perché le persone hanno dimenticato i nomi dei fiori?» chiese Wanda. «Potevano fare uno sforzo per ricordarli.»

Lily le sistemò una ciocca di capelli ribelle dietro l'orecchio.

«Le parole muoiono. Tutto muore con il passare del tempo.»

Suyeon

Seo Nanju era nata nel 1986 a Seul, nella zona di Nowon-gu. Aveva frequentato Infermieristica in un'università nella provincia di Gyeonggi e tre anni fa era stata assunta al Cheolma. C'era qualcosa di strano nel suo percorso, però. Seppure non avesse mai preso anni sabbatici e si fosse laureata in tempo, prima di iniziare a lavorare per il Cheolma sul suo curriculum c'era un buco di otto anni. "Che abbia fatto un altro lavoro?" A Suyeon non venne in mente cos'altro potesse fare una persona laureata in Infermieristica. In preda alla frustrazione, continuava ad arrotolarsi ciocche di capelli sulle dita.

Il telefono squillò. Era Jiseon, dalla scientifica. Solo allora Suyeon si ricordò di averle promesso di richiamarla dopo aver controllato i cadaveri. "Devo dirle che non ho trovato tracce di sangue?" Sul suo viso comparve un'espressione d'imbarazzo mentre rispondeva. Dopo un breve saluto, Jiseon le chiese com'era andata a finire con i casi di suicidio.

«Ah, sì, a proposito...»

Suyeon si passò una mano sulla nuca, cercando di guadagnare tempo. Non poteva certo parlare di vampiri. Mentre pensava a cosa dire, le tornò in mente la pioggia di quel giorno.

«Pioveva troppo per controllare. Ero talmente piena di lavoro che mi sono dimenticata di richiamarti, scusa.»

Una risata nervosa.

«C'è stato un altro suicidio al Cheolma dopo la nostra telefonata, giusto?»

«Sì.»

«Per caso all'ospedale celebrano la messa?»

«Sì, un pastore viene ogni domenica.»

«Se si tratta di suicidi legati a una setta religiosa, potrebbero esserci segni sul corpo, per esempio un simbolo che li rappresenta, o tracce di violenza. O forse potrebbe essere un problema di farmaci.»

«Farmaci?»

«Ti ricordi quel caso di cinque anni fa? Il paziente di quella clinica di chirurgia plastica.»

Si riferiva alla clinica di Nowon-gu, a Seul. Suyeon non si era occupata del caso personalmente, ma ne aveva sentito parlare e aveva letto alcuni articoli.

«Certo, non ricordo i dettagli, però.»

«Il decesso è stato causato da un effetto collaterale dei farmaci che somministravano. Oltre a lui, sono morti molti dei pazienti che frequentavano regolarmente la clinica, così sono sorti dei sospetti. Si è scoperto che tutte le vittime avevano assunto morfina e che le morti erano direttamente collegate al farmaco. Lo sai che è facile avere accesso agli oppiacei negli ospedali.»

Suyeon la ringraziò e chiuse la chiamata frettolosamente. Forse i buchi che aveva trovato sui cadaveri erano riconducibili a qualcosa del genere!

Inserì il nome dell'ospedale di Nowon-gu nel motore di ricerca. Una lista infinita di articoli si aprì davanti ai suoi occhi. Cliccò sul primo. La clinica aveva spacciato e somministrato illegalmente morfina; tre persone avevano sofferto di allucinazioni o sintomi di astinenza, e si erano tolte la vita. Dei dieci impiegati arrestati, solo due dottori e due dirigenti coinvolti attivamente nello spaccio erano stati condannati. Nessuna informazione riguardo al resto del personale. Suyeon rintracciò il distretto di polizia che si era occupato del caso e spense il computer.

Era già l'una e mezzo di notte. Dalla tasca sfilò il biglietto da visita di Greta, su cui spiccavano il suo numero di telefono e l'indirizzo del pub.

"Vai a trovare la tua amica vampiro." Un sorriso cupo le incurvò le labbra al ricordo delle parole di Wanda.

Suyeon si appoggiò allo schienale e inclinò la testa fino a guardare il soffitto. Una macchia color ruggine si allargava nelle crepe del cartongesso. L'ufficio del capo si trovava al piano di sopra, insieme a quelli degli ispettori. Il bagno era alla fine del corridoio, proprio come sul suo piano. Cosa aveva causato, allora, quella macchia? La fissò. Ormai si era seccata, eppure le sembrava che strisciasse lentamente sul muro, allargandosi di millimetro in millimetro. Le tornò in mente la chiazza nera sul bancone del pub. Si rigirò l'immagine nella mente: quella macchia che si era infiltrata nelle venature più profonde del legno. Suyeon si alzò e si infilò il cappotto.

Greta la aspettava di fronte al pub. I fari dell'auto la illuminarono e la donna si portò una mano agli occhi, scrutando il sedile del conducente. Sotto le sopracciglia aggrottate, Suyeon scorse due pupille dorate. Strinse forte il volante. Fece un profondo respiro per prendere coraggio e spense il motore. La luce abbagliante dei fari svanì e Greta, riconoscendola, sorrise. Suyeon scese dall'auto.

«Così mi metti a disagio» scherzò la donna.

La pistola puntata all'altezza delle spalle, Suyeon usò la portiera come scudo. Ancora non era certa della natura di Greta, ma non poteva entrare nella tana del leone a mani nude, anche se Wanda le aveva detto che le pistole erano inutili contro i vampiri. I loro occhi si incrociarono.

«Wanda mi ha detto tutto.»

«Ah.» Greta annuì come se avesse già capito. Camminò verso Suyeon finché la canna della pistola non si poggiò sul suo petto. «Che cosa ti ha detto?»

Suyeon non rispose.

«Forse ho capito. Devi confermare quello che hai sentito ma c'è una certa parola che ti mette in imbarazzo.» Con un dito, tamburellò sulla pistola. «Non ti ha detto che queste non mi fanno niente?»

Suyeon rispose in un sussurro: «Lo so».

«Nessun umano mi ha mai creduto quando ho confessato di essere un vampiro, anzi, tutti mi hanno derisa. Dubito che sia diverso con te, e sinceramente non mi piace essere presa in giro, mi fa sentire come se non esistessi.»

«Non ho intenzione di prenderti in giro. Dimostramelo.»

Greta si guardò attorno e si diresse verso l'edificio a cinque piani poco distante. Suyeon la seguì con la pistola puntata.

Greta poggiò le mani sul muro e cominciò ad arrampicarsi. I movimenti di quell'essere, umano solo all'apparenza, le ricordarono quelli di un ragno, o forse di un serpente. Greta scivolava sul muro come se si trovasse su una parete per arrampicata, e nel giro di un attimo era seduta cavalcioni sulla balaustra del tetto. Si pulì le mani dalla polvere, poi agitò il braccio verso Suyeon. Di fronte a quel gesto così spontaneo e amichevole, la donna abbassò la pistola. Si rese conto di essersi comportata da sciocca. Greta saltò giù dal tetto e atterrò sulla strada con agilità. Cinque piani e nemmeno un graffio. Suyeon aveva la bocca secca mentre Greta le si avvicinava con un sorrisone in viso. L'unico suono nella strada deserta erano i suoi passi sull'asfalto.

Sedute nell'abitacolo, le due donne tenevano gli occhi fissi dinanzi a loro. Suyeon si sforzò di non pensare alla vera natura di Greta. Fece un lungo respiro poi, ritrovata la calma, le parlò dei suicidi al Cheolma. Greta la ascoltò senza interromperla, nonostante dalla sua espressione era evidente che fosse già al corrente di tutto.

Se il colpevole era davvero un vampiro, Greta sarebbe stata tra i primi sospettati, non fosse altro per la sua vicinanza alla scena del delitto. Eppure, a lei sembrava innocente.

Quando si erano incontrate per la prima volta, Suyeon aveva diciannove anni. Con un coreano impacciato ma comprensibile, Greta aveva proposto di cancellare i rispettivi numeri di telefono e fingere di non essersi mai viste. Nonostante questo, si era preoccupata per quella giovane liceale uscita senza cappotto in una fredda notte di fine autunno. Gli occhi fissi in quelli di Suyeon, aveva fatto un lungo sospiro. «Hai mangiato?» le aveva chiesto, e Suyeon aveva risposto: «No, non ho fame». Greta l'aveva trascinata in un fast food, aveva ordinato un menù con hamburger e crocchette di pollo e glielo aveva piazzato di fronte. Mentre quella strana donna la fissava con i gomiti sul tavolo e il mento appoggiato sulle mani, Suyeon aveva avuto la sensazione che quegli occhi dorati potessero leggerle dentro. Incapace di sostenere il suo sguardo a lungo, aveva girato la testa.

«Non rinunciare alla tua vita.» Greta l'aveva detto con un tono di indifferenza, ma Suyeon era quasi scoppiata a piangere. «Prima o poi incontrerai qualcuno che ti farà desiderare di essere viva. Anche se adesso ti sembra impossibile.»

Suyeon si era chiesta se avrebbe mai davvero trovato qualcuno in grado di accettarla per quello che era. Aveva soffocato la curiosità dando un grosso morso all'hamburger. Non voleva crearsi aspettative. Al tempo, aveva pensato che le parole di Greta fossero solo una vana consolazione, ma ora si rendeva conto di averci creduto fermamente. Così tanto che erano diventate la sua ragione di vita. Ogni suo respiro era teso alla ricerca della persona di cui Greta le aveva parlato, finché un giorno non aveva trovato Eungyeong.

Come poteva la creatura che l'aveva spronata a vivere essere la stessa che andava in giro a uccidere delle persone? Non tutti i crimini avevano necessariamente una correlazione di causa ed effetto; per puro egoismo, Suyeon sperava davvero che fosse così in questo caso e che Greta fosse innocente. Si aggrappò con tutte le forze ai suoi ricordi.

«Wanda sa chi è il colpevole, ma non lo ha ancora catturato.»

«Immagino abbia ancora dubbi sulla causa della morte, allora» rispose Greta, conoscendo il motivo dell'esitazione di Wanda.

Suyeon ne approfittò: «Di cosa ha bisogno per esserne sicura?».

Greta indugiò prima di rivelarle il patto tra umani e vampiri, in vigore ormai da secoli. Suyeon non comprendeva appieno molte delle clausole, anzi le sembravano assurde, ma non era il momento giusto per discuterne la legittimità. Si chiese chi avesse firmato ergendosi a rappresentante della razza umana. La cosa certa era che, anche se si trattava semplicemente di un pezzo di carta, il patto era ancora valido per i vampiri e per i cacciatori come Wanda. Fra le varie clausole, una asseriva che "i vampiri non sono autorizzati a uccidere un umano bevendone il sangue". In altre parole, aggiunse Greta, Wanda non poteva catturare nessuno a meno che non fosse certa che il vampiro in questione avesse bevuto abbastanza sangue da provocare la morte. Senza tali prove, non poteva accusare i vampiri di omicidio. Suyeon comprese che, anche trovando tracce di morsi sui cadaveri, era difficile capire se fossero morti perché privati del loro sangue o in seguito alla caduta, o addirittura per un effetto collaterale dei farmaci, il che rendeva impossibile catturare l'eventuale colpevole. Per questo Wanda si era rivolta a lei: per trovare le prove che inchiodavano il vampiro.

Suyeon scese dalla macchina per salutare Greta. Allungò la mano, ringraziandola per l'aiuto. Lo sguardo di Greta passò dal suo viso alla sua mano un paio di volte prima di stringerla con una risata.

«Hai più incontrato la persona di cui ti avevo parlato?» Fece una pausa prima di aggiungere: «Qualcuno che ti faccia desiderare di vivere».

«Ah... sì.»

Il volto di Greta si illuminò di una felicità sincera. «Davvero? E com'è? Avrei dovuto chiederti più cose di te.»

«Una persona gentile. Qualcuno che mi accettava in tutto e per tutto, proprio come avevi detto tu.»

«La prossima volta portala con te qui al pub. Vi offro un giro.»

«Mi piacerebbe, ma è impossibile. È morta. Grazie per oggi. Prometto che la prossima volta verrò a bere qualcosa. Senza macchina.»

Mentre metteva in moto, Suyeon guardò Greta attraverso lo specchietto retrovisore. Anche Greta la stava fissando, ferma nello stesso punto, e rimase lì finché l'auto non sparì.

La persona che aveva ridato significato alla vita di Suyeon era morta. Come fiamme sospinte dal vento, i suoi pensieri ritornarono ai momenti in cui aveva considerato di seguire Eungyeong, ma durò solo un attimo.

Era stata Eungyeong a suggerirle di passare al dipartimento investigativo. Si trovavano su una scena del crimine. Eungyeong stava osservando Suyeon, l'unica poliziotta ancora lì, quando all'improvviso si era sdraiata sul pavimento in cemento, esattamente di fianco a dove avevano trovato il cadavere. Presa alla sprovvista, Suyeon le chiese cosa stesse facendo.

«Sto cercando di immaginare cos'abbia visto la vittima prima di morire.»

Suyeon esitò un secondo prima di sdraiarsi in silenzio accanto a lei. Fianco a fianco, i capelli dell'una intrecciati con quelli dell'altra, rimasero così per un po'. Suyeon non aveva una grande immaginazione. Per quanto si sforzasse di immedesimarsi nella vittima durante i suoi ultimi attimi, l'unica cosa che le saltò agli occhi furono alcune macchie sul soffitto.

«Dovresti trasferirti al dipartimento investigativo, se hai così tante cose su cui vuoi indagare.»

Suyeon le chiese se era meglio diventare detective. Le persone consideravano i poliziotti come dei salvatori, ma a lei non sembrava di aver salvato nessuno da quando lavorava in polizia. Anzi, Suyeon si era resa conto che la polizia non era altro che una grande organizzazione e che nulla si risolveva con la sola volontà. I colleghi del suo dipartimento l'avevano confortata, dicendo che era un rito di passaggio per tutte le nuove reclute: «Tutti sogniamo di diventare eroi della comunità, finché non ci rendiamo conto che è impossibile». Tuttavia, invece di servirle da consolazione, quelle parole l'avevano fatta deprimere.

Stava giusto pensando di cambiare lavoro quando Eungyeong le propose di passare al dipartimento investigativo. Suyeon non era molto convinta; l'unica differenza tra un agente e un detective era che si lavorava in borghese.

«Anche se un detective deve comunque sottostare alle regole, ha la facoltà di prendersi il tempo per osservare ciò che lo insospettisce» le disse Eungyeong per convincerla. «Puoi dire la tua quando pensi che qualcosa non torna, puoi concentrarti su dettagli abbandonati dagli altri, e, se sei brava, risolvere il caso. Senza contare che lavoreresti con me.»

Suyeon scoppiò a ridere a quell'ultimo commento. Alzò la testa e spostò lo sguardo sul viso di Eungyeong, sdraiata accanto a lei.

«E cosa ci guadagno a lavorare con te?»

Eungyeong alzò i suoi enormi occhi al cielo. «Sicuramente ti sarò utile almeno una volta al mese. Ho sempre assorbenti e antidolorifici in borsa!»

Suyeon si lasciò persuadere da quella battuta.

Mun Eungyeong: comandante della polizia, famosa per essere incredibilmente pignola ed emotiva. A Suyeon dava fastidio che qualsiasi donna in una posizione di potere venisse sempre descritta a questo modo, ma Eungyeong non ci faceva caso. Al contrario, lo considerava un complimento privo di malizia.

«Se dai peso a ogni parola, perdi di vista ciò che è importante. Fidati di me, è meglio lasciar correre, anche quando incontri le vittime o i sospettati. Chi vuole criticarti troverà sempre qualcosa da dire. Non dare corda a tutto, o rischi di perdere indizi cruciali. Anche questo è un talento.»

Dopo quella conversazione, Suyeon si era resa conto che la maggior parte dei poliziotti si comportava così. Gli insulti degli ubriachi, le maledizioni disperate, il sarcasmo, i comportamenti intimidatori... Nessuno si soffermava mai a lungo su quello che accadeva durante la cattura, anche quando rimanevano feriti o venivano pestati da qualche ubriacone senza motivo. Solo dopo aver visto l'impegno continuo dei suoi colleghi nel dimenticare questi episodi, Suyeon aveva compreso le parole di Eungyeong. I poliziotti non usano un vocabolario elegante e affettato: quando dicevano che il loro comandante era pignolo ed emotivo, intendevano dire che Eungyeong era brava nel suo lavoro, niente di più, niente di meno; la sua pignoleria la rendeva eccezionale nel trovare prove, e la sua emotività le permetteva di non perdersi nessun dettaglio.

Eungyeong fu la ragione per cui Suyeon riuscì a adattarsi e anche ad affezionarsi al suo nuovo posto di lavoro. Viveva da sola, ed Eungyeong andava spesso a trovarla, rendendo casa sua più accogliente; ogni tanto le portava una busta piena di *banchan* dal negozio, ricordandole che non poteva vivere di solo cibo d'asporto. Eungyeong era una persona straordinaria sotto vari punti di vista. Anche Suyeon, che normalmente odiava quando la gente si prendeva troppe confidenze, era felice di fare spazio alla collega nella sua vita.

Non era stato immediato, però. Suyeon passò al dipartimento investigativo sotto consiglio di Eungyeong, ma per un po' mantenne le distanze, proprio come faceva con gli altri. Per paura di essere maleducata, nemmeno Eungyeong cercò di forzare il loro rapporto, ma un giorno, dopo averle ronzato attorno tutto il tempo, le chiese se avesse impegni dopo il lavoro. Suyeon rispose di no; come al solito sarebbe tornata a casa, si sarebbe fatta una doccia e sarebbe andata a letto. Eungyeong, così, le propose di cenare insieme. Suyeon pensò che sarebbero andate a mangiare un semplice *kimchi jjigae* nei dintorni, ma Eungyeong la portò nell'elegante ristorante cinese dove una volta l'anno tenevano le cene del dipartimento. Suyeon la fissò stranita mentre ordinava gamberi in salsa piccante e un assortimento di frutti di mare *yangjangpi*, ma quando chiese di portare una bottiglia di Kao Liang, uno dei liquori più costosi, la fermò con uno strillo.

«Ma che stai facendo?»

Eungyeong sorrise. «Buon compleanno.»

A quelle parole, il suo cuore ebbe un sussulto.

«Come fai a saperlo?» le chiese con un sospiro rassegnato.

«Ho sbirciato nel tuo file.»

«Potevi dirmelo che volevi offrirmi la cena.»

«Tu non sei il tipo che si fa offrire cene, altrimenti mi avresti detto subito che era il tuo compleanno quando ti ho chiesto se avessi impegni. Invece non ti piace andare in giro a raccontare i fatti tuoi, vero? Non chiedi mai aiuto né dici di cos'hai bisogno, vuoi risolvere tutto da sola. E non soffri la solitudine. Al contrario, ti calma. Sbaglio? Sii onesta.»

Era un colpo basso. Sapeva benissimo di avere ragione, voleva soltanto che Suyeon confermasse la sua ipotesi. Quando le chiese da cosa l'aveva intuito, Eungyeong le rispose che se n'era accorta la prima volta che l'aveva vista: era l'ultima rimasta sulla scena del crimine. Ma come aveva scoperto che si trovava a suo agio nella solitudine, che la calmava? La curiosità la tormentava. "La mia solitudine è così evidente?" si domandò. Eppure, non riuscì a trovare il coraggio di farle queste domande. In silenzio, Suyeon masticò il suo cibo, la prima cena di compleanno che qualcuno le offriva in dieci anni.

Da allora, cominciarono a mangiare insieme sempre più spesso. Eungyeong conosceva i migliori ristoranti della zona e Suyeon li trovò tutti deliziosi, anche perché solitamente si nutriva più che altro per sopravvivenza. I loro gusti si allinearono, le loro conversazioni si allungarono. Eungyeong faceva sempre un sacco di domande: le chiese quando e perché aveva cominciato a odiare il *kimchi*, se preferiva accompagnare il *jjajangmyeon* con la rapa sottaceto o le cipolle crude intinte nella salsa di fagioli neri. Suyeon non capiva il motivo di quell'interesse, ma, senza rendersene conto, finì per rispondere con sincerità a tutte le sue domande. Certe volte non vedeva l'ora di scoprire cosa le avrebbe chiesto.

Un giorno erano sedute in macchina una di fianco all'altra mentre fissavano la pioggia cadere sul parabrezza. Pioveva così tanto che non si vedeva a un palmo dal naso. Avevano appena assistito alla sentenza per un caso a cui avevano lavorato insieme. Eungyeong sospirava, profondi respiri infiniti, rendendo l'aria pesante come se la macchina si trovasse sul fondo del mare. La frustrazione era palpabile. L'imputato si era dichiarato colpevole, ma invece di sbatterlo in prigione, il giudice lo aveva mandato in un ospedale psichiatrico. L'uomo soffriva di ansia cronica e il reato era stato commesso in stato di ebbrezza; ma, soprattutto, l'imputato aveva professato in lacrime che l'omicidio della fidanzata non era stato premeditato, bensì un incidente sfortunato.

Eungyeong aveva fatto di tutto per dimostrarne la colpevolezza, ribadendo più e più volte che si trattava di un uomo meticoloso che difficilmente commetteva errori. Tuttavia, non si sarebbe mai aspettata quella confessione pietosa, e che sfruttasse i suoi disturbi presentandosi come un mostro. Le unghie conficcate nei palmi fino a farli sanguinare, Eungyeong aveva lasciato la sala del tribunale appena dopo la sentenza.

Suyeon voleva consolarla, ma non aveva mai consolato nessuno, così le fece una domanda qualsiasi. Proprio come faceva la sua capa con lei.

«Ti piace la pioggia?»

«Non da quando lavoro in polizia.»

«Perché?»

«Cancella tutte le tracce, come un complice.»

«La neve allora?»

«Di solito no perché fa troppo freddo, ma ogni tanto è preziosa nel conservare le prove. In quel caso, sì.»

«I giorni ventosi, invece?»

«No. Mi ricordano i lamenti dei morti.»

«Capisco.»

«Non mi chiedi se mi piacciono i giorni di sole?»

«Nessuno odia i giorni di sole.»

«Io sì.»

«Perché?»

«Di fronte agli occhi ho un cadavere che non so ancora come sia morto e il sole se ne sta lì a brillare, come a dire che non è affare di questo mondo. Tutta quella luce è crudele.»

«Neanche a me piacciono i giorni di sole, in realtà.»

«E che motivo hai tu?»

«Mi è capitato di piangere in un parco proprio in uno di quei giorni.»

Eungyeong finalmente alzò lo sguardo per osservarla. Suyeon passò subito a un'altra domanda.

«Quindi quali giorni ti piacciono? Sembrerebbe che li odi tutti.»

«Mi piacciono i giorni in cui ho la sensazione che il nostro lavoro sia inutile. Quando è tutto così tranquillo da apparire surreale. Ora che ci penso, c'è sempre una nebbia fitta in quei momenti. Sì, i giorni di nebbia sono parecchio silenziosi.»

Suyeon aveva fatto un calcolo veloce di quanti giorni di nebbia c'erano in un anno. Pochissimi. Ancora meno quelli in cui la nebbia era così fitta che non si riusciva a vedere a un palmo dal naso.

«Sei pentita di aver scelto questo lavoro?» le chiese. «Sembrerebbe la causa per cui odi sia il bello sia il cattivo tempo.»

«No, non molto. Non credo che mi piacerebbero neanche se facessi un altro lavoro. Ho un carattere un po' particolare. Storto, diciamo.»

«Già.»

Suyeon poggiò la fronte sul finestrino. Il contatto con il vetro freddo la fece rabbrividire. Passò un po' di tempo prima che riaprisse bocca.

«Per questo mi piaci. Perché guardi il mondo da un punto di vista diverso, storto per l'appunto. Osservi le cose sottosopra e ti rendi conto che non sono in equilibrio come credevamo. Mi piace questo lato di te. Io invece ogni tanto mi pento della mia scelta.»

"Ecco perché vorrei lavorare con te a lungo" avrebbe voluto aggiungere, ma rimase in silenzio, sentendosi in imbarazzo. Non sapeva che non avrebbe mai avuto un'altra occasione per dirglielo.

Quando la mattina seguente Suyeon fece l'ennesima chiamata al distretto di Nowon-gu, il detective che rispose non si sforzò di nascondere l'irritazione. La sua voce roca suggerì a Suyeon che l'uomo aveva a malapena iniziato il suo turno. Aspettò con calma che si riprendesse dal sonno e nel frattempo osservava dalla finestra i dipendenti che entravano in commissariato. Chantae l'aveva già rimproverata per quelle telefonate, e così Suyeon aveva dovuto nascondersi sulle scale d'emergenza. Chantae le aveva suggerito di richiedere un mandato di perquisizione per procedere con le indagini, ma ora come ora sarebbe stato impossibile che venisse accettato. Probabilmente Chantae glielo aveva proposto proprio per questo: un messaggio implicito per dirle che il caso non meritava indagini più approfondite e che era venuto il momento di tirarsi indietro. Lei aveva annuito ed era scappata sulle scale. Per fortuna il capo non l'aveva seguita.

«Di cos'hai bisogno?» ripeté il detective di Nowon-gu.

«La lista dei dipendenti che lavoravano nella clinica al momento dell'incidente.»

L'uomo si lamentò, non capendo perché Suyeon fosse interessata a quel vecchio caso, e gemette, trascinando il suo corpo stanco per l'ufficio. Poi si sentì un fruscio di fogli. Trovare un file di cinque anni prima non era semplice.

«Cos'è questo improvviso interesse per il caso?» chiese mentre continuava a cercare.

«Nell'ospedale di riabilitazione del nostro distretto ci sono stati diversi suicidi, e non trovo informazioni sul passato di una delle infermiere. Mi chiedevo se potessero esserci dei collegamenti con quella clinica. Vorrei anche sapere il motivo di quella sentenza, se non ti dispiace.»

«Anche se gli infermieri erano complici, i medici avevano approfittato della loro posizione di potere per esercitare pressione. Non hanno avuto scelta, e quindi il giudice ha concesso una sospensione della condanna. Ci sono lividi sulle vostre vittime?»

«Lividi?»

«Se erano così dipendenti da arrivare al suicidio, vuol dire che ormai si iniettavano il farmaco regolarmente. Molto spesso le vene scoppiano e devono cambiare punto per l'iniezione. Nel nostro caso, i cadaveri presentavano lividi nei posti più assurdi.» Il detective tirò un sospiro di sollievo quando finalmente trovò il file. «Ho solo la lista del personale con me, qual è il nome dell'infermiera?»

«Seo Nanju, nata nel 1986.»

Il detective ripeté il nome fra sé e sé mentre scorreva la lista.

«Non c'è nessuna Seo Nanju. Ho una Seo Yeongeun, però, sempre del 1986... Hai una foto?»

Suyeon inoltrò la foto che aveva trovato sui documenti di assunzione.

«Sono molto simili... Identiche, direi. A meno che non abbia una gemella, azzarderei che sono la stessa persona.»

Suyeon osservò lo squarcio di luce che entrava dalla finestra. Poteva benissimo aver cambiato nome in Nanju dopo l'incidente.

Nel parcheggio della stazione di polizia, Wanda era appoggiata sul cofano dell'auto di Suyeon ad aspettarla. Potevano parlare solo durante la sua pausa pranzo, e così Suyeon le aveva chiesto di raggiungerla lì. Wanda, senza curarsi degli sguardi degli altri agenti, si stava accendendo una sigaretta quando Suyeon la fermò. Le tolse la sigaretta di bocca, gliela mise in mano e salì in macchina. Avevano solo mezz'ora, e Suyeon, presa dall'ansia, nemmeno la guardò prima di iniziare a bombardarla di domande.

«Sono andata a trovare Greta.»

«L'hai presa meglio di quanto pensassi.»

Suyeon si trattenne dal chiederle che tipo di reazione si sarebbe aspettata, decisa a non farsi sviare dalle sue parole.

«È vero che non puoi catturare un vampiro, anche se hai la certezza che beve sangue umano? Deve per forza essere la causa della morte?»

«Alcuni umani offrono volontariamente il proprio sangue ai vampiri. Come un semplice bicchiere d'acqua. Per questo non posso catturare un vampiro senza prove.»

«Chi diavolo farebbe mai una cosa del genere?»

«Un ammiratore, o un innamorato.»

Suyeon rimase sbalordita.

«Non significa che abbiamo le mani legate. Se l'offerta di sangue è dovuta a paura, o è stata fatta in uno stato di confusione, allora i vampiri sono da considerare colpevoli.»

«Per esempio, se le vittime sono state minacciate o si trovano sotto effetto di droghe? In queste situazioni non si ha una scelta.»

«Esatto. La forza della paura.»

«In uno stato del genere, è facile spingere qualcuno al suicidio. Quindi cosa succede se il vampiro li ha istigati dopo averne bevuto il sangue? O se ha scelto persone che avevano intenzione di suicidarsi?»

Suyeon ebbe una fitta al cuore. Quelle parole le suonarono incredibilmente crudeli.

Wanda annuì. «Se il vampiro ha pianificato tutto, possiamo catturarlo.»

«Sai, credo che qualcuno lo stia aiutando. Ho controllato il curriculum di quell'infermiera su cui avevo dei dubbi e ci sono otto anni di vuoto prima che venisse assunta al Cheolma. Mi insospettisce anche che faccia solo il turno di notte. È solo un'ipotesi, ovviamente, non ho ancora nessuna prova. E non so nemmeno per quale motivo dovrebbe aiutare un vampiro...»

«L'avrà sedotta, è il loro modus operandi. Giocano con i sentimenti degli umani. Ricorda: mai farsi incantare dalle parole di un vampiro.»

Il telefono di Suyeon squillò. Chantae la stava cercando. Il loro tempo era scaduto, così Wanda scese dalla macchina.

«Sei più utile di quanto pensassi, detective. Mi piaci. Hai qualcuno che vuoi proteggere, vero? La nonnina.»

Suyeon annuì.

«Che donna fortunata ad avere una detective come te dalla sua parte.»

Wanda sorrise e chiuse la portiera.

Nanju

Gli affari di suo padre colarono a picco durante la crisi finanziaria agli inizi del 1998. A quei tempi, era presidente di una società sussidiaria, ma appena la società madre mostrò segni di fallimento, il suo socio scappò con i soldi. Suo padre passò un mese a cercarlo, finché non arrivò il suo turno di sfuggire ai creditori. Per mantenere a galla la famiglia, sua madre aveva venduto la fede di matrimonio e l'anello d'oro ricevuto al primo compleanno, le porcellane più costose e qualsiasi altro oggetto di valore ci fosse in casa. Lavorava ogni giorno alle saune pubbliche aperte ventiquattr'ore, lasciando Nanju a occuparsi del fratello maggiore. Suo padre la chiamava sempre all'ora dei pasti per assicurarsi che si prendesse cura di lui. Nanju credeva che in questo modo dimostrasse rispetto ai propri genitori; era convinta di essere una brava figlia. Non sapeva di essere l'unica a pensarlo.

Sua madre diceva che quella crisi andava superata insieme, come una famiglia, perciò risparmiava ovunque potesse: comprava solo il minimo indispensabile e gli abiti andavano indossati finché non finivano letteralmente in brandelli. Vedendo i vestiti logori della madre, Nanju era convinta che fosse compito di ogni membro della famiglia sopportare la propria dose di povertà, ma si sbagliava. Un giorno, suo fratello ricevette delle scarpe nuove. Nanju pianse senza sosta. «Le sue vecchie scarpe erano troppo rovinate» aveva detto sua madre. Nanju aveva preso le sue, con le suole così sottili da vederci attraverso, e le aveva lanciate in mezzo alla stanza, prima di correre via. Per consolare quel pianto disperato, sua madre, di nascosto dal fratello, nel cuore della notte le aveva preparato una ciotola di *ramyeon* istantaneo, cibo prezioso che ai tempi potevano a malapena permettersi. Ma era finita lì.

Troppo a lungo aveva dato per scontati atteggiamenti che non lo erano affatto. Ma quando finalmente capì che la sua situazione non era normale, ormai era troppo abituata a quella routine per reagire. Dopo le scuole medie sarebbe voluta andare in un liceo linguistico un po' lontano da casa. Aveva degli ottimi voti, e così il coordinatore di classe credeva che sarebbe stata accettata senza problemi. I suoi genitori desideravano che il fratello frequentasse il liceo linguistico e quindi era sicura che sarebbero stati contenti. Invece, quando diede loro la notizia, la guardarono contrariati. «Cosa vai a fare in una scuola così lontana?» Il dormitorio era troppo costoso, e, soprattutto, una ragazza che andava via di casa così giovane poteva solo diventare una poco di buono. In quel momento, Nanju aveva sentito una rabbia incontenibile ribollirle dentro, ma non sapeva perché. Da dove arrivava? E quel vuoto che la trapassava da parte a parte, cos'era?

L'anno in cui suo fratello tentava per la terza volta il Suneung, l'esame di ammissione all'università, Nanju prese il massimo dei voti nella simulazione fatta in classe. Tornò a casa vantandosi a gran voce, ma i genitori la zittirono. Le dissero che il fratello stava studiando, quando in realtà erano preoccupati che il loro prezioso figlioletto potesse rimanerci male. Nanju scoppiò a ridere, senza parole.

«Bastardi.»

L'imprecazione le uscì di bocca senza che lei se ne rendesse conto. Quando realizzò cosa aveva detto, non si sentì in colpa né le dispiacque. Provava solo rabbia e disgusto.

Dopo il liceo, Nanju avrebbe voluto frequentare Medicina, ma le tasse d'iscrizione erano troppo alte. Nello stesso periodo in cui i genitori aprirono un ristorante di pollo fritto, nelle vicinanze cominciarono a spuntare negozi di grandi catene che minacciavano il loro piccolo business. Una notte, mentre pensava alla situazione disastrata della sua famiglia, una risata isterica la scosse da capo a piedi. Alla fine, optò per Infermieristica: avrebbe comunque lavorato nel settore medico, ma era più economica e offriva più opportunità di lavoro rispetto a Medicina. Nel complesso, era abbastanza soddisfatta della scelta.

Nanju non aveva idea di cosa avesse in serbo la vita per lei. Andò via di casa e trovò un lavoro. Ogni mese versava una quota per ripagare il suo debito universitario e mandava un po' di soldi ai genitori. Evitando spese inutili riuscì persino ad aprire un conto di risparmio. Eppure, quel vuoto dentro di lei non l'abbandonava. Le sembrava che un mostro vivesse nelle sue viscere. Cercava di consolarsi all'idea che stesse vivendo una vita normale, ma spesso la depressione e l'ansia la opprimevano. Non riusciva a credere che quella fosse la normalità. Davvero la gente viveva così?

Si sarebbe potuta licenziare dalla clinica di Nowon-gu in qualsiasi momento, ma non lo fece. I medici somministravano morfina ai pazienti e quando gli incassi aumentarono, la clinica iniziò a elargire bonus agli impiegati. Quei soldi le permisero di fare tutti gli acquisti inutili che aveva sempre rimandato. Non aveva intenzione di rimanere lì a lungo. Giusto due o tre anni, il tempo necessario per mettere da parte una buona somma e trasferirsi in un ospedale più rispettabile. Mai avrebbe immaginato che la tragica morte di un paziente l'avrebbe trascinata in quel casino. Per la prima volta nella sua vita, si ritrovò a fare avanti e indietro dal commissariato. I detective avevano l'alito che puzzava di sigarette e caffè; le parlavano come se fossero in confidenza, per poi prendere le distanze. Nel tentativo di evitare che quel fetore le entrasse nelle narici, Nanju teneva la testa bassa, ripetendo quanto fosse dispiaciuta. «Non avevo scelta, mi avrebbero licenziata.» Quelle parole furono la sua salvezza, e il suo nome venne tolto dalla lista dei sospettati.

L'accaduto, però, le lasciò una brutta reputazione nel settore, e rimase disoccupata per diversi anni. I risparmi che aveva le permisero di tirare avanti per qualche tempo. Proprio allora venne a sapere della morte del fratello. Le dissero solo che era stato un incidente in moto. Anche se la sorprese un po' che un codardo come lui potesse essere salito su una moto, non indagò oltre. Durante i tre giorni del funerale, Nanju lottò costantemente contro il sonno. Quando finalmente lasciò la casa funeraria, in lei si accese la speranza che forse non avrebbe più dovuto vedere la sua orribile famiglia. E fu davvero così, per un periodo. Almeno finché quello stronzo di suo padre non decise di ammalarsi proprio durante i suoi ultimi anni di vita.

La clientela di Nanju era principalmente composta dalla feccia che viveva nei *goshiwon*. Parassiti attaccati ai libri come suo fratello. Rinchiusi dentro le loro minuscole stanze a studiare per esami che non avrebbero mai superato, con la schiena ricurva e le spalle ossute. Gli occhi spalancati dei pazzi, fissavano il vuoto fumando una sigaretta dopo l'altra.

All'inizio Nanju si faceva pagare trentamila won a dose. Poi, gradualmente, aveva alzato il prezzo e ora prendeva cinque volte tanto. Ma la morfina era l'unica gioia per quei disperati, che recuperavano soldi dove potevano e si attaccavano a quella sostanza senza pensare alle conseguenze. Zombi, ecco cos'erano. Creature che avevano abbandonato la loro umanità per trasformarsi in mostri. È così che aveva incontrato Ulan.

Era un uomo disgraziato, piegato dalla fame, ma di una bellezza che nascondeva quella miseria. Forte e saggio, viveva nell'ombra per il bene degli umani. Aveva sacrificato tutto ciò che aveva. Dopo che suo padre era stato trafitto al cuore da un paletto, Ulan, insieme al resto della sua famiglia, aveva tirato avanti a stento, vivendo in un magazzino abbandonato. Non aveva battuto ciglio quando le aveva raccontato le orribili vicissitudini di cui era stato protagonista: la sorella maggiore che soffriva di un'inspiegabile malattia della pelle e passava le notti sopportando il dolore; sua madre, costretta a vendere i suoi capelli.

Nanju credeva che Ulan fosse il suo salvatore. Ma solo dopo averlo incontrato aveva compreso che non aveva bisogno di qualcuno che la salvasse da questo mondo crudele, ma piuttosto di un mondo dove non ci fosse bisogno di salvezza. Per questo Ulan non poteva aiutarla. Quel giorno, il viso della detective le danzò davanti agli occhi per tutto il tempo. Sarebbe cambiato qualcosa? Che quella donna potesse essere l'ultima porta per la redenzione che Dio aveva aperto per lei?

Ulan era seduto sul davanzale della finestra, simile a un ragazzino a cavalcioni sulle sbarre in metallo di un parco giochi. Nanju non si scompose per quella visita a sorpresa. Mise l'asciugamano che teneva in mano nel cesto dei panni sporchi e andò verso il frigo, ma quando lo aprì si ricordò che pochi giorni prima aveva buttato via tutto. Per fortuna non stava morendo di fame. Prese una bottiglietta d'acqua e ne bevve un sorso.

Era da un po' che Ulan non si faceva vedere. Non aveva idea di dove andasse o di cosa facesse. Ogni tanto la informava che sarebbe sparito per qualche giorno, ma non le diceva mai dove. Quando succedeva, Nanju si infuriava e pretendeva di sapere dove fosse stato, ma le sue risposte erano sempre vaghe. Questo teatrino era andato avanti per un po', fino a che Nanju aveva smesso di chiedere. L'unica cosa che la faceva impazzire era l'orlo infangato del suo cappotto poggiato sul letto. Ulan, che stava guardando fuori dalla finestra, si voltò. Non poteva negare che fosse ancora bello da togliere il fiato.

Il ricordo del loro primo incontro era tuttora vivido nella sua memoria. Nanju stava facendo i suoi giri di rito al *goshiwon*. Proprio come adesso, Ulan era apparso dal nulla, silenzioso, e lei si era accorta di lui solo molto tempo dopo. Non si era preoccupata subito che quell'estraneo l'avesse vista mentre somministrava sostanze illegali: era troppo impegnata a pensare a quanto fosse bello. Da dove veniva? Questa città non gli si addiceva per niente. Il giorno dopo lo trovò che gironzolava nei dintorni dell'ospedale. Per qualche tempo il pensiero che potesse denunciarla la tormentò, ma a un certo punto quell'ansia svanì e si ritrovò ad aspettarlo ogni giorno. Ulan per lei era una rosa meravigliosa che trasformava la sua vita monotona in qualcosa di speciale. L'idea di incontrarlo dopo il lavoro le dava la forza di sopportare un altro turno. La bellezza di Ulan era abbastanza per lei.

Veniva a trovarla solo dopo il tramonto. Nanju lavorava di notte, quindi avrebbe preferito incontrarlo di giorno, ma tutte le volte che glielo proponeva, lui rifiutava con insistenza. Forse nascondeva una vita di oscenità impossibili da rivelare. Non era sposato, altrimenti non sarebbe potuto venire ogni sera. E se fosse stato un normale impiegato, non avrebbe potuto passare tutte quelle notti in bianco. Che lavoro faceva? Magari durante il giorno intratteneva signore con la sua bellezza in cambio di denaro. Anche se era una professione antica, che poco si addiceva ai tempi moderni in cui vivevano, Nanju non poteva fare a meno di avere queste fantasie quando guardava i lineamenti classici del suo viso. Aveva tantissime domande, ma infine Nanju si mise il cuore in pace: non avrebbe mai saputo nulla di lui.

Un giorno, però, lo ritrovò svenuto di fronte alla porta di casa, il volto cinereo. Fu allora che lui le raccontò tutto. Il suo nome, da dove veniva, il motivo per cui era collassato. Ogni tanto Nanju ripensava a quell'incontro. Avrebbe dovuto ignorarlo invece di ascoltare la sua storia. Avrebbe dovuto ucciderlo in quel momento, quando stava morendo di fame, incapace di muovere anche solo un dito.

«Mi rattrista quanto sia semplice odiare qualcuno» disse tutto d'un tratto Ulan, lo sguardo fisso su di lei. Quegli occhi che aveva trovato così dolci, ora la intimorivano come quelli di una vipera. «Se non fossi stato in grado di provare odio, niente di tutto questo sarebbe mai successo.»

Nanju si sedette sul bordo del letto. Ulan fece scivolare una gamba nello spazio fra il materasso e il davanzale. Indossava le scarpe e Nanju gli rivolse uno sguardo scocciato, preoccupata che il fango sulle suole finisse sulle coperte. Ulan viveva in Corea da molto tempo, eppure non si era ancora abituato a togliere le scarpe dentro casa.

«Odiare qualcuno è doloroso. È impossibile smettere. Un ottimo metodo per tormentarsi da soli.»

«Ma di cosa stai parlando? C'è qualcuno che odi?»

Ulan sorrise, le labbra stirate in una linea sottile.

«Da molto tempo. Da prima che tu nascessi.»

«Strano.»

«Cosa?»

«Che tu abbia lasciato vivere una persona che odi così tanto.»

«Cosa ti fa pensare che non l'abbia uccisa?»

«Se l'avessi fatto, non me ne avresti parlato.»

Ulan scoppiò a ridere. Nanju attese che smettesse, fissandolo in silenzio. Poco dopo, lui annuì.

«Hai ragione, non l'ho uccisa. Volevo, ma non ci sono riuscito.» Schioccò la lingua per sottolineare il suo dispiacere. «Non era fame: per la prima volta ho sentito il desiderio intenso di uccidere qualcuno, di fare del male. Di solito per me è sempre stato come tagliare un pezzo di carne da macello.»

«Perché volevi ucciderla?»

Nanju fece la domanda controvoglia, solo perché le sembrò che Ulan se lo aspettasse. Lui lasciò passare qualche minuto prima di continuare, lo sguardo perso nel vuoto.

«Ero molto più giovane durante i centonovantacinque giorni che ho trascorso in quel magazzino con mia madre morente e mia sorella con la sua pelle piena di pustole. Avevo abbastanza forze per uccidere un paio di umani, ma non di più. La città si stava riempiendo di fabbriche e grattacieli, la popolazione cresceva a un ritmo incredibile, ma non c'erano tanti luoghi bui come qui dove nascondersi. Ogni vicolo brulicava di gente, perfino i senzatetto erano costretti a vivere addossati gli uni agli altri. Non fosse stato per lei, sarei morto di fame in quel magazzino, coperto dalle secrezioni di mia sorella, in un periodo in cui gli umani mangiavano raffinati tagli di carne.»

Lei.

Non lo aveva mai sentito usare quella parola. La donna a cui si riferiva non poteva essere umana. Ulan non aveva mai usato un termine così gentile per parlare degli umani, nemmeno quando si rivolgeva a Nanju. Provava a essere affettuoso, ma falliva sempre. Nanju osservò un ragno arrampicarsi sul muro per poi fermarsi, alla ricerca di un luogo dove nascondersi, e infine sgusciare all'interno di una fessura nella carta da parati.

«Fatti furbo e vivi.»

Nanju spostò lo sguardo su di lui.

«È quello che mi disse: "Non rovinarti la vita comportandoti da idiota, fatti furbo e vivi". Sopravvivere è la più grande prova di forza, non credi? Anche il più terribile degli umani non può scampare alla morte. Siamo destinati a diventare un vago ricordo nella mente delle persone, come parassiti che non vogliono andarsene.»

Nanju non rispose, ma a Ulan non sembrava importare.

«Me l'ha insegnato lei, così come mi ha insegnato che gli umani muoiono anche senza bisogno che noi ci sporchiamo le mani. La rabbia ti mangia vivo, ma noi siamo esseri superiori agli umani; non ha senso che ci lasciamo divorare dalla rabbia nei loro confronti. Le sono così grato per queste parole. Mi ha salvato dall'abisso. Sì, è stata la mia salvatrice, l'unica in tutta la mia vita. Ugualmente, è stata la peggior cosa che potesse mai capitarmi. Un ricordo che vorrei dimenticare, gettare via, uccidere. Una persona incredibile sotto vari punti di vista; colei che mi ha salvato è anche colei che mi ha distrutto. Mi stupisce sempre come riesca a essere entrambe le cose allo stesso tempo. L'odio ti consuma, concentrando ogni tuo nervo su di esso. Ti rende stupido, e infine ti porta alla rovina.»

«Dev'essere stata una persona molto importante per te.»

Lui annuì senza esitazione.

«Ha salvato e protetto me e la mia famiglia. Fra vampiri ci sforziamo di non nuocerci a vicenda. Ognuno di noi vive nel proprio territorio cercando di mantenere un pacifico equilibrio. O almeno questo è quello che ci diciamo, la verità è che ignoriamo le disgrazie altrui. Immischiarsi negli affari degli altri è rischioso, potremmo rimanere feriti o morire, e di conseguenza mettere in pericolo la sopravvivenza della nostra specie. Nonostante questo, lei è stata l'unica a fregarsene di queste regole e ad aiutarci. Quando le ho chiesto perché non aveva fatto finta di niente mi ha risposto che non lo sapeva... Non era sicura...»

Ulan ripeté quelle ultime parole come una cantilena. Nanju si girò a guardarlo. Aveva ancora lo sguardo perso nel vuoto.

«Avrei dovuto capire allora che essere diversi non è un bene. Chissà perché la diversità ci affascina così tanto. È una lama a doppio taglio, che può sia proteggerti sia ferirti. Non ci ho pensato due volte prima di abbracciare quella diversità e alla fine sono rimasto ferito. Un taglio profondo che fa ancora male, proprio qui.»

Si passò una mano dal ventre al petto.

«Ti sei sentito tradito.»

«Non sono sicuro che sia stato tradimento. Vuoi dirmi cosa ne pensi?»

«Okay. Raccontami cos'è successo.» Nanju era curiosa di sapere perché avesse tirato fuori quell'argomento.

«Era passato quasi un secolo da quando avevamo cominciato a seguirla. Mentre girava voce di un patto che avrebbe regolato la nostra convivenza con gli umani, noi vampiri ci addentrammo in luoghi sempre più bui e umidi. C'erano svariate lamentele riguardo alle nuove norme, ma per evitare di mettere in pericolo le due specie, abbiamo sopportato in silenzio. È stato così per tutti i vampiri. Lei diceva che era sufficiente per mantenere l'equilibrio. Era il nostro centro, e noi la seguivamo. Ci aveva assicurato che andava tutto bene, e allora noi accettammo quel patto oppressivo e assurdo. Perché lei aveva sempre ragione. Anche se l'accordo non aveva senso, dovevamo attenerci alle sue condizioni: dopotutto, in quel periodo nessuno di noi, da solo, avrebbe mai potuto vincere contro un gruppo di umani. Se avessero scoperto la nostra esistenza, invece di spaventarsi, ci avrebbero rinchiuso e ridotto a strumenti da utilizzare per il loro tornaconto. Per questo lei accettò il patto nonostante tutte le sue pecche. Era il minore dei mali, l'opzione migliore a cui potevamo aspirare per proteggere la specie, la nostra linea Maginot. Anche se significava incatenarci e privarci della libertà. Lei ha chiuso i lucchetti attorno al collo di tutti i miei fratelli e sorelle, ma a me non interessava cosa sarebbe successo; io volevo solo seguirla.»

«Se hai riposto così tanta fiducia in lei, capisco che per te sia stato un duro colpo. Ha tradito i tuoi fratelli?»

«Ne ha ucciso uno.»

Nanju serrò le labbra.

«Gli ha spezzato il collo, con una forza tale da ficcare le unghie nella sua carne.»

«Se lo meritava?»

«Sì. Aveva cercato di fare del male all'umana che lei amava.»

«Che lei... amava?» Quella parola le risultò strana in bocca. Ulan annuì.

«Era una ragazzina giovanissima. Ai miei occhi sembrava una giraffa appena nata che muove i suoi primi passi. Ero sicuro che la selezione naturale avrebbe fatto il suo corso e sarebbe morta per conto suo. Sradicata dalla sua terra natale e ripiantata in quel villaggio dimenticato da Dio. Ne ho visti tanti di umani del genere. Quando le radici non sono ben piantate nel terreno, basta un alito di vento a farli volare via. All'inizio sembrano liberi, ma prima o poi si seccano e muoiono. Non so come si siano incontrate, ma io la conoscevo abbastanza da aver capito che teneva molto a quella ragazzina. Per questo ero curioso di sapere quando e dove diavolo l'avesse trovata. Ma quando ci facciamo queste domande è sempre troppo tardi, diventano inutili, una perdita di tempo. Lei iniziò ad andare a trovare quell'umana. Spesso. Io ne ero al corrente, ma tenevo la bocca chiusa. Gli umani non sono nostri nemici. Anche se ogni tanto ci attacchiamo a vicenda, siamo due delle poche specie che possono comunicare. E non tutti gli umani erano ostili nei nostri confronti. Ci sono state varie situazioni in cui abbiamo collaborato, prima che noi ci rifugiassimo nel buio. Ma non tutti la pensavano come me, e in un periodo dove ormai era inconcepibile che le due razze potessero cooperare, quell'amore si è trasformato in tragedia. Io credo che sia tutta una questione di tempismo, sai? Non si può mai sapere quando le cose cambieranno, quando una cosa che prima era considerata normale diventerà sbagliata.»

«Il vampiro che ha ammazzato aveva scoperto la verità?»

«Esatto. Quell'idiota voleva uccidere l'umana. Credeva che la nostra leader si fosse avvicinata a quella ragazzina per farla fuori. Lei lo ha avvertito più volte, ma lui non l'ha ascoltata e alla fine il suo istinto patetico di assaggiare sangue fresco lo ha portato a uccidere.»

«Quindi la ragazzina è morta?»

«No, ha ucciso un altro umano incontrato mentre l'aspettava.»

«Un altro umano?»

«Sì, ma quella mossa gli costò cara. Lei si era accorta che mio fratello aveva il desiderio profondo di ammazzare la ragazzina, e non poteva lasciare che accadesse. Per questo lo ha ucciso. In un attimo, ha reciso quella vita infinita, così simile all'immortalità che voi umani tanto bramate.»

Nanju pensò che Ulan odiasse quella ragazzina perché era stata il motivo della morte di suo fratello, ma si sbagliava.

«Anni passati a seguirla, a ergerla nostra leader, e loro l'hanno cacciata. Se ne sono liberati nel giro di un attimo. Nessuno di noi pronuncia più il suo nome. Era stata così preziosa per me, e quando fu bandita dovetti nascondere il mio dolore. Tutto per colpa di una stupida umana.»

Ulan disprezzava la ragazzina perché, per colpa sua, colei che tanto ammirava era stata bandita dal gruppo. Per un po' Ulan rimase assorto nei suoi pensieri, silenzioso. Poi all'improvviso scoppiò a ridere. Nanju non gli chiese il motivo, troppo intenta a cercare di comprendere a cosa fosse dovuta l'ansia che l'aveva avvolta. Mentre Ulan si lasciava andare ai ricordi, le sembrava che stesse contemporaneamente tracciando i contorni di quello che l'aspettava. Era la prima volta che condivideva con lei eventi del suo passato in modo così dettagliato.

«Proprio com'è successo per te, un odio di queste dimensioni desidera distruzione. Non un incidente casuale, ma una distruzione pianificata in modo tale che colui che verrà distrutto sia in grado di comprenderne i motivi. Come quando abbiamo ucciso tuo padre.»

«Cosa c'entra mio padre adesso?» chiese Nanju con rabbia. Lui rise, tranquillo.

«Perché credo che così mi capirai meglio.»

In quel momento, Nanju comprese che quella ragazzina era ancora viva e che Ulan era sopraffatto dal desiderio di ucciderla. Non sapeva quando avesse scoperto che quell'umana era sopravvissuta, ma ora voleva ammazzarla, e questa era l'unica cosa che importava.

Ulan si alzò in piedi.

«È ora di concludere i miei affari e andarmene. Sono rimasto qui troppo a lungo.»

Nanju voleva chiedergli cosa ne sarebbe stato di lei. L'avrebbe portata con sé? Se stava per partire, avrebbe almeno dovuto avere la cortesia di dirle quando. Ma lui rimase zitto, come se avesse sempre pensato di andarsene da solo, abbandonandola. Cosa sarebbe successo allora? Ulan le aveva raccontato più volte di come i vampiri uccidevano tutti gli umani che avevano scoperto della loro esistenza. Era quello il suo destino? Per evitare che lui notasse le sue preoccupazioni, Nanju tirò fuori un argomento qualsiasi.

«Sai quella signora che offre yogurt a tutti? Credo sia meglio lasciarla stare.»

Ulan la fissò senza capire.

«Il figlio è all'estero, è vero, ma ogni settimana viene a trovarla la detective che ho visto spesso in ospedale. Ha già dei sospetti, non la provocherei.»

Anche se lo stava aiutando, Nanju aveva i suoi principi. Non condonava morti ingiuste. Per questo sceglieva le vittime con cura: dovevano essere pazienti cui nessuno faceva visita da almeno un anno, e per i quali la vita era diventata un tormento. Persone che fissavano il vuoto anche quando le infermiere cambiavano loro l'ago della flebo e il cui appetito era sparito e ingollavano giusto qualche cucchiaio di riso bianco; persone che non distinguevano la notte dal giorno e dormivano a ogni ora, e nel sonno sembravano cadaveri immobili e silenziosi. Ahn Eunshim non soddisfaceva questi criteri. La sua famiglia non le faceva più visita, ma l'anziana conduceva comunque una vita dignitosa. Si era sempre chiesta cosa rendesse Ahn Eunshim diversa dagli altri pazienti, e finalmente aveva capito: la detective andava a trovarla tutte le settimane, come una figlia devota. Semplicemente, Nanju non l'aveva mai notato.

Passò qualche minuto. Ulan rise, e dopo un semplice: «Ah sì?», se ne andò.

Nanju si accovacciò sul pavimento, portandosi le ginocchia al petto. Ripiegata su se stessa, fece un lungo respiro. La morsa della tensione si sciolse e il suo corpo fu scosso da brividi che non riusciva a fermare. Ulan si stava preparando ad andarsene. Nanju non aveva più molto tempo. Se solo lo avesse saputo prima, non si sarebbe invischiata così a fondo nei suoi affari. Eppure, non era sicura che fosse possibile. Se non avesse deciso di aiutarlo, probabilmente sarebbe già morta. Era una preda perfetta: con i suoi debiti insormontabili e una vita di solitudine, non ci sarebbe voluto niente a far passare la sua morte per un suicidio disperato.

Wanda

Quando l'agente di polizia arrivò a casa sua, Wanda temette che fosse venuto per la sua borsa. Per fortuna, però, non la riconobbe. Appollaiata sulle scale, Wanda origliò la conversazione che si stava svolgendo al piano di sotto. L'agente interrogò Maurice su cosa stesse facendo al momento della morte di Arthur, e Maurice rispose che, come ogni giorno, si trovava al negozio insieme a Claire. L'agente riferì che qualche cliente aveva testimoniato che avesse lasciato il negozio per una ventina di minuti. Maurice confermò: era dovuto andare al supermercato a fare alcune compere, ma l'agente non sembrava molto convinto.

A Wanda non piaceva quella conversazione. Maurice e Arthur erano amici. Tutto il villaggio sapeva delle loro partite a scacchi contornate da discussioni sul futuro. Anche lei spesso era stata spettatrice silenziosa, mangiando cioccolata seduta di fianco a loro. Arthur vinceva quasi sempre. Non poteva certo essere quello il movente di Maurice... Più ci pensava, più Wanda era sicura che suo padre non fosse l'assassino. Voleva cacciare via quell'agente. La faceva infuriare il suo tentativo di infangare la tristezza di suo padre. Perché Maurice ascoltava con così tanta attenzione una persona che sospettava di lui? Perché si giustificava quando avrebbe dovuto arrabbiarsi per il modo in cui l'agente stava degradando la loro amicizia? Se Arthur l'avesse saputo, gli si sarebbe spezzato il cuore. Wanda temeva che, di questo passo, la loro amicizia sarebbe sparita, diventando una parola morta proprio come i nomi dei fiori dell'uomo del villaggio. Salì pestando i piedi, e si sbatté la porta della camera alle spalle.

Non aveva pianto di fronte al corpo senza vita di Arthur, eppure ora si ritrovò in un fiume di lacrime. Si infilò sotto le coperte e si morse le labbra per soffocare i singhiozzi. Il modo in cui Maurice affrontava quell'agente la feriva. Neanche fosse il colpevole! Mai aveva pensato che potesse averlo ucciso lui, ma ai suoi occhi le era parso il comportamento di un debole codardo, completamente diverso dal Maurice che conosceva.

Quel nuovo aspetto di suo padre le metteva paura e la addolorava. Quando fu ora dell'appuntamento con Lily, Wanda era ancora rannicchiata a letto. Non si era accorta che fosse passato così tanto tempo. Una folata d'aria fredda soffiò dalla finestra nella stanza. Dita morbide le accarezzarono la schiena. Wanda sussultò per la sorpresa e scostò la coperta. Seduta sul bordo del letto, Lily la osservava.

L'amica le raccontò la storia di un camaleonte che, dopo un lungo periodo passato nel sottobosco senza bisogno di cambiare il suo aspetto, aveva perso il suo potere. Senza di esso, il mondo esterno era troppo pericoloso. Sarebbe stato costretto a vivere per sempre nel sottobosco. Lily le fece realizzare che era stata la stessa tecnica utilizzata da Maurice di fronte all'agente. Non aveva avuto scelta: se si fosse comportato come voleva Wanda, l'agente lo avrebbe giudicato violento e maleducato, e lo avrebbe arrestato. Maurice aveva saggiamente evitato che la situazione degenerasse. Dopo la storia di Lily, Wanda si sentì come se uno strato di quella paura sconosciuta che l'aveva avvolta si fosse dissolto. Non riusciva però a capire del tutto Maurice. Accettare una situazione e comprenderla erano due cose diverse. A Wanda sembrò che non avrebbe mai compreso suo padre.

«Maurice e Arthur erano davvero migliori amici» si lamentò. «Lo sanno tutti nel villaggio. Non è giusto nei confronti di Maurice. E non è giusto neanche che sia stato fermo lì ad ascoltare e basta.»

«L'amicizia non è una prova di innocenza.»

Wanda stava per imparare che espandere il proprio mondo equivaleva a ricucire ferite. Esistevano persone dotate di una pelle spessa e dura che non sanguinavano quando l'ago l'attraversava, rendendo il processo di espansione più semplice. Queste persone erano veloci a adattarsi al mondo. Lo sfruttavano, lo dominavano. A loro i dettagli non interessavano: avrebbero fatto qualsiasi cosa per conquistarne ogni angolo, sia che fossero deserti o lande desolate dove non cresceva nemmeno un ciuffo d'erba. Erano pronte a tutto.

Gli adulti di solito avevano la pelle dura. Si ispessiva con il tempo, perché superata la giovane età non sanguinavano più e l'ago aggiungeva punti su ferite già cicatrizzate; oppure perché, per fermare l'emorragia, strappavano la pelle di altri e se la ricucivano addosso. Alcune persone invece, disgustate dall'idea di quel filo che le attraversava, abbandonavano la loro pelle e mostravano con onestà il rosso dei muscoli per evitare che altri potessero avvicinarsi; questa categoria proteggeva la propria sensibilità e non si permetteva né di toccare né di sottrarre la pelle agli altri. Rimanevano in piedi, a osservare la crudeltà di un mondo ricoperto di sangue e brandelli di carne. Per diventare adulti, bisognava lasciare che l'ago trapassasse la pelle. Punto dopo punto, lentamente, per un tempo infinito. Il ricordo dell'ago che buca la pelle rimarrà per sempre vivido nella mente di ogni ragazzo e ragazza che si approccia all'età adulta: espandere il proprio mondo è un processo doloroso.

A Wanda non piaceva il tono risoluto con cui Lily parlava. I camaleonti trasformavano il loro aspetto per fuggire dalle situazioni, tutto qui. Non sempre l'aspetto esteriore rifletteva ciò che si celava dentro, e nessuno conosceva quel mondo interiore meglio di se stessi. Eccolo lì, il primo ago di Wanda. Non si trattava dell'accettare che Maurice potesse aver ucciso Arthur, ma la realtà insopportabile che una persona potesse uccidere chi amava.

«L'amore è la più vile delle scuse, Wanda.»

«Non ho mai incontrato nessuno del genere. Quando muore una persona amata, la gente soffre.»

«Soffrono anche se sono loro gli assassini.»

«Perché?»

«Perché la persona che amano gli muore davanti agli occhi.»

«E allora perché la uccidono?»

«Ci sono troppe ragioni per spiegartele tutte.»

L'amore non rimane mai nella sua forma più pura. Si trasforma in abitudine, in tradimento. Diventa desiderio, rancore, poi conforto e odio. Un'ancora di sicurezza, prima che si trasformi in distruzione. L'amore può mutare in ognuna delle migliaia di parole esistenti al mondo e nel loro contrario. Oppressione e libertà, verità e manipolazione, adorazione e repulsione. L'amore, in quanto tale, comprende tutto: anche l'odio. Credere a Maurice era amore, Lily che le spiegava la natura dell'amore era amore.

Wanda si sedette, ancora avvolta nella coperta. Anche l'abbandono era amore? Se il motivo per cui era stata abbandonata non era odio, ma amore, Wanda aveva l'impressione che finalmente avrebbe potuto comprendere le due facce del mostro. Maurice poteva essere l'assassino di Arthur. L'ago si avvicinava sempre di più alla sua pelle.

Lily sembrò averle letto dentro quando le disse: «Questa è la teoria, ma in realtà nessuno sa chi ha ucciso Arthur. Quello che voglio che tu capisca è che bisogna sempre considerare tutte le opzioni».

«Potrebbe addirittura esserci qualcuno che pensa che sia io l'assassino.»

«Possibile, ma ne dubito. Sarebbe una perdita di tempo. Non saresti in grado di strangolare un uomo adulto con quella furia. Saresti l'ultima sulla lista dei sospettati, talmente in basso da essere praticamente invisibile.»

Wanda si immaginò in piedi, alla fine della lunga fila di sospettati. Seppur minima, c'era la possibilità che la polizia arrivasse a lei, dopo aver confermato l'innocenza di tutti gli altri. Allora l'agente avrebbe usato la sua borsa dimenticata nel cinema come prova, pressandola a confessare che Arthur l'aveva rubata e Wanda lo aveva ucciso per questo. Quando si rese conto di quanto fosse ridicolo quel pensiero, si sentì più leggera e le tenaglie di quella paura sconosciuta l'abbandonarono. Le parole di Lily, per quanto crudeli, riuscirono a calmarla. Wanda si sentì un po' più adulta.

Dal piano di sotto non arrivava nessun rumore. L'agente e Maurice erano usciti e in casa rimanevano solo Wanda e Lily. Era un po' strano che Maurice non fosse passato da camera sua a salutarla, ma non ci rimuginò troppo. L'idea che la polizia sospettasse di lui doveva essere difficile da mandar giù anche per Maurice. Wanda notò i piedi bianchi e scalzi di Lily e si alzò. Anche se Lily non sentiva freddo, a Wanda quella pelle nuda faceva venire i brividi. Da un cassetto pescò un paio di calze lunghe giallo ocra. Quando gliele consegnò, Lily la guardò stranita.

«Te le regalo» disse Wanda. «Ti si addicono.»

Non avendo alcun motivo per rifiutare, Lily la ringraziò con un sorriso. Le indossò subito e, quando guardò quelle calze gialle e i suoi pantaloni verdi, scoppiò a ridere.

«Sembro una fata venuta da una terra lontana.»

Wanda non le disse che erano le sue calze preferite. Le aveva ricevute in regalo da Claire l'anno prima e non le aveva mai indossate per non rovinarle. Se Lily lo avesse saputo, temeva che si sarebbe sentita a disagio.

Nella foresta di abeti vivevano cinque lupi grigi. Nevicava di nuovo. Fiocchi enormi cadevano dal cielo, come se stesse spremendo l'ultima neve dell'inverno. Lily si arrampicava silenziosa sui rami degli abeti, attenta a non farsi vedere dai lupi. Ormai erano più in alto del campanile della chiesa del villaggio e Wanda, a occhi chiusi, si strinse più forte alle spalle di Lily. L'albero le sembrava instabile mentre ondeggiava nel vento, ma Lily scalava con agilità il tronco.

«Non cadiamo, tranquilla» la rassicurò la ragazza percependo l'agitazione dell'amica. A quelle parole, Wanda aprì prima un occhio, poi l'altro.

La grande luna rotonda, gli abeti svettanti nel cielo, i rami innevati. La foresta si estendeva infinita attorno a loro. Wanda inspirò profondamente. L'aria fredda e trasparente le scese giù per la gola come una grossa bolla. Stava per dare voce a quella meraviglia, ma si fermò in tempo. Le orecchie dei lupi si alzarono in allerta e i loro occhi ispezionarono i dintorni, ma non fuggirono.

«Credevo che i lupi grigi si fossero estinti» sussurrò Wanda.

Una volta, mentre guardava un'enciclopedia di animali con Maurice, aveva indicato il lupo grigio e lui le aveva detto che sessant'anni prima quella specie era completamente sparita dalla Francia. Quando aveva chiesto il motivo, Maurice aveva risposto vago che se ne erano andati perché la Francia non gli garbava.

«Non ne sono rimasti molti, ma qualcuno è ancora qui» disse Lily. «Vivono nascosti per non essere scoperti dagli umani.»

«Non gli piace la mia specie.»

Forse, ciò che gli umani credevano scomparso in realtà viveva come i lupi, lontano dalle persone. E gli umani, convinti che il mondo che conoscevano fosse l'unico possibile, immaginavano di aver perso queste cose per sempre. Più ci pensava, più a Wanda quelle creature sembrarono straordinarie. Quel modo intelligente di evitare gli umani era incredibile. Era come se stessero giocando a nascondino, e i lupi avessero battuto gli umani su tutta la linea.

«Credi che prima o poi gli umani dimenticheranno il termine "lupo grigio"?»

«Basta una sola persona che la ricordi perché non sparisca.»

I lupi si muovevano lentamente. Incessanti fiocchi di neve ricoprivano le impronte che si lasciavano alle spalle. Wanda si ritrovò a sperare che gli umani non li trovassero mai. Anche se la loro scomparsa la rattristava, sperava che i lupi potessero vivere per sempre al riparo dalla sua specie.

Più tardi, le due ragazze camminavano fianco a fianco nel silenzio della foresta. Wanda raccontò a Lily del mostro nello specchio.

«A volte vedo un mostro nello specchio. Non capita spesso, ultimamente per esempio non lo vedo quasi mai. Credo che stia sparendo perché piano piano sto capendo da dove arriva.»

A quel punto, Lily le parlò della Corea.

Wanda conosceva la Corea. Era un paese diviso, con capitale a Seul. Il vestito tradizionale era l'*hanbok*, il tesoro nazionale era il Namdaemun, e la penisola aveva la forma di una tigre. Sapeva che scrivevano in caratteri hangul. Due dei personaggi storici più famosi erano il re Sejong e l'ammiraglio Yi Sun-shin. A lei non interessava molto della Corea, ma Claire aveva studiato giorno e notte con l'intento di insegnarle tutto lo scibile riguardo il suo paese d'origine, e così non aveva avuto scelta. Nonostante tutto quello studio, però, per Wanda la Corea era solo un paese sul mappamondo. Era più che altro Claire a crederla speciale: in Corea aveva incontrato Wanda, rendendolo un luogo pieno di ricordi. Claire desiderava che sua figlia andasse in Corea almeno una volta nella vita, ma lei non era troppo convinta. Dubitava che le sarebbe piaciuta.

Ma la Corea che le raccontava Lily era interessante e diversa da tutto ciò che aveva sentito fino a quel momento.

«È un paese accogliente e vivace. Il profumo di cibo per le strade è incredibile, ti fa pensare che in qualsiasi ristorante mangerai qualcosa di delizioso. In vent'anni sarà sicuramente cambiata molto, ma spero di tornarci.»

Lily aveva viaggiato ovunque. Dalla Francia era passata in Germania, poi in Austria, Slovacchia, Ucraina, Russia, Kazakistan, Cina, Myanmar, Thailandia, Cambogia e infine era giunta in Vietnam, durante la guerra. In quel periodo il Vietnam era una terra di caos e morte; bombardamenti, raid aerei, armi chimiche e di distruzione di massa: tutto era lecito. Non si faceva distinzione fra militari e civili. Il terreno era tappezzato di cadaveri e mine. Wanda non le chiese perché ci fosse andata. Conosceva già la risposta, e non voleva sentirla.

In Vietnam, Lily aveva incontrato cinque soldati coreani che avevano perso il loro plotone. Vagavano per le paludi alla disperata ricerca dei compagni. Lily e altri vampiri li avevano seguiti, in attesa. Avrebbero potuto attaccare in qualsiasi momento, ma volevano usare meno energie possibili. Aspettavano che la fame e la paura consumassero quei giovani uomini fino a che non avessero avuto la forza di reagire. Le chiese se li aveva uccisi, ma Lily scosse la testa. Wanda si lasciò sfuggire un sospiro di sollievo. Quando avevano attaccato, i cinque soldati si erano separati e Lily aveva inseguito il più giovane. L'ingenuità del ragazzo era tale che non si era nemmeno reso conto che Lily faceva parte dei mostri che li avevano aggrediti.

«Nascosto dietro una roccia, quando mi ha vista mi ha fatto segno di avvicinarmi. Pensava fossi un'abitante del luogo. Mi avvertì di fare attenzione, perché c'era un terribile nemico nei paraggi. Mi ha fatto passare completamente la fame. Siamo rimasti nascosti dietro quella roccia per mezz'ora. Non ho idea di quanti anni potesse avere, è difficile capire che età avete voi umani. Sembrava così giovane... Non si sarebbe dovuto trovare lì.»

«Grazie a te è sopravvissuto però.»

«No, è morto. Non ha più ritrovato i suoi compagni e gli hanno sparato mentre li cercava.»

Lily era arrivata in Corea attraversando il Mar Cinese Meridionale a bordo di una nave contrabbandiera. Insieme a lei c'erano una trentina di vietnamiti che avevano approfittato della confusione per entrare clandestinamente nella penisola. Lily era l'unica della sua specie.

«Se insieme a me ci fossero stati altri vampiri, la nave sarebbe arrivata a destinazione vuota» rise.

Lily aveva deciso di andare in Corea per consegnare la *bokjumeoni* del ragazzo. Durante i trenta minuti che avevano passato insieme, lui non aveva smesso di parlare un attimo, preoccupato che Lily potesse essere spaventata. Aveva tirato fuori dalla camicia la sua *bokjumeoni*, un sacchettino tradizionale coreano grande poco più del palmo di una mano usato come portafortuna. Lei aveva capito subito che era un regalo della madre, un talismano per augurargli di tornare sano e salvo. Arrivata in Corea, Lily aveva trovato la casa del ragazzo e aveva lasciato la *bokjumeoni* sul davanzale della finestra.

«Come hai riconosciuto casa sua?»

«Ho memorizzato il numero sulla sua targhetta. Una volta in Corea mi è bastato quello per rintracciare l'indirizzo.»

Wanda immaginò il momento in cui la madre aveva scovato la *bokjumeoni*. Aveva pianto? Oppure aveva finalmente potuto sorridere, sollevata al pensiero che suo figlio fosse in un posto migliore?

Lily descrisse Seul come un formicaio. Le strade brulicavano di persone che trascinavano risciò e buoi, bancarelle, macchine che sputavano fumo nero, mentre bambini sgusciavano in quel labirinto con assi di legno o sacchi legati con delle corde alla schiena. In mezzo al fragore assordante ribolliva la vita e il calore di quel popolo. Wanda non riusciva a immaginare la Corea di Lily, il paese in cui lei stessa era nata.

«Se mai avrai l'opportunità, ci devi andare.»

Wanda non aveva mai avuto particolare desiderio di visitarla, nemmeno se le si fosse presentata l'occasione su un piatto d'argento, ma dopo qualche minuto annuì lo stesso, quasi non avesse scelta. Se era Lily a suggerirlo, ci avrebbe provato.

Le due amiche si salutarono di fronte a casa. Mentre sventolava la mano, Wanda le fece un'ultima domanda.

«Davvero esistono persone al mondo che desiderano la morte di chi amano?»

Cosa si provava quando perdevi la persona amata? Probabilmente era un dolore più profondo di quello che le aveva inflitto la morte di Arthur. Eppure, ancora non riusciva a comprendere come si potesse uccidere qualcuno che si amava così tanto. Forse era un amore denso, intrappolato in una piccola bottiglia di vetro, che resisteva solo fin quando uno dei due distruggeva l'altro. Wanda sperava che Lily la rassicurasse dandole qualche vana speranza, che le dicesse di non preoccuparsene, ma la sua amica era testarda. Claire glielo aveva detto: «Le persone che vivono a lungo si intestardiscono. Devono mettere radici profonde per far fronte alla vita».

«Sì, esistono» rispose infine Lily.

Wanda la osservò mentre se ne andava, poi rientrò in casa. Si spogliò, fece una doccia, infilò il pigiama; per tutto il tempo, scene di persone che amava che uccidevano i propri cari le affollarono la mente. Non riusciva però a immaginarsi Claire o Maurice che si uccidevano a vicenda.

Seduta sul bordo del letto, si stava abbottonando il pigiama quando all'improvviso si immaginò mentre puntava un fucile da caccia contro Lily. Proprio in quel momento, i raggi della luna delinearono un'ombra tremolante nella stanza. Wanda si voltò sorridendo. Credeva che Lily fosse tornata, ma non c'era nessuno alla finestra.

Suyeon

I poliziotti la tenevano ferma. Più cercava di liberarsi, più le loro mani la stringevano. Nonostante la rabbia che le ribolliva dentro, poteva solo scalciare nel tentativo di avvicinarsi. In quel momento Suyeon non era una detective, ma una familiare sconvolta e vulnerabile che andava protetta. Quel giorno fu Chantae, che solitamente si teneva alla larga dai cadaveri, a occuparsi dell'ispezione. La sua mano atterrò pesantemente sulla spalla della collega prima di superarla.

Suyeon aveva lo sguardo fisso sulla scena. Chiuse gli occhi quando Chantae sollevò il lenzuolo bianco, ma sapeva di dover guardare. Non poteva permettersi di perdere nessun possibile indizio. Strinse i pugni finché non sentì le unghie conficcarsi nella carne e solo allora aprì gli occhi. Il suo sguardo vagò tra la schiena di Chantae e il cemento. Sentì una fitta al cuore. Le venne da vomitare. Una goccia di sudore freddo le scivolò sulla fronte. Dietro Chantae, scorse il corpo di Nonna Eunshim riverso sul cemento.

Cosa ci faceva sdraiata su quella strada gelida? Quando lavorava al supermercato, Nonna Eunshim srotolava sempre una coperta riscaldata sulla panchina di legno e insisteva perché Suyeon si sedesse al centro dov'era più caldo. Nonna Eunshim le diceva sempre: «Serve calore per digerire, altrimenti ti ammali». Suyeon voleva afferrare quell'anima in volo e chiederle: "Perché?". Come poteva quella stessa persona che la incitava a mangiare per riscaldarsi morire così, sul cemento gelato?

Ma Suyeon sapeva che era tutto inutile. Non si può parlare con i morti. Il suo dovere era di scovare le tracce lasciate da Nonna Eunshim. Lentamente, si svincolò dalla stretta dei poliziotti, una presa da cui pensava non sarebbe mai riuscita a liberarsi.

I capelli sempre ben pettinati di Nonna Eunshim erano incrostati di sangue. Quel liquido scuro e viscoso si estendeva fino ai piedi di Suyeon. C'era così tanto sangue che il cemento non riusciva ad assorbirlo tutto. S'inginocchiò di fianco al cadavere. Chantae la chiamò, ma lei lo ignorò e chiuse gli occhi di Nonna Eunshim. Rimase seduta lì a lungo. In quel momento non era nessuno, né una detective, né un familiare.

Nonna Eunshim divenne la sesta vittima dell'ospedale Cheolma. Come da manuale, trovarono una lettera d'addio. Nonostante fossero ormai abituati a questo tipo di morti, c'era una differenza: litri di sangue rosso vivo si erano riversati dal cranio frantumato, inzuppando il cemento. Suyeon si alzò, calpestando il liquido appiccicoso. Aveva controllato il corpo, ma non aveva trovato i due fori da nessuna parte. Un suicidio in piena regola. Suyeon sapeva di aver perso Nonna Eunshim per sempre, ma avrebbe dato qualsiasi cosa pur di parlarle ancora.

Le lettere dei casi precedenti erano state scritte con decisione. Non descrivevano il terrore dei loro ultimi attimi, piuttosto le vittime parlavano del senso di liberazione che avrebbero provato di lì a poco. Suyeon aveva letto con i suoi occhi quelle lettere d'addio, ma non riusciva a crederci. Poteva davvero la morte averli salvati? Le tornarono in mente gli sguardi vuoti dei pazienti. I volti macchiati dall'età e dal tempo passato nell'ospedale, gli occhi torbidi, le labbra dimentiche di suoni, i corpi deperiti come alberi sradicati e ormai secchi. Persone un tempo piene di vita ormai ridotte a gusci vuoti il cui unico scopo era respirare. Se davvero per loro vivere era diventata una sofferenza così grande, Suyeon non era più certa di voler indagare oltre. Il dolore non si allontana facilmente. Si aggrappa alla sua vittima rendendola impotente. Suyeon rimase immobile lì dov'era per infinite ore.

Chiamò il figlio, che viveva a Toronto in Canada, e lui le spiegò che anche partendo subito non sarebbe riuscito ad arrivare prima della sepoltura. Sperava che Suyeon gli dicesse di non disturbarsi.

«Ha altri impegni?» chiese Suyeon imperturbabile.

Lui esitò. «No.»

La telefonata si concluse così.

Al funerale, Suyeon piegò con cura la fascia destinata al *sangju* che avrebbe dovuto sovrintendere il funerale e la ripose sulla sedia del figlio. La tradizione voleva che fossero i familiari più stretti a ricoprire quel ruolo. Non era qualcosa di cui poteva occuparsi lei.

Chantae rientrò con una busta contenente un piccolo brick di latte e una brioche. Aprì il latte, lo poggiò di fronte a Suyeon e si sedette al suo fianco. Suyeon teneva lo sguardo fisso davanti a sé mentre l'odore del latte e della brioche si diffondeva nell'aria.

«Credevo fosse davvero tua nonna.»

Suyeon alzò lo sguardo verso Chantae. Lui si sistemò i pantaloni.

«Per questo non lo stai indossando?» chiese indicando con il mento la fascia del *sangju*. «Anche Eungyeong la conosceva, vero?»

Suyeon annuì.

«La persona che soffre di più dovrebbe fare il *sangju*. Sei giovane, non c'è bisogno di seguire vecchie tradizioni. Su, mettiti quella fascia.»

Chantae le picchiettò il braccio, ma lei si limitò a fissare il pezzo di stoffa. Frustrato, Chantae si alzò e la recuperò al posto suo posandola di fianco al bricco di latte.

«Il congedo familiare di solito è solo per i parenti stretti, ma farò del mio meglio per darti qualche giorno. Prenditi il tuo tempo per dirle addio.»

«Grazie.»

Suyeon giocherellò con la confezione della brioche. Con una pacca sulla spalla, Chantae si alzò per andarsene, ma si fermò.

«Oh, e... anche Eunshim ha lasciato una lettera.»

Le dita di Suyeon si bloccarono. Guardò Chantae, che si stava grattando la nuca.

«Quello che voglio dire è... non pensarci troppo. Era quello che voleva.»

Avrebbe voluto chiedergli cosa c'era scritto, se si trattava davvero della calligrafia di Nonna Eunshim, ma rimase lì a boccheggiare come un pesce fuor d'acqua. Chantae la osservò per qualche secondo, poi si voltò senza aggiungere altro. In quel momento Suyeon capì che, se non avesse parlato ora, non ne avrebbe mai più avuto l'opportunità.

«Lavorava nel supermarket di fronte alla mia scuola elementare.» Chantae si girò. Suyeon continuò, mentre lisciava le pieghe sulla fascia. «L'ho incontrata lì la prima volta. Si prendeva cura di me. Credo mi volesse molto bene. Non ho mai avuto un buon rapporto con la mia famiglia e ho attraversato diversi brutti periodi. Nonna Eunshim era sempre pronta a confortarmi. È lei che mi ha insegnato che nessuno ha bisogno dell'approvazione degli altri, e che la violenza non è mai la soluzione.»

Era incredibilmente doloroso che non ci fossero prove del loro affetto. Solo loro due conoscevano quel legame profondo, ma ora che Nonna Eunshim non c'era più, Suyeon teneva fra le mani il filo spezzato di quella relazione; oltre a lei, nessuno poteva conservare quei ricordi. Questo funerale era la sua ultima occasione per parlare di Nonna Eunshim.

«Ogni giorno mi offriva uno yogurt e mi diceva di resistere, perché così era la vita. È grazie a lei se sono diventata quello che sono.»

«Sembra davvero una persona meravigliosa.»

«Mi ha salvato. Grazie per la brioche. E di questo me ne occuperò io.»

Suyeon sollevò la fascia del *sangju*. Chantae annuì sorridendo. Lo osservò mentre lasciava la sala del funerale, poi spostò lo sguardo sulla foto commemorativa. Nonna Eunshim aveva preteso quello scatto quando era molto più giovane, prima ancora di essere ricoverata in ospedale. Al tempo, Suyeon si era arrabbiata, non capiva il perché di quella fretta. Scattare quel tipo di foto così in anticipo la metteva a disagio. Le sembravano un talismano che attirava la morte, ma Nonna Eunshim aveva insistito che era meglio avere un ritratto di quando si era giovani.

«Che senso ha mettere una foto di quando sei tutta vecchia e rugosa? Già sei morta, almeno se metti una foto di te da giovane la gente si sente meglio. È l'ultima immagine che lasci di te, meglio che sia un ricordo felice.»

Aveva ragione. La foto di Nonna Eunshim vestita con un *hanbok* elegante e le labbra dipinte di rosso le faceva dimenticare il corpo pallido e il sangue sul cemento. Con la fascia tra le mani, Suyeon si strinse le ginocchia al petto. Il rimpianto portato dalla tristezza arrivò lento come il tramonto. Quando tutti se ne furono andati, cominciò a piangere. Le lacrime cadevano incessanti in mezzo ai suoi piedi. Solo allora Suyeon lasciò che i pensieri che aveva tenuto a bada le riempissero la testa, e li esaminò uno alla volta.

Il figlio di Nonna Eunshim arrivò poco prima della sepoltura, accompagnato da due bambini che Suyeon non aveva mai visto. I due nipoti osservarono la foto commemorativa, ma non riconobbero la loro nonna. Quando poi si resero conto che la casa funeraria non era un luogo poi così divertente, si lamentarono che volevano andare via. Il padre li esortò ad aspettare e consegnò una busta zeppa di soldi a Suyeon in segno di gratitudine. Lei rifiutò, ma lui insistette e le infilò la busta nella tasca della giacca. "È così che speri di alleviare il tuo senso di colpa?" Suyeon inghiottì a fatica quelle parole e, mentre abbandonava la casa funeraria, lasciò cadere la busta nella scatola delle offerte.

Arrivò al suo appartamento che il sole era già alto nel cielo. Si sdraiò sul letto senza nemmeno lavarsi, ma il sonno si faceva desiderare. Il silenzio assordante la opprimeva. Si portò le gambe al petto, stringendo il piumone. Iniziò ad allungarsi sul materasso, un millimetro alla volta.

Nello stesso modo, il dolore sarebbe cresciuto lento, per il resto della sua vita. Per un po' se ne sarebbe dimenticata, fin quando la tristezza l'avrebbe colta di sorpresa un giorno qualunque, tanto da paralizzarla; avrebbe passato nottate in bianco in preda ai ricordi e, di fronte a quell'enorme mancanza, lei sarebbe diventata sempre più piccola e fragile. Suyeon ci era già passata. Eungyeong le aveva detto che questo lavoro l'avrebbe rafforzata, ma si era sbagliata. Suyeon non era forte, la sua era finzione. Quel tipo di forza non era qualcosa che poteva essere allenata. Se non si possedeva per natura, era solo un'illusione.

Con il dito vagò attorno al nome di Wanda nella rubrica del telefono, ma non la chiamò. Sicuramente aveva saputo che c'era stata un'altra morte al Cheolma, e che si trattava di Nonna Eunshim.

Suyeon continuava a immaginarla mentre lottava per liberarsi dalle grinfie del vampiro. L'idea che potesse essersene andata in un modo così orribile la tormentava. Trovò conforto nel pensare alle morti naturali. Le succedeva sempre nei casi di omicidio. Emozioni confuse le appesantivano il cuore. Mentre guardava i raggi del sole che filtravano dalle tende socchiuse, le palpebre si fecero pesanti. Pregò inutilmente di risvegliarsi e scoprire che era stato tutto un sogno: voleva aprire gli occhi e trovare Nonna Eunshim lì, un bricco di yogurt tra le mani callose, pronta a rimproverarla: "Guarda un po' come sei sciupata". Avrebbe dato qualsiasi cosa per risentire la sua voce.

Suyeon sprofondò in un sonno agitato, svegliandosi ripetutamente. Non riusciva a distinguere se la luce che filtrava dalla finestra fosse quella del sole o dei lampioni. Incapace di radunare energie sufficienti, si abbandonò a quel sonno superficiale. Il peso della tristezza era insopportabile. Era come se una persona la stesse schiacciando, ricoprendo ogni centimetro del suo corpo, dagli alluci fino alle dita delle mani, senza lasciare scoperta neppure una ciocca di capelli. Si sentiva avvolta da una patina viscosa di catrame, un mostro in attesa del momento in cui lei avesse smesso di pensare al suo respiro per soffocarla. Anche nel sonno, Suyeon teneva la mano sotto il naso, per assicurarsi che il suo respiro caldo e umido fosse ancora lì. "Devo svegliarmi prima che il catrame riempia la stanza, devo svegliarmi..."

Se fosse rimasta lì sdraiata, la tristezza si sarebbe trasformata in apatia e l'avrebbe mangiata viva. Altri le avrebbero consigliato di riposarsi ancora qualche giorno, ma Suyeon doveva muoversi. Decise di andare a prendere gli effetti personali di Nonna Eunshim.

Tutti gli occhi dei pazienti erano puntati su di lei. Una scatola fra le braccia, Suyeon si affrettò nella stanza, che trovò deserta e buia. Di fianco alla finestra, il letto che era stato di Nonna Eunshim era già stato spogliato delle lenzuola. Suyeon si sedette sul bordo del materasso. Gli effetti personali di Nonna Eunshim sembravano miseri in confronto all'enorme scatola che aveva preso all'ufficio postale. Un paio di cappotti invernali, delle calze, i suoi occhiali da lettura, un asciugamano. Questo era tutto quello che era rimasto di lei. Suyeon li sistemò con cura nella scatola. Ancora non sapeva dove avrebbe conservato quegli oggetti. Di norma, sarebbero dovuti andare al figlio, ma aveva la sensazione che prima di tornare in Canada li avrebbe inceneriti. Se lui fosse stato d'accordo, Suyeon avrebbe voluto tenerli con sé. Li avrebbe messi da parte in un angolo del suo piccolo monolocale e con il tempo si sarebbe dimenticata della loro esistenza, ma almeno così avrebbe potuto tirarli fuori quando la nostalgia l'avrebbe inevitabilmente assalita. Fino a che anche i ricordi sarebbero scomparsi.

Dopo aver raccolto tutto, rimase seduta sul letto a fissare il vuoto. Mai avrebbe pensato che una stanza d'ospedale potesse divenirle cara quanto il supermercato. Avrebbe avuto nostalgia anche di quel luogo, nonostante tutto. Temendo di rimanere lì per sempre se avesse indugiato troppo a lungo, afferrò la scatola e si alzò. Pestò qualcosa con il piede: un filo rosso e un uncinetto. Suyeon posò di nuovo la scatola sul materasso e si chinò. Lì, sotto il letto, c'erano una sciarpa mezza finita e un gomitolo di lana. Prese la sciarpa e si rialzò.

«La tua sciarpa è tutta rovinata. Voglio fartene una bella, ma con questi occhi è un'impresa... Se inizio adesso ce l'avrai in tempo per l'inverno» le aveva detto.

Per un po', Suyeon si rigirò tra le dita la lana intrecciata. Proprio allora, un'infermiera entrò nella stanza con un paziente che teneva in mano l'origami di un girasole. L'infermiera lo aiutò a sdraiarsi sul letto, poi poggiò il girasole sulla mensola. Sentendo il suo sguardo persistente sulla schiena, l'infermiera le lanciò un'occhiata di sfuggita. Di colpo, Suyeon guardò di nuovo sotto il letto: non trovò nessun fiore di carta questa volta.

«Quel girasole, posso sapere dove l'ha fatto?» chiese alzandosi all'infermiera.

«Al corso di origami, è appena finito.»

Suyeon lasciò la scatola sul letto e si precipitò fuori dalla stanza. Sul muro dell'atrio del sesto piano c'era una bacheca. Vi si avvicinò come ipnotizzata. Scorse i volantini appesi: il menù del mese, le regole di prevenzione per le malattie infettive, gli orari di visita e numeri di emergenza. Poi, in un angolo ne trovò uno per i corsi del mese. Canto, disegno, lettura della Bibbia e...

«Origami.» Il dito di Suyeon si fermò su quella parola, poi si spostò verso destra. «Seo... Nanju.»

L'infermiera responsabile del corso era Seo Nanju, quel nome su cui più volte era inciampata.

Suyeon recuperò gli effetti personali di Nonna Eunshim, poi si precipitò fuori dall'ospedale. Posò in tutta fretta la scatola sul sedile posteriore della sua automobile e si sedette al volante. Aprì la galleria di foto sul telefono per rivedere le lettere d'addio lasciate dalle vittime. Non aveva quella di Nonna Eunshim, ma le altre cinque lettere menzionavano una valle di fiori. A una prima lettura, aveva pensato si riferisse al paradiso, convinta che un suicida difficilmente fantasticasse di un aldilà fatto di orrori. Chiamò Chantae. Il suo capo rispose con una voce morbida e gentile, che poco gli si addiceva. Suyeon andò dritta al punto.

«Hai la foto della lettera di Nonna Eunshim, vero? Mandamela per favore.»

«Non pensarci ora, lascia passare un po' di tempo...»

«No, non è per quello. Mandami la foto, okay? Non vorrai dirmi che non l'hai scattata?»

«Ovvio che l'ho scattata!»

«Allora mandamela. Devo verificare una cosa.»

Ma Chantae non rispose subito. Suyeon lo esortò di nuovo. Dall'altra parte, Chantae fece un lungo sospiro.

«Devo solo inviarti la foto?»

«Sì.»

«Hai bisogno di altro?»

«No» disse Suyeon, ma dopo un attimo ci ripensò. «Ecco, a dir la verità non è che potrei avere qualche altro giorno di riposo? Basterebbero due o tre.»

Preso un po' alla sprovvista, Chantae rispose: «Addirittura tre giorni?».

Non essendo una familiare, Chantae non aveva un reale motivo per concederle quel tempo, e Suyeon lo sapeva. Ma sapeva anche che il suo capo era debole sotto questo aspetto.

«Va bene se non è possibile.»

«Facciamo così. Lavori da casa, e se c'è un'emergenza e ti chiamo, devi essere pronta a partire. Come ti sembra?»

«Ottimo. Grazie, Chantae.»

«È la prima volta che ti sento dire "grazie"!»

«È la prima volta che ho qualcosa per cui ringraziarti.»

«Ma quando mai! Riposati, piuttosto.»

Poco dopo, Chantae le inviò la foto della lettera. Suyeon tenne il telefono stretto. Ora che poteva leggerla, aveva paura a farlo. Con una mano salda sul volante, abbassò la testa. Si ripeté che non erano le ultime parole di Nonna Eunshim, ma solo un'altra delle prove del caso a cui stava lavorando. Da una parte, era terrorizzata che fosse davvero così, perché avrebbe significato che Nonna Eunshim non si era suicidata, ma era stata uccisa. E in quel caso, Suyeon non sarebbe stata in grado di controllare la rabbia.

Eppure, doveva leggere quella lettera, anche se la rabbia fosse diventata così insostenibile da indurla a tagliarsi la gola. Questo era il compito che spettava a chi rimaneva indietro. Il sole stava tramontando e una lingua di luce rossa si allungava dentro l'abitacolo attraverso il finestrino. Solo quando quel raggio di sole divenne bollente sulla nuca, Suyeon alzò la testa. Erano passati sedici minuti da quando Chantae le aveva inviato il messaggio.

Aprì l'allegato.

Negli ultimi tempi mi sento avvolta da una nebbia densa, come se la sensazione di essere viva si stesse pian piano affievolendo.

Ricordo che, quando ero piccola, mia madre scioglieva zucchero di canna nell'acqua per svegliarmi. Appena sentivo quella dolcezza diffondersi sulla lingua, spalancavo subito gli occhi.

A ripensarci, sono anni che non mangio qualcosa che risvegli i miei sensi in quel modo.

Ho sempre creduto che la gioia del mangiare fosse metà del motivo per cui viviamo, e ora che non ho più questo piacere, la mia vita sembra aver perso di significato.

Se non altro, ultimamente, nei sogni vedo spesso mia madre e mangio cibi deliziosi.

Credo che l'infermiera abbia ragione: è un segno che mia madre mi sta aspettando, che non vede l'ora di riabbracciarmi.

Mio figlio ormai è cresciuto e vive all'estero, e io non desidero nulla di più.

Sono solo un po' preoccupata per la mia Suyeon, la figlia che non ho mai avuto.

Alta e con un bel viso, non si è ancora sposata.

Avrei tanto voluto vedere il suo matrimonio...

Il mio desiderio per lei è che trovi una persona con cui condividere la propria vita, anche se non si dovesse sposare.

So che è una ragazza resiliente, e non devo preoccuparmi troppo.

Però è freddolosa. Le farò una bella sciarpa calda prima di andare.

Lei ed Eungyeong Unni hanno rallegrato gli ultimi anni della mia esistenza.

Sono stata proprio fortunata.

Ho passato il tempo a correre dietro alla frenesia della vita, ma sono contenta di essere io a decidere quando morire.

Ho preparato molti fiori da regalare a mia madre.

Mi dà conforto pensare che lei sarà lì ad aspettarmi, insieme a un bicchiere d'acqua zuccherata.

Ho sposato l'uomo che amavo e ho avuto un figlio con lui, eppure più il tempo passa, più penso che quelle mattine con mia madre siano state le migliori della mia vita.

Ho fatto del mio meglio in questi anni e, anche se alla fine mi sono sentita un po' sola e annoiata, spero che mia madre mi faccia i complimenti.

Le racconterò tutto di Eungyeong Unni e Suyeon.

Nanju

Per qualche tempo si erano amati, ma era durato poco. Il pensiero di quelle unghie affilate la tormentava troppo per riuscire anche solo ad abbracciarlo. Temeva che prima o poi l'avrebbero graffiata.

Nei momenti in cui aveva creduto fosse amore, però, era stata felice come qualsiasi altro essere umano innamorato. Forse anche di più, perché colui che amava era diverso, speciale. Qualcuno con cui poteva condividere la sua rabbia. Gli umani la consolavano con parole vuote, spronandola ad andare avanti facendo quello che aveva sempre fatto, ma non Ulan. Lui le offriva la morte di coloro che la maltrattavano. Quella parola, "morte", sulle sue labbra appariva leggera, quasi fosse una cosa da niente.

Per lui, la morte era sempre dietro l'angolo, e sosteneva che certe vite meritavano di essere recise. Il mondo era pieno di feccia, gentaglia il cui unico scopo era di torturare gli altri. La loro sola esistenza era una minaccia per chiunque. Proprio come i genitori di Nanju.

Era stata lei a decidere che suo padre doveva morire. Quell'uomo le stava succhiando via l'ossigeno che le spettava. Ulan le aveva fatto una proposta: sarebbe entrato dalla finestra della stanza d'ospedale in cui era ricoverato e avrebbe staccato il respiratore per qualche secondo. Suo padre se ne sarebbe andato nel sonno, senza nemmeno rendersene conto, e i dottori avrebbero pensato che fosse morto solo in quella stanza dove nessuno andava mai a trovarlo. Quelle parole l'avvolsero come un caldo abbraccio. La notte in cui Ulan si recò all'ospedale, Nanju la passò rigirandosi nel letto. Aveva paura che non avrebbe mantenuto la promessa. Quando finalmente sprofondò addormentata, sognò suo padre. Non succedeva da molto tempo. Nel sogno, rivide il ricordo distante di un uomo che, seppure senza costanza, aveva fatto del suo meglio come genitore. Nanju si era svegliata di soprassalto, quando ormai già albeggiava. Poco dopo, il cellulare squillò: suo padre era morto. Rimase a fissare fuori dalla finestra con espressione assente, poi scoppiò a ridere. Quando esaminò il corpo, scoprì che Ulan non aveva bevuto nemmeno una goccia di sangue prima che suo padre morisse.

Perché non lo aveva fatto? La domanda le si attorcigliò attorno al collo, stringendo sempre di più. Avrebbe dovuto abbandonare Ulan appena si era resa conto che era soltanto un maledetto pipistrello che uccideva umani per noia. Le sue mani dalle unghie affilate avevano staccato il respiratore di suo padre. Ciò che Nanju aveva creduto un amore assoluto, pronto a qualsiasi cosa per lei, era solo un effetto del veleno di Ulan.

Anche quando scoprì degli strozzini, Ulan le sussurrò parole di miele: «Vuoi che li uccida per te?». Sì, lo voleva con tutta se stessa. Ma aveva rifiutato per due motivi: prima di tutto voleva evitare che Ulan diventasse per lei solo uno strumento di vendetta; in secondo luogo, era davvero convinta che sarebbe riuscita a liberarsene presto. Non era ancora il momento. La paura che un giorno lui le avrebbe chiesto in cambio di fare qualcosa di terribile la attanagliava.

Nanju aveva sottovalutato la situazione. Ulan era in grado di uccidere a prescindere dalla propria sete. Ma perché proprio quella signora anziana e sola? D'improvviso, le tornò in mente l'umana che aveva detto di odiare. Che fosse quella vecchietta? Ulan era immortale, non era improbabile che la persona di cui le aveva parlato fosse ormai così anziana. Qualcosa non tornava, però. Ulan non aveva mai prestato particolare attenzione a quella donna, né si era mai comportato in modo sospetto nei suoi confronti. Gli era del tutto indifferente. Ma allora perché? Che motivo poteva aver avuto per compiere quell'omicidio improvviso?

La notte in cui Ahn Eunshim era morta, il paziente con cui condivideva la stanza aveva chiamato Nanju lamentandosi del freddo. I più anziani cercavano le infermiere per qualsiasi sciocchezza. Avrebbe potuto benissimo chiudere la finestra da solo, invece aveva dovuto disturbare lei. Quando Nanju era entrata nella stanza non aveva notato nulla di sospetto, a parte il freddo che le fece venire la pelle d'oca. Guardò il letto vicino alla finestra e vide la tenda svolazzare. Il compagno di stanza doveva essersi di nuovo addormentato senza chiuderla, ma quando andò a controllare, non vide nessuno. Doveva essere in bagno. Chiudendo la finestra, Nanju notò un vaso di garofani finti rovesciato sul davanzale. Tornò alla postazione degli infermieri e recuperò con calma la chiave per il tetto, come faceva ogni giorno. Ma quando si rese conto che quello era proprio il letto di Ahn Eunshim, il cuore cominciò a batterle all'impazzata. "No, non può essere." Era stata chiara con Ulan, doveva lasciare in pace quella signora. Guardò in bagno: la luce era spenta. Corse sul tetto. Fu allora che vide la vera natura di Ulan, una creatura che non uccideva per fame, cupidigia, rabbia o odio. Uccideva solo perché poteva. Per lui, gli umani non erano altro che insetti.

Mentre ripensava al volto senza espressione che aveva visto sul tetto, i dubbi di Nanju si moltiplicarono. Se Eunshim era la donna che tanto odiava, come poteva essere rimasto così impassibile? Non aveva senso. E se non era lei, allora perché ucciderla? C'entrava forse quella detective...?

Quando era arrivata la polizia, Nanju non l'aveva vista tra gli agenti. Probabilmente era stata esclusa per il suo rapporto con la vittima. Il detective in carica la chiamò per interrogarla dal momento che lei era di turno nelle ore dell'incidente. Quando le chiese perché fosse andata sul tetto, Nanju rispose che aveva voluto controllare, visti i recenti suicidi. Il detective sembrava esausto, confuso e poco interessato. Se ne andò dicendole che l'avrebbe chiamata se avesse avuto altre domande, ma Nanju sapeva che non sarebbe successo. Considerò se era il caso di parlare con quel detective. Senza rivelare tutto, avrebbe potuto dirgli che aveva notato qualcosa di strano, comportamenti sospetti tra il personale. Rimase lì a mordersi le labbra per qualche minuto, poi si alzò. Parlare avrebbe potuto ingigantire le cose. Ulan era un mostro che non esitava a uccidere. Se avesse avuto la sensazione di essere in pericolo, avrebbe eliminato chiunque fosse a conoscenza dei suoi omicidi, per poi scappare.

Seduta con le ginocchia al petto, Nanju sembrava il cadavere avvizzito di una lumaca, o il tronco di un albero inaridito. Se esisteva un dio, avrebbe voluto domandare perché la salvezza non arrivasse mai al momento giusto.

Ritornò con la mente al periodo in cui aveva amato Ulan. Veniva a trovarla al tramonto. Grazie a lui aveva scoperto quanto poteva essere bello il mondo di notte. Come, dopo la chiusura, un parco divertimenti diventasse un regno fantastico che apparteneva ai film; come una strada vuota che costeggiava il mare divenisse spiaggia, o quanto meraviglioso fosse il tetto del grattacielo 63 Square, o che anche dalle strade buie della città si scorgeva la Via Lattea. Per un momento, era stato un amore perfetto. Nanju aveva vissuto la sua vita urlando la sua disperazione, ma per la prima volta Ulan l'aveva fatta gridare d'incanto, mostrandole come la notte potesse essere più luminosa del giorno.

Nanju sapeva che ormai era tutto finito e che non era stata altro che un'illusione, ma aveva paura di affrontare di nuovo la realtà monotona del mondo. Per troppo tempo era rimasta intrappolata in una vita opprimente. Mentre si trascinava su quel percorso pieno di spine aveva affrontato una crisi dopo l'altra, ignorando i graffi che le ricoprivano il corpo.

Si era anche chiesta se per caso Ulan non stesse in realtà pianificando un futuro insieme a lei. Forse le sue azioni e i suoi giudizi affrettati stavano solo rovinando la loro relazione. Ulan non le aveva mai rivelato le sue vere intenzioni, dopotutto; questa angoscia derivava solo dalla sua immaginazione.

Come per magia, Nanju si tranquillizzò. Ricominciò a respirare, la tensione abbandonò il suo corpo. Si sdraiò sotto le coperte, lasciandosi sprofondare nel materasso.

Fu risvegliata dal tocco delicato di una mano che le carezzava il palmo. Ulan era seduto sul bordo del letto.

«Ti ho svegliato?» le chiese nonostante conoscesse già la risposta.

Nanju si mise a sedere e le pupille dorate di Ulan seguirono i suoi movimenti. I suoi occhi allungati e sottili dalle palpebre marcate erano incorniciati da ciglia lunghe e folte di un color castano chiaro. La guardava con uno sguardo caloroso, come se sapesse davvero cosa fosse l'affetto.

Sapeva che Nanju lo aveva visto sul tetto dell'ospedale. Non poteva essere altrimenti: i loro sguardi si erano incrociati. Eppure, Ulan se n'era andato senza dirle una parola, scappando prima del sorgere del sole.

«Avevi un altro motivo?» gli domandò Nanju.

Ulan fece passare qualche secondo prima di annuire. Nanju dovette trattenere la risata che le risalì per la gola quando vide il suo tentativo di sembrare dispiaciuto. Lo faceva apposta, anche se sapeva benissimo che Nanju non rappresentava una minaccia. Che motivo poteva aver avuto? Se non era stato per amore, allora doveva avere un secondo fine, ma lei non riusciva a capire quale delle due fosse la risposta corretta. Ulan s'infilò tra le sue braccia.

«Mi ha visto. Mi ha riconosciuto, ma non ha fatto nulla. Ho temuto che mi avesse dimenticato dopo tutto questo tempo.»

Nanju rimase in silenzio.

«Non è cambiata per niente. Ha sempre quello sguardo sfacciato.»

«Parli di quella ragazza?»

Ulan annuì. Come un bambino, si abbandonò nell'abbraccio di Nanju.

«Gli umani invecchiano troppo in fretta, ma non per questo si lasciano suggestionare. Speravo in una reazione diversa... Per me è come se fosse successo ieri.»

Per questo aveva ucciso? Perché quella ragazza non aveva reagito come si aspettava? Nanju faticò a trattenere una risata. Avrebbe voluto torcere il collo che aveva tra le mani. L'avrebbe fatto subito se fosse bastato ad ammazzarlo.

«Non ti sarai esposto troppo?»

«Non preoccuparti, presto ucciderò sia lei sia la detective. Sono tutt'e due sole.»

In quel momento Nanju si rese conto che doveva contattare la detective. Ulan l'avrebbe uccisa: non aveva alcuna intenzione di portarla via con sé. Ne era sicura, perché anche lei era sola.

Quando Ulan se ne andò, Nanju guardò giù in strada e vide la partner della detective. Era sicura che fosse lei, anche se si trovava troppo in alto per distinguerla in mezzo alla folla di persone. Solo lei poteva rimanere indifferente di fronte a un uomo che saltava giù da una finestra al dodicesimo piano.

Nanju finse di non averla vista e tirò le tende, ma dopo pochi minuti le riaprì e guardò di nuovo in strada. Non c'era più. Nanju si buttò addosso un cappotto. Se fosse stata abbastanza veloce, magari l'avrebbe raggiunta. Aveva bisogno di quella donna. Ma non dovette andare molto lontano: Nanju se la ritrovò di fronte alla porta di casa.

La prima cosa che fece la donna entrando fu chiudere le finestre e tirare le tende. Nanju si limitò a guardare quell'estranea che marciava per la stanza senza nemmeno togliersi le scarpe. Si comportava come se fosse casa sua. Qualcosa in lei non sembrava umano, ma non aveva nemmeno l'aria di essere un vampiro. Si muoveva senza fare rumore, tanto che, se Nanju avesse chiuso gli occhi, sarebbe stato impossibile dire se si trovava davvero in quella stanza.

La donna la scrutò senza dire una parola e Nanju si sforzò di sostenere il suo sguardo. Si rese conto che era già al corrente della natura di Ulan e dell'aiuto che Nanju gli offriva per trovare le sue vittime. Era curiosa di scoprire di cos'altro fosse a conoscenza. Sapeva che Ulan intendeva uccidere sia lei sia la detective prima di scappare? Che fosse venuta per fermarlo? Se qualcuno avesse potuto farlo, quella donna le sembrava l'opzione migliore. Quando finalmente parlò, Nanju fu così sollevata dalle sue parole che quasi scoppiò a ridere.

«Se mi aiuti, possiamo ucciderlo.»

Ma la sua felicità non durò a lungo: eliminare Ulan non implicava salvare Nanju.

«Gli hai promesso qualcosa?» le chiese la donna.

L'unica promessa che si erano fatti era che lui avrebbe ucciso chiunque lei volesse, e Nanju in cambio gli avrebbe trovato umani di cui nutrirsi. Anche l'amore era una promessa? Ci rimuginò per qualche secondo, ma ne dubitava. L'amore restava sempre nel presente. Ulan non le aveva mai promesso un futuro insieme. Di fronte al silenzio di Nanju, la donna non fece altre domande e si mosse per andarsene, come se il suo lavoro lì fosse finito. Nanju, presa dalla disperazione, la afferrò per un braccio, ma la donna la guardò con freddezza. Non provava alcuna compassione per lei.

«Vorresti essere salvata? Troppo tardi. Avresti dovuto pensarci prima di lasciare morire tutte quelle persone.»

Nanju fu scossa da brividi incontrollabili. I suoi occhi spalancati dalla paura negavano la realtà che avrebbe dovuto affrontare, e la rabbia si trasformò in dense lacrime. Pronunciò ogni parola con determinazione.

«L'unico modo per evitare la morte sarebbe stato non essere mai nata.»

«Forse. Ma ormai sei qui, e hai fatto la tua scelta.»

«Io...»

«Non nasconderti dietro a scuse inutili.»

Poteva esistere una vita senza scuse? Nanju aveva passato anni ad ascoltare gente che ne accampava delle più ridicole. La vita non era mai stata dalla sua parte. No, la vita si nascondeva dietro le persone e le forzava a inventarsi una scusa dopo l'altra.

«Credevi che ti amasse?» Wanda scoppiò a ridere, poi si avvicinò al suo orecchio. «Non hai capito niente. I vampiri sanno cos'è l'amore. Sono in grado di uccidere per la persona che amano.»

Nanju non poteva crederci. Vedere quella donna che si beffava di lei la fece infuriare.

Wanda si scrollò di dosso la sua mano.

«Se il tuo desiderio egoistico di vivere è così forte, lascia che si nutra di te. Senza ribellarti o combattere. Fagli credere che sei disposta a donargli il tuo sangue.»

Wanda non aggiunse nient'altro. Le sue parole risuonarono come un'implacabile sentenza di morte.

Wanda

Le nuvole notturne sono più belle di quelle del mattino. La luna, a differenza del sole, si può guardare a occhi nudi. Il sole nasconde le stelle, la luna brilla con loro. Di notte, il canto degli uccelli si ascolta con il cuore invece che con le orecchie; con l'arrivo della sera, gli alberi immobili durante il giorno si riscuotono dal loro torpore. Spariti i gatti, i topi escono dai loro nascondigli, seguiti dagli sguardi dei rapaci impegnati a dar loro la caccia; la nuova stagione nasce nella scia dei loro passi. I fiori, vergognosi, sbocciano lontani dagli occhi delle persone. I timidi si muovono di notte, creature che non mostrano le proprie abilità alla luce, sotto gli occhi di chi osserva. Wanda faceva parte di quest'ultima categoria. Cresceva in totale silenzio, tanto che nemmeno lei se ne rendeva conto. Senza Lily, non avrebbe nemmeno scoperto di essere diventata più alta. Era ormai un'abitudine per Wanda farsi trasportare sulle spalle dell'amica. Un giorno stavano salendo al secondo piano di casa sua quando Lily la informò che era più pesante del solito, ma non perché fosse ingrassata: le si erano allungate le gambe. Effettivamente, il suo piede ora arrivava alle caviglie di Lily, mentre di solito non superava metà del polpaccio.

I vampiri consideravano la vita degli umani corta allo stesso modo in cui gli umani pensavano fosse corta quella dei gatti o dei cani. E così come agli umani dispiaceva che potessero passare solo una dozzina di Natali con i propri animali da compagnia, così a Lily dispiaceva che gli umani riuscissero a celebrarne solo una settantina. Significava avere soltanto settant'anni per mangiare le leccornie del periodo natalizio. Il cucciolo con cui si è cresciuti morirà prima che il bambino diventi adulto; per i vampiri, gli umani che incontrano non durano più di una breve stagione. Per questo i vampiri non adottavano animali. Nella loro ottica, significava soffrirne la mancanza tutta la vita dopo averci passato insieme non più di qualche giorno.

«Tutte le relazioni partono sbilanciate» le confessò Lily. «Chi vive più a lungo è destinato a soffrire.»

Wanda rifletté sulla nostalgia. Avere nostalgia di qualcuno o di qualcosa significava voler tornare indietro, e tornare indietro significava abbandonare il proprio posto nel presente, creando un vuoto gelido di solitudine. Si chiese quanto fredda potesse diventare la solitudine se si aveva nostalgia di troppe cose. Un inverno perenne. Che fosse per questo che i vampiri non sentivano il freddo e avevano la pelle di ghiaccio? Vivevano così a lungo che le persone e le cose che si lasciavano indietro dovevano essere infinite, come i cadaveri delle falene sotto una lampadina accesa. All'improvviso, Wanda si rese conto che anche lei sarebbe diventata una delle tante falene nella memoria di Lily, e la tristezza la avvolse. Doveva pur esserci un modo per lasciare un ricordo speciale di se stessi. Ci rimuginò a lungo, senza accorgersi di quanto sciocco ed egoistico fosse il suo desiderio.

In quel periodo, Wanda imparò molte cose riguardo a Lily. In estate andarono insieme a vedere il mare di notte, in autunno visitarono i festival che si tenevano nelle vicinanze, e ogni tanto andavano in biblioteca, dove si sfidavano leggendo libri fino a tarda notte. Ma non erano tanto le cose che facevano a essere importanti per Wanda. Per lei, era importante scoprire cosa pensasse Lily quando guardava il mare, qual era il primo ricordo che aveva di esso e quando aveva imparato a nuotare; voleva sapere qual era il suo cibo preferito e cosa invece non apprezzava, quale genere di libri le piaceva, cosa aveva provato leggendo un certo romanzo, e via dicendo. La vita di Lily era lunga, vasta e profonda. Qualche volta, le sembrava addirittura troppo incredibile per essere vera.

Una volta erano andate insieme a vedere una mostra, e di fronte al ritratto di Van Gogh, Lily le aveva sussurrato all'orecchio: «Sai, era più bello dal vivo».

«L'hai incontrato?»

«Sì, una volta in collegio in Olanda e un'altra in un ospedale psichiatrico.»

«Incredibile.»

«Non trovi orribile come in questo mondo se perdi l'occasione diventi insignificante?»

Lily era rimasta a fissare il dipinto a lungo. Forse erano stati amici. Cosa si provava a scoprire le tracce di chi se n'era andato? Mentre ci rifletteva, a Wanda venne il dubbio che Lily avesse mentito. Decise allora di non credere a tutto ciò che le diceva, perché quello che non si può verificare, diventa verità in un attimo.

Il mondo di Lily era più ampio del suo. Lily le aveva detto che non si potevano fare paragoni del genere, ma anche quelle parole erano una prova della grandezza del suo mondo, una realtà costellata dalle tombe di coloro che erano morti prima di lei. Wanda capì che allargare il proprio mondo significava fare spazio alle mancanze. Avrebbe voluto abbracciare il mondo di Lily, ma le sue braccia non le sarebbero bastate. Non per questo avrebbe rinunciato. "Come posso fare?" Wanda ci pensò a lungo, finché non le venne l'idea di costruire un enorme cinema in quel mondo pieno di tombe. Ogni volta che Lily avesse sentito il freddo della solitudine, sarebbe potuta andare al cinema a rivedere i suoi ricordi preferiti. Sì, era quello che avrebbe fatto.

Wanda tenne per sé quell'idea, in attesa del momento giusto per metterla in pratica, ma non arrivava mai. Non poteva fare niente mentre era a scuola, e durante le vacanze faceva sempre qualche viaggetto. Aveva provato a proporre a Lily di accompagnarla, ma aveva rifiutato senza nemmeno pensarci. Il tempo era passato inesorabile, finché non fu di nuovo Natale, il primo che avrebbe passato con Lily.

«Vuoi venire a casa mia per Natale?» le chiese Wanda.

Lily rimase sorpresa, ma accettò. Quando le chiese come dovesse vestirsi per l'occasione, Wanda la rassicurò. Poteva indossare i suoi soliti vestiti, l'importante era che si ricordasse calze e scarpe.

Claire e Maurice furono ancora più sorpresi di Lily a quella notizia, tanto che Wanda dovette trattenersi dal ridere di fronte alle loro facce sconvolte. Quando disse loro che se preferivano non l'avrebbe invitata, i suoi genitori si erano affrettati a scuotere la testa ripetendo che non c'era problema. Da quel giorno, Claire e Maurice si erano lanciati nei preparativi, anche se mancavano ancora due settimane a Natale. Incaricarono Wanda di scoprire qual era il piatto preferito di Lily. Anche se le due ragazze si frequentavano da un anno, Wanda non immaginava che i suoi genitori fossero così curiosi di conoscerla. Erano emozionatissimi. Non era la prima amica di Wanda, ma era sicuramente la prima con cui era stata così in confidenza.

«Il mio cibo preferito, uhm...» rifletté Lily quando le due ragazze si incontrarono.

Era da un po' che non si vedevano sotto il grande cipresso. Il campo di grano brillava sotto la luna come ricoperto da una polvere d'oro. Lily si sforzò di pensare a cosa le piaceva. Non aveva sviluppato un palato raffinato come Wanda, altrimenti avrebbe avuto difficoltà a rimanere in vita così a lungo: ogni tanto per sopravvivere aveva dovuto ingoiare cose che sembravano tutto tranne che cibo, la migliore fra queste era stato un triste tocco di pane secco da buttare giù senz'acqua. Per un motivo o per l'altro, Lily non aveva particolari preferenze. Per lei il cioccolato bianco e al latte erano la stessa cosa, così come lo erano una baguette e un croissant, una zuppa di funghi e una di patate, una pasta al pomodoro o alla panna.

«Sai cosa? C'è un dessert che vorrei vedere.»

«Un dessert che vuoi *vedere*?»

«Sì! Il tronchetto di Natale.»

Wanda sorrise: Claire lo preparava sempre.

Da allora, ogni volta che pensava al Natale, il suo cuore batteva all'impazzata. All'insaputa di Claire e Maurice, Lily si era appostata fuori dalla finestra a osservare mentre decoravano l'albero. Lei e Wanda si incontravano al secondo piano, e Lily le spiegava dove avrebbe voluto mettere un determinato ornamento. Wanda correva su e giù, seguendo le istruzioni dell'amica finché l'albero di Natale di quell'anno divenne il più ricco e luminoso che avessero mai fatto.

Il giorno di Natale, Lily si presentò indossando un abito in velluto nero, in mano una torta di noci e una bottiglia di vino. Mentì dicendo che erano un regalo da parte dei suoi genitori. Claire e Maurice apprezzarono molto il gesto, e presero Lily in simpatia fin da subito. La accompagnarono in sala da pranzo, dove la tavola era imbandita di ogni leccornia. Il menù era molto più variegato dell'anno precedente, e anche il tronchetto di Natale era più grande. I genitori di Wanda si erano messi ai fornelli dalla mattina e avevano preparato abbastanza cibo da sfamare una decina di persone. Wanda era un po' preoccupata che tutti quei piatti fossero troppo per Lily. Non voleva che si sentisse obbligata a mangiare e poi le venisse mal di pancia.

L'amica però era tranquilla. Assaggiava tutto. Mentre parlava, guardava sempre il suo interlocutore negli occhi; impugnava con naturalezza forchetta e coltello, e rispondeva a ogni domanda senza battere ciglio. Era così a suo agio nella conversazione da sembrare un'adulta. Al contrario, era Wanda ad apparire impacciata, un'estranea che non riusciva a inserirsi nei loro discorsi. Claire e Maurice erano concentrati sulla sua nuova amica, e Lily, impegnata a rispondere alle loro domande, non l'aveva guardata nemmeno una volta da quando era arrivata.

Eppure, a Wanda non dispiaceva. Era bello osservarli da fuori. La tavola appariva più ampia, Claire e Maurice più felici che mai e Lily...

Lily sembrava un'umana in tutto e per tutto.

Quando la sua amica se ne andò con la promessa che sarebbe tornata a trovarli, Wanda sapeva che si sarebbe arrampicata in camera sua dalla finestra. Aiutò Claire e Maurice a sparecchiare e riordinare, e quando salì al piano di sopra, la trovò addormentata sul suo letto. Wanda cercò di non far rumore, ma Lily si svegliò lo stesso.

Il suo lettino singolo era troppo stretto per entrambe ora che Wanda era cresciuta. In quell'anno, le si erano allungate le gambe e allargati i fianchi. Lei e Lily si sdraiarono in orizzontale, lasciando penzolare i polpacci. Quando Wanda le chiese se le fosse piaciuta la cena, Lily rispose che era il cibo umano più buono che avesse mai assaggiato. Non sapeva se fosse una bugia per tranquillizzarla, ma Wanda decise che non era importante. Qualunque fosse la verità, lei in quel momento era felice.

«Per caso ho sbagliato qualcosa?» domandò Lily.

Wanda la guardò. Era stata perfetta. Così tanto, in effetti, che in quei suoi comportamenti aveva quasi faticato a riconoscere l'amica.

«Sembravi...» Wanda fece una pausa. «Sembravi una vera umana.»

Lily non rispose. Il silenzio attorno a loro era carico di parole ed emozioni non dette. Quando Lily si alzò, Wanda tenne gli occhi puntati sul soffitto.

«Grazie mille per l'invito, mi sono divertita.»

Con queste parole, Lily le lasciò un bacio sulla fronte e se ne andò. Rimasta sola nel letto, Wanda pianse in silenzio. Le lacrime scorrevano incessanti sulle guance. Anche se non sapeva esattamente il motivo, era sicura di aver ferito Lily.

In un romanzo che aveva letto lo scorso autunno in biblioteca, la protagonista veniva morsa da un vampiro e diventava vampiro a sua volta. Lei e Lily erano sedute fianco a fianco e Wanda le aveva mostrato quel passaggio. Carica di aspettative, le aveva chiesto se fosse vero. Se Lily avesse confermato, Wanda avrebbe voluto essere trasformata. Ma la sua amica aveva scosso la testa con un sorriso. «Non è una malattia contagiosa» aveva detto, e Wanda si era affrettata a scusarsi, il viso rosso per l'imbarazzo.

Che motivo avevano gli scrittori per scrivere storie di questo tipo?

Volevano forse sfruttare l'idea romantica di un'eternità passata con la persona amata?

Wanda ci aveva riflettuto ed era giunta alla conclusione che aveva senso. C'era un che di incredibilmente romantico nel condividere il proprio sangue per vivere per sempre insieme. Cani e gatti avrebbero probabilmente scritto dei romanzi simili riguardo i loro padroni se avessero potuto trasformarli con un semplice morso. "Stammi accanto per l'eternità" avrebbero sussurrato mentre i denti si avvicinavano alla pelle.

Dopo Natale, Wanda pensava che Lily non si sarebbe fatta sentire per un po', e invece la mattina successiva la venne a trovare, prima che Claire e Maurice andassero al lavoro. Dal cielo nuvoloso cadeva un brutto nevischio, e Lily si presentò sulla porta di casa tenendo in mano un ombrello, dando il buongiorno ai suoi genitori. In fretta e furia, Wanda si cambiò e si precipitò al piano di sotto. Con i capelli arruffati, lanciò un'occhiata a Lily senza salutarla e poi corse di nuovo al piano superiore. Per tutto il tempo che ci mise a lavarsi, si chiese perché mai fosse venuta. Era la prima volta che Lily si faceva vedere di giorno.

I vampiri e gli umani erano simili. Mentre i primi evitavano il giorno e non uscivano, i secondi si rifugiavano in casa durante la notte. L'unica differenza era che la luce aveva raggiunto quasi ogni angolo del mondo degli umani, facendo dimenticare loro la paura della notte. Gli umani credevano di aver conquistato la notte, ma era mera presunzione. Se il mondo fosse improvvisamente sprofondato nell'oscurità, sarebbero stati sopraffatti dal terrore, mentre altre creature avrebbero ripreso possesso della notte.

Lily non aveva problemi a muoversi di giorno se poteva evitare la luce. Specialmente quando le nuvole erano così dense da occultare i raggi del sole, le bastava un cappello. Il motivo per cui non lo faceva era semplicemente perché i vampiri vivevano di notte e dormivano di giorno, allo stesso modo in cui gli umani vivevano di giorno e dormivano di notte.

Claire e Maurice uscirono di casa poco dopo l'arrivo di Lily. Avevano lasciato sul tavolo dei cereali e il tronchetto di Natale avanzato perché facessero colazione, ma Lily non li toccò nemmeno. Era come se il giorno prima non ci fosse mai stato. Mentre la studiava, Wanda si infilò un pezzo di torta in bocca e finalmente Lily tirò fuori un oggetto dalla borsa: una bottiglia piena di quello che sembrava vino rosso.

«La mia colazione: sangue umano» dichiarò Lily con nonchalance.

Wanda smise di masticare e la fissò.

«Ho bisogno di berlo per non ammalarmi. Se non lo bevo, la stanchezza comincia a impadronirsi di me, e dopo una decina di giorni sono così esausta da non riuscire nemmeno ad alzarmi dal letto. Mi viene la febbre alta e mi fa male tutto, come se avessi preso una terribile influenza. Dormo tutto il giorno e al risveglio avrò perso talmente tanti capelli da farci una parrucca. Fatico a respirare e il corpo è così infiammato che anche solo stare sdraiati è un tormento. La pelle si ricopre di vesciche purulente e infine sopraggiunge la morte. Solo dieci giorni senza sangue, e la mia vita è finita. Ieri tuo padre ha bevuto un'intera bottiglia di vino. Questa è la mia razione per un mese, un bicchiere a settimana. Meno di quanto ti aspettassi, vero?»

Wanda annuì.

«Anche se ho bisogno di sangue per vivere, non è la mia principale fonte di sostentamento. Non abbiamo lo stesso palato sviluppato degli umani, ma anche noi consumiamo cibo normale. I nutrienti indispensabili però li otteniamo dal sangue. Va bene anche quello di maiale o di mucca, solo che purtroppo ultimamente è difficile trovare animali selvatici di cui nutrirsi. Sono quasi tutti d'allevamento, il che compromette la qualità del sangue, perché gli allevatori danno loro da mangiare qualsiasi schifezza pur di farli ingrassare in fretta. Gli umani invece mangiano bene. Per questo preferiamo il loro di sangue.»

Lily fece una pausa prima di continuare.

«Per la quantità di cui abbiamo bisogno, non serve nemmeno uccidere. Il problema è che, quando lasciamo in vita qualcuno, alcuni decidono di radunare tutto il loro villaggio e di venire a cercarci con le torce per darci fuoco. Ci ammazzano con paletti conficcati nel petto o spaccandoci il cranio... una volta ho trovato la testa recisa di un mio compagno usata come decorazione. Il corpo, invece, scomparso. Non mi piace uccidere, ma è una scelta necessaria se voglio sopravvivere. Allora, che ne pensi? Ti sembro ancora una della tua razza, seduta qui con te a mangiare il tuo cibo? Credi davvero che potrei diventare umana come te?»

«Non intendevo dire questo...»

«Lo so. Però, Wanda, c'è una cosa che devi ricordarti. Il motivo per cui ti senti a tuo agio con me, per cui pensi che io sia un'ottima amica e per cui vuoi stare con me più tempo possibile, non è perché sto diventando più umana. È perché mi piaci. Non puoi dimenticarlo. Noi due siamo diverse e non possiamo sperare che l'una diventi uguale all'altra. Solo così possiamo evitare di ferirci. Promettimi che, se mai arriverà il momento in cui avrai paura di me o questa relazione diventerà troppo per te, me lo dirai. Sii sincera con me, e io me ne andrò.»

Lily si stava comportando in modo meschino. Di fronte a quella richiesta, Wanda non poteva fare altro che accettare le sue condizioni, ma ne aggiunse una.

«Va bene, ma devi concedermi la possibilità di sbagliare. Se ti chiederò di andartene, almeno una volta devi tornare da me.»

Entrambe giurarono, senza sapere che sarebbe stato meglio non aver mai fatto quella promessa.

Quella notte, qualcuno bussò alla finestra di Wanda. Mentre si stava precipitando ad aprire, si fermò. Lily se n'era andata solo un paio d'ore prima, che motivo aveva di tornare? Non le venne in mente niente. Il più silenziosamente possibile, Wanda si avvicinò all'interruttore di fianco alla porta della sua camera e spense la luce. Una figura stava accovacciata sul davanzale, ma non era Lily. Si avvicinò con circospezione. Quando domandò chi fosse, la figura non rispose. Wanda era di fronte alla finestra. Afferrò la maniglia. Sapeva che quella presenza non era umana. Esitò un momento, poi spalancò le imposte e la figura balzò via, dileguandosi a gran velocità nella notte. Seguì l'ombra con lo sguardo finché non si accorse di un ragazzo in piedi di fronte al cancello di casa. Il suo viso giovane e pallido aveva un'aria di maturità che lo faceva sembrare più adulto, anche se non abbastanza da poterlo chiamare uomo. Gli occhi brillanti come la luna fissarono Wanda, poi, senza fretta, il ragazzo se ne andò.

Aveva intenzione di parlarne con Lily, dirle che i suoi compagni erano venuti a cercarla, ma il giorno seguente la sua amica non si fece vedere, e nemmeno quello successivo.

Tornò esattamente una settimana dopo. Passata la preoccupazione e la rabbia, Wanda provava solo tristezza. Si era ripromessa che, al ritorno di Lily, l'avrebbe solo abbracciata senza chiedere niente, ma ancora prima che potesse allargare le braccia, Lily collassò sul pavimento. Aveva la febbre alta e i vestiti impregnati di sudore freddo, come se avesse l'influenza. Poi Wanda capì: Lily non beveva sangue da più di dieci giorni.

L'anno prima, erano state insieme a una mostra di Monet. Wanda si era fermata di fronte al dipinto di una donna con in mano un parasole che dava le spalle alla luce, girata verso sinistra. Nonostante il profilo del viso fosse visibile, il pittore non ne aveva delineato i dettagli. La donna si stagliava contro un cielo blu punteggiato da nuvole di panna, su un rigoglioso prato verde; la sciarpa azzurra e l'orlo dell'abito bianco svolazzavano al vento. Wanda aveva controllato il titolo.

Essai de figure en plein air: femme à l'ombrelle tournée vers la gauche

Claude Monet

In mezzo a tutti i dipinti dell'artista, Wanda aveva provato un'inspiegabile attrazione verso quel particolare quadro. Aveva osservato le altre tele. No, c'era qualcosa di diverso in questo. Non aveva mai studiato Arte, e così non sapeva esprimere le emozioni che le dava.

«Questo dipinto mi sembra diverso dagli altri» aveva sussurrato a Lily, che le aveva chiesto cosa le desse quell'impressione. Wanda ci pensò a lungo, gli occhi fissi sul dipinto, senza trovare una risposta.

«La modella era una persona che Monet amava molto» spiegò Lily. «Il suo nome era Suzanne, figlia della seconda moglie di Monet, Alice Hoschedé, e del suo primo marito, Ernest Hoschedé. Suzanne ha posato per molti dei suoi dipinti.»

Wanda ascoltò con attenzione, poi annuì. «Si vede. Questo quadro sembra speciale rispetto agli altri, forse proprio perché l'amava così tanto.»

«Non credo che Monet intendesse renderlo speciale. E anche se avesse voluto, presumo sarebbe stato difficile farlo di proposito. È una conseguenza naturale dell'amore. Quando ami una persona, quel sentimento sgorga fuori da te senza permesso, attraverso lo sguardo, le mani, la punta della lingua...»

Wanda osservò il motivo a fiori viola e gialli sulla carta da parati scarlatta della sua camera. Il disegno si ripeteva secondo uno schema preciso: a ogni due fiori viola ne seguiva uno giallo. Poggiata sulla testata del letto, una coperta avorio ricamata a foglie verdi. Erano state le mani di Claire e Maurice ad arredare la sua camera. Proprio come nel dipinto di Monet, ogni elemento era testamento dell'amore che provavano per lei. Wanda circondò le spalle di Lily e le accarezzò la schiena nella speranza che dalle dita sgorgassero i suoi sentimenti.

Wanda sdraiò Lily sul letto. Sul pavimento, una manciata dei suoi lunghi capelli, segno premonitore della morte incombente. Wanda abbracciò il corpo dell'amica febbricitante e pianse. Lily avrebbe potuto smettere di respirare da un momento all'altro; non riusciva ad aprire gli occhi, né a parlare. Aveva cercato Wanda per salvarsi, era venuta da lei per scappare da qualcosa, alla ricerca di qualcuno di fidato che l'avrebbe protetta. Wanda sentì il peso della responsabilità di salvarla, e sapeva che per farlo Lily aveva bisogno di sangue. Lei però non aveva una bottiglia come la sua. Aveva tre opzioni. La prima, lasciarla morire. La seconda, uscire e cercare un animale o un umano qualsiasi per nutrirla. L'ultima opzione, invece, era offrirle se stessa. La prima opzione era fuori discussione, mentre la seconda un crimine; l'amore non sarebbe valso come scusa. Wanda non dovette pensarci troppo a lungo. Abbracciò Lily e si avvicinò al suo orecchio.

«Bevi il mio sangue.»

Lily era venuta per quello. L'unica persona di cui poteva bere il sangue senza doverla poi uccidere era lei, Wanda lo sapeva. Guardò Lily, immobile sul letto, e scostò il colletto della sua maglia. A quattro zampe sopra di lei, Wanda la strinse con forza, così che non potesse scacciarla. Lily le allacciò le braccia intorno alla vita, l'esitazione nel suo tocco prova del suo amore per lei.

«So che non mi ucciderai. Temo di più la tua, di morte» disse con determinazione.

«Potrebbe... fare male...»

«Non importa.»

Non aveva idea di quanto potesse essere doloroso, così non sapeva cosa aspettarsi, ma qualsiasi dolore sarebbe stato meglio di perdere Lily. Quando finalmente i canini affondarono nella carne, in testa le fluttuò ogni tipo di pensiero: "Non potrò mai dire a nessuno di questa cosa... E se anche lo facessi, chi mai mi crederebbe? Chissà se esiste un raduno di persone morse da vampiri". Le labbra di Lily erano fredde come il resto del suo corpo. Le sue mani, che vagavano alla ricerca di una meta, finalmente si posarono sulle guance di Wanda. Un'unghia affilata la graffiò vicino all'occhio, ma nessuna delle due ci fece caso. Lily le aveva detto che avrebbe fatto male, ma fu meno doloroso di quando si era schiacciata le dita nella fessura della porta, e quello era stato uno dei dolori più grandi della sua vita. La porta di casa si era chiusa con una folata di vento, e le era addirittura saltata l'unghia del dito medio, che aveva iniziato a sanguinare. Il dolore era arrivato lentamente. All'inizio non si era nemmeno accorta di cosa fosse successo, poi aveva visto le gocce di sangue sgorgare dalla ferita e il dito, diventato bollente, aveva iniziato a pulsare. Al solo ricordo di quel dolore tremendo, Wanda strizzò gli occhi. In confronto, quella di Lily era quasi una carezza. Pizzicava e bruciava un pochino, ma nel complesso era un calore piacevole: l'affetto di Lily fluiva attraverso i suoi canini, nella gentilezza del suo morso.

Wanda si addormentò guardando la carta da parati a fiori e, al suo risveglio, Lily era tornata quella di sempre. Seduta sul davanzale della finestra, osservava un punto lontano. Wanda non se la sentì di chiamarla. Sembrava assorta nei suoi pensieri, sul viso un'espressione imperscrutabile.

Di tanto in tanto, Wanda ripensava ai lupi grigi nascosti nella foresta. Su sua richiesta, lei e Lily erano tornate nel punto dove li avevano incontrati, ma non erano riuscite a trovarli. Wanda non comprendeva perché fosse così complicato rivederli: sapeva che esistevano. Da quel momento, tutte le volte che le tornavano in mente i lupi, un vento gelido invadeva un angolo del suo cuore. Lily le aveva spiegato che c'era una differenza tra non riuscire a vedere qualcuno che è ancora vivo e non riuscire a vedere chi invece è morto. Quando si provava nostalgia per chi ormai non c'era più, la mente e il cuore si sintonizzavano, affrontando apertamente la malinconia; se però quella cosa o quella persona erano ancora nel mondo, ma irraggiungibile, si creava una discrepanza. La mente non riusciva a comprendere il motivo per cui il cuore soffriva, e così negava e ignorava il dolore, fino a che non infettava il cuore...

Wanda non aveva bisogno di chiederle come facesse a saperlo. Lily doveva aver conosciuto centinaia di umani durante la sua vita. Alcuni di loro probabilmente erano ancora vivi, ma lei non li avrebbe mai più rivisti. Provò a comprendere i sentimenti di Lily, ma proprio come con i lupi, Wanda era ancora troppo giovane per interpretarli. Non si era nemmeno sforzata molto, nella speranza che lei non dovesse mai affrontare una situazione del genere.

Eppure, quel giorno, mentre guardava Lily sul davanzale, a Wanda sembrò di capire un po' meglio quel sentimento, anche se solo vagamente. Lily le restituì la collana con la *fève* a forma di angioletto.

«Vorrei che la tenessi tu per un po'.»

Wanda la accettò senza chiederle il motivo. Aveva la sensazione che Lily potesse svanire da un momento all'altro, e non tornare più.

Il giorno seguente, Claire pensò che Wanda si fosse presa il raffreddore. In realtà si sentiva solo un po' debole avendo donato una parte del suo sangue a Lily, ma finse di essere malata e si rintanò sotto le coperte. Maurice andò al lavoro più tardi per prendersi cura di lei. Le portò un antipiretico e della zuppa calda. Per qualche motivo, Wanda non se la sentiva di affrontare Maurice e chiuse gli occhi, fingendo di dormire. Lui la chiamò un paio di volte, poi lasciò il vassoio sulla scrivania. Pensava che sarebbe andato via subito, invece Maurice si sedette sul bordo del letto. Sapeva che Wanda era sveglia.

«Non sei il tipo che dorme così tranquillamente, sai?»

Anche se l'aveva scoperta, Wanda non scostò la coperta e Maurice non la forzò ad alzarsi.

«Tutti gli amici di tanto in tanto litigano, sia da adulti sia da ragazzi.»

Maurice pensava che fosse per quello che Wanda stesse male, e considerato che aveva passato gli ultimi dieci giorni ad aspettare Lily, aveva tutte le ragioni per fraintendere. Wanda però non lo corresse.

«A volte le cose si risolvono da sole, basta lasciar passare un po' di tempo, oppure uno dei due si fa coraggio e chiede scusa. Se però il motivo per cui si litiga è troppo doloroso per te, allora è meglio lasciar andare quella persona.»

Wanda rimase in silenzio.

«Nella vita incontrerai altri amici. Non va bene dipendere troppo da una sola persona. Dietro al desiderio di amare e affidarsi a qualcuno si nasconde la solitudine. È così per tutti, ma la propria solitudine non guarisce se affidata ad altri. L'unica cosa che cambia quando incontri qualcuno è la consolazione di sapere che non sei l'unica a sentirti sola.»

Wanda credeva di capire il perché di quelle parole. Lui e Claire avevano sempre saputo che si sentiva sola, ma avevano osservato in silenzio. Proprio come aveva detto Maurice, la propria solitudine non poteva essere lenita dagli altri, e così avevano atteso che Wanda imparasse a gestire la sua.

«Di solito si crede che le persone siano come il numero 1, ma in realtà sono lo 0. Due zeri insieme non possono diventare niente, a parte starsi vicini. Dobbiamo accettare la solitudine, ma mai lasciare che ci travolga. Affrontala sempre con determinazione, stringendola forte dentro di te.»

Wanda lo guardò in silenzio.

«Oh, ho divagato troppo di nuovo?»

Stava per annuire, ma si bloccò e strinse forte gli occhi. Aveva il sentore che altrimenti lo avrebbe abbracciato e avrebbe confessato tutto. Maurice aveva ragione. Lei aveva paura che prima o poi Lily non sarebbe più venuta, che l'avrebbe abbandonata. Per quello non era riuscita a parlarle quando l'aveva vista seduta sul davanzale. Quella era stata davvero una giornata strana: quando l'aveva morsa, Lily aveva confermato di amarla, e allora perché Wanda temeva che se ne andasse? Quasi fosse un futuro già deciso.

Maurice uscì dalla stanza raccomandandole di riposarsi e promettendo che avrebbe portato qualcosa di buono per cena. Wanda considerò di alzarsi per salutarlo, ma non fece in tempo. Mentre lo osservava attraversare il cortile, sussurrò un grazie solitario. Fu l'ultima volta che lo vide.

Quel giorno, Maurice scomparve dal mondo e Wanda non avrebbe mai più potuto incontrarlo.

Suyeon

«Ho passato molti momenti dolorosi, giorni in cui ero troppo esausta per andare avanti, ma era pur sempre vita. Credevo che una volta passati quei momenti bui, sarebbe arrivata la luce. Gioia, rabbia, tristezza, felicità. Sono tutti elementi indispensabili dell'esistenza. Se viene a mancarne uno, si rompe l'equilibrio, e quando mancano tutti, la morte è dietro l'angolo. Una persona dovrebbe provare tutte queste emozioni, ma qui dentro è impossibile. Tempo fa adoravo guardare soap opera. Mi piacevano così tanto che, dopo aver visto un episodio, passavo due ore al telefono a parlarne. Avevo talmente tante cose da dire che ne discutevo fino al giorno successivo. Quando vivevo a Hwagok-dong ero amica di una sarta. In quel periodo facevo le pulizie in un edificio a Mapo e, persino mentre passavo lo straccio, ripensavo tutto il giorno all'episodio della sera prima. Appena finito di lavorare, mi precipitavo dalla mia amica e passavamo ore a chiacchierare, mangiando patate dolci e pannocchie al vapore. Me lo ricordo benissimo. Ci divertivamo così tanto! Eppure, ho dimenticato *cosa* ci divertisse. Incredibile, vero? È così frustrante. Ormai non mi capitano più momenti di gioia come quelli. Non ho nemmeno più lo stesso desiderio di vivere. Il mio cuore è morto. Lo senti? Proprio qui. Le mie giornate sono fatte di cibo insipido e programmi alla televisione che non mi interessano. Ho vissuto abbastanza; voglio andarmene. Che senso ha restare qui a sprecare ossigeno, quando i miei figli non vengono neppure a trovarmi? Sono solo un peso per loro, dei numeri sul conto dell'ospedale. Noi anziani qui non incolpiamo i nostri figli. La vita è già abbastanza difficile per loro, se ci aggiungessimo anche noi diventerebbe insopportabile. Vivere in questo mondo è sempre più complicato. Noi avremo pur visto la guerra e il nostro paese andare in rovina, ma non c'è dolore maggiore di osservare i propri figli soffrire. Se solo potessero rilassarsi un po'... Insomma, non è colpa loro. Voglio andarmene il prima possibile. Per favore, portatemi via. Mio marito, pace all'anima sua, se n'è andato prima di me. Che sciagurato a lasciarmi qui da sola! Forza, vieni a prendermi... Gli altri pazienti morti prima di me se ne sono andati con il sorriso sulle labbra. Sapevano che stavano per morire, e i giorni precedenti erano felici, dormivano bene, mangiavano di gusto, ridevano. Non so dove abbiano trovato il coraggio, io sono ancora troppo spaventata. Li invidio, davvero. Però sono contenta che oggi posso chiacchierare con una giovane detective come te! Non è che perché uno invecchia allora diventa un'altra persona, sai? A me piace ancora parlare. Quando superi una certa età, la gente pensa che tu sia solo un vecchio bacucco, invece gli anni sono una mera indicazione del tempo che hai vissuto. Ma io sono come voi, vivo nel presente anche io! Sbaglio, detective?»

La vecchia signora regalò a Suyeon la rosa di carta che teneva fra le mani.

«L'ho fatta durante l'ora di origami. Vorrei che la conservassi a lungo. È di carta, non appassirà. Ah, sarebbe così bello se nemmeno le persone appassissero! Ma non possiamo farci nulla, eh? Dopotutto, solo un fiore che è sbocciato può appassire.»

Suyeon annuì. Prese la rosa di carta e uscì dall'ospedale. Anche quella donna era un bersaglio? Aveva notato alcuni lividi sul suo corpo e seguiva il corso di origami... Ma Suyeon era presuntuosa se pensava di poter proteggere i pazienti. Gli anziani residenti al Cheolma erano più forti di lei, pilastri robusti che sorreggevano la propria vita fino alla fine.

Wanda la attendeva di fronte all'ospedale. Suyeon si aspettava di trovarla che fumava, invece non vide sigarette tra le sue dita quando la salutò. Le due salirono in macchina e parcheggiarono in un vicolo.

Le ultime parole di Nonna Eunshim avevano tagliato più a fondo di quanto Suyeon avesse immaginato, e da quel taglio sgorgavano ricordi dimenticati. Suyeon aveva poche persone nella sua vita che le permettevano di andare avanti. Anche se era stata ferita da molti, aveva trovato la forza di credere ancora e di accogliere queste persone. Non avrebbe mai dovuto scherzare sul fatto che ormai era cresciuta e non aveva bisogno di loro. Avrebbe invece dovuto passare i suoi giorni a implorarli piangendo: "Non posso vivere senza di voi". Se l'avesse fatto, forse nei loro ultimi istanti quelle lacrime avrebbero dato loro la forza per sopravvivere e rimanere al suo fianco. Una brezza gelata a lungo dimenticata la avvolse: la sensazione di essere di nuovo sola mentre scalava una montagna innevata.

Suyeon raccontò a Wanda della morte di Nonna Eunshim e della lettera che aveva lasciato.

«Nonna Eunshim mi stava preparando una sciarpa per l'inverno. So che suicidarsi significa distruggere con le proprie mani la vita che avevi progettato, quindi questa è solo una mia sensazione, ma non credo che Nonna Eunshim se ne sarebbe andata lasciando incompleta la mia sciarpa. E ti ricordi quell'infermiera che m'insospettiva? Penso che dovrei incontrarla. Tutte le vittime seguivano il suo corso di origami.»

Suyeon le disse di Nanju. Wanda l'ascoltò annuendo per tutto il tempo, ma quando Suyeon concluse, rimase in silenzio. Tirò giù il finestrino e respirò a fondo l'aria fredda. Rimase così per un po', persa nei suoi pensieri. Una cicatrice si allungava sulla sua tempia sinistra. Solo un paio di millimetri in più e avrebbe potuto perdere l'occhio. Fra le varie cicatrici che aveva, graffi che si estendevano dal viso fino al collo, quella era la più evidente. Ce n'erano alcune anche sugli zigomi, le guance, i lobi delle orecchie, la nuca. Che fossero ferite da coltello? Sembravano troppo corte e profonde. Solo un'arma dalla lama affilata e abbastanza spessa avrebbe potuto causare tagli del genere. Suyeon fece mente locale di tutte le armi che aveva visto in quegli anni, anche le più assurde. Bacchette in metallo, calzascarpe, lampade al neon, bottiglie di shampoo, abat-jour, appendiabiti... Qualsiasi oggetto quotidiano poteva trasformarsi in un'arma letale quando incontrava la malvagità dell'uomo. Una volta aveva addirittura visto una persona uccisa con un coltello di plastica, uno di quelli che davano le pasticcerie per tagliare le torte di compleanno. A quel punto, Suyeon aveva smesso di fare eccezioni: l'arma più potente era la mente, tutto il resto era solo uno strumento.

Faticava però a trovare il giusto abbinamento per le ferite di Wanda. Sembrava essere un'arma di piccole dimensioni, ma sarebbe stato difficile infliggere molteplici tagli, senza contare che ognuno di essi sembrava risalire a periodi diversi. Se solo avesse potuto vederli un po' meglio, era sicura che avrebbe svelato il mistero. Se si fosse potuta avvicinare, se li avesse potuti toccare... Ma sapeva che l'avrebbe fatto solo per soddisfare la propria curiosità.

Il tempo scorse lento, fino a che il sole tramontò. Nuvole dense affollavano il cielo, nascondendo completamente la luna. Non si era mia vista una notte così scura. Il rombo di un tuono riecheggiò lontano.

Gocce di pioggia tamburellarono sul parabrezza anteriore. Osservandole, Suyeon si rivolse a Wanda.

«È stata Nonna Eunshim a consigliarmi di diventare poliziotta.» Anche al riparo dentro l'auto, percepiva il freddo della pioggia. «Secondo lei si addiceva al mio cuore tenero. Io avevo perso ogni desiderio di vivere, lei invece mi ha esortato a entrare in polizia. Diceva che il lavoro dei poliziotti è quello di stare sempre dalla parte dei deboli. "Aiuta gli emarginati come te" diceva. "Diventa uno scudo contro la violenza e la discriminazione, e non sarai mai uguale a coloro che ti hanno ferita."»

«Era davvero una persona speciale per te.»

Suyeon annuì più volte, con decisione. Per convincerla, Nonna Eunshim le aveva detto che i poliziotti dovevano essere persone che, come lei, si fermavano a guardare le cose due volte. Solo così si poteva liberare il mondo dalle ingiustizie. In quel periodo, i sogni erano un lusso che Suyeon non poteva permettersi, ma, grazie alle parole di Nonna Eunshim, si era decisa a entrare nel corpo di polizia. Avrebbe prestato attenzione anche alle voci di chi veniva messo in un angolo, alle confessioni urlate ma che svanivano nel nulla perché il mondo faceva finta di non sentire. Aveva continuato a vivere per realizzare questo sogno. Il mondo voleva cancellarla, ma lei aveva resistito.

«Tu perché hai scelto questo lavoro così particolare?» chiese allora Suyeon. «Con tutto quello che potevi fare.»

Wanda fece una lunga pausa prima di rispondere.

«Per pagare le bollette. E perché ho fatto una promessa.» Il viso le si tinse di tristezza. «E sì che aveva giurato che mi avrebbe concesso uno sbaglio! Quando non ce l'ho fatta più ad aspettare, sono diventata una cacciatrice di vampiri. Pensavo che l'avrei incontrata subito, invece è passato tantissimo tempo. Ormai non mi riconoscerebbe nemmeno.»

Nonostante le parole vaghe di Wanda, Suyeon capì che non parlava di un'umana. La cosa non la stupì, viste le condizioni decisamente fuori dal comune in cui si erano incontrate la prima volta.

«Sono sicura che ti riconoscerebbe.»

«Lo credi davvero?»

Suyeon annuì, e Wanda le sorrise appena. Prima di separarsi, Suyeon le propose di andare a trovare l'infermiera Seo Nanju insieme, ma Wanda rifiutò. Aveva la testa affollata di pensieri, e così la detective non la trattenne.

Si fece mezzanotte, ma Nanju non si vedeva da nessuna parte. Provò a chiamarla, ma il telefono suonava a vuoto. "Che stia lavorando?" si chiese. Controllò per l'ennesima volta l'ora sull'orologio da polso.

Pensando che forse non l'aveva vista entrare in ospedale, Suyeon spense l'auto e si avviò verso la clinica. Alla reception c'era solo un'infermiera, la quale, stanca e irritata, la informò che Nanju non si era presentata e che non riuscivano a contattarla. Suyeon corse fuori. Appena entrata in auto, rovistò fra la pila di documenti sul sedile del passeggero e recuperò quello con le informazioni di Nanju.

Una pallida luce verdognola illuminava l'interno dell'ascensore. Suyeon aspettava nervosa di raggiungere il dodicesimo piano, ma quell'aggeggio era lento e incredibilmente rumoroso. Finalmente, si fermò con un sobbalzo. La porta si aprì su un lungo corridoio dove si affacciavano appartamenti uno dopo l'altro. Non c'erano finestre e le pareti sembravano dipinte di fresco. Le poche lampade ancora in funzione emanavano un bagliore fioco. Suyeon controllò i numeri sulle porte alla ricerca dell'interno 1210. Si ripeteva che era tutto a posto, che avrebbe trovato tutto in ordine. Ma quando arrivò di fronte al 1210, le sue scarpe calpestarono qualcosa di appiccicoso. Suyeon guardò davanti a lei e fece un respiro profondo. Abbassò lo sguardo. Alzò il piede. Una goccia di liquido rosso e viscoso colò sul pavimento. La detective indietreggiò. Dalla fessura della porta di casa di Nanju il sangue fuoriusciva lento, invadendo il corridoio.

Una donna uscì dall'appartamento accanto per fumare una sigaretta. I suoi occhi si fermarono su di lei, poi sul pavimento. Un urlo riecheggiò nel corridoio.

Wanda

«No» sussurrò Wanda scuotendo la testa.

Doveva alzare la voce. Forse non l'aveva sentita. Avanzò di un passo e stava per aprire di nuovo la bocca, ma era troppo tardi. "No, non mi ha sentita... devo gridare... Il tetto è troppo alto..." Avrebbe dovuto dirgli che gli umani muoiono se cadono da un'altezza del genere. Sperava che improvvisamente dalla schiena di Maurice si spiegasse un paio di ali. Sperava che, prima che toccasse terra, suo padre diventasse minuscolo. Solo così l'impatto non sarebbe stato fatale. Ma Maurice non si trasformò. Privo di ali, il suo fragile corpo di umano era destinato a frantumarsi, più vulnerabile della statuetta in porcellana che le pendeva dal collo. Quella fragilità la disarmava. "Perché il mio respiro è così caldo?" Le sembrava potesse ustionarle la pelle. Aveva la bocca e la gola in fiamme. "Il calore può bruciare anche i suoni?" A Wanda sembrava di sì. Riusciva a parlare attraverso quel gelo, ma le sue parole venivano distrutte dal calore prima che avessero la possibilità di diventare udibili.

Fiocchi di neve rotondi cadevano morbidi sul corpo di suo padre, nascondendolo al mondo. La pozza di sangue sparì sotto quella coltre bianca; sembrava che Maurice si fosse sdraiato per fare un angelo di neve. Di fianco a lui, Wanda era un albero di pino imbiancato. Con gli occhi spalancati, osservò il camino sul tetto. La luna scarlatta che si affacciava all'orizzonte era gigantesca, sembrava il sole. Forse lo era davvero. Forse questo era solo un sogno. Per sbaglio, era finita in un mondo di notti illuminate da un sole scarlatto. Nulla qui era reale. Ogni cosa, ogni emozione era al contrario.

Gli occhi di Wanda fissavano la figura maschile appollaiata sul tetto. Un vampiro. Scivolò giù e la raggiunse. «Mi sono sbagliato» disse. «Deve aver bevuto troppo vino, il sangue sa di stantio.» Sembrava dispiaciuto. Maurice aveva in mano una busta con un panino. Il vampiro la indicò, e per qualche motivo si sentì in dovere di informarla che cibi grassi come quello ungevano il sangue. Wanda lo fissò apatica, poi spostò lo sguardo sul corpo di Maurice, dietro il vampiro. Non pensò di fuggire. Continuava a chiedersi perché Maurice non si rialzava. Lo aveva visto mentre cadeva, ma la sua mente continuava a cancellare quella scena. Maurice, in mezzo alla neve, sembrava avere freddo. Wanda voleva portarlo a letto, sotto le coperte. Il vampiro tese la mano verso di lei, ma non fece in tempo a toccarla: il suo corpo si sollevò in aria, schiantandosi contro la casa di Wanda, e cadde a terra. Lily spuntò correndo dalla foresta, simile a un lupo grigio. Mostrava minacciosa i canini e le unghie affilate, negli occhi fissi sul vampiro la ferocia di un animale a caccia. Ansimante, la ragazza non guardò Wanda. "È un sogno, non c'è dubbio..." Il vampiro si tolse la neve di dosso, si rialzò e si gettò verso Lily. Lei gli prese il volto tra le mani e lo schiacciò a terra. Il vampiro rise incredulo. «C'è davvero bisogno di arrabbiarsi così? Basta con questi scherzi, non serve a niente lottare fra di noi.» Doveva essere un compagno di Lily. Lei però non rispose con la stessa affabilità. Lo afferrò per i capelli e lo scaraventò di nuovo contro il muro. Questa Lily era diversa da quella che Wanda conosceva.

La ragazza aveva dimenticato che la sua amica era in grado di scagliare oggetti per parecchi metri con un solo braccio. Dopotutto, cosa poteva aspettarsi da una creatura che uccideva esseri umani senza battere ciglio? Il vampiro si pulì dal sangue che gli scorreva sulla fronte. Vedendo Lily marciare verso di lui, prese il martello usato da Maurice per rompere il ghiaccio delle tubature, ma fu inutile. La mano di Lily si strinse attorno al suo polso, che si piegò in maniera innaturale. Le urla non durarono a lungo. Di nuovo, Lily lo afferrò per i capelli e gli sbatté ripetutamente la faccia contro al muro. Wanda, che la stava fissando da dietro, spostò la sua attenzione su Maurice. Rispetto a quel vampiro ormai ridotto a un grumo di sangue, il corpo immacolato di suo padre riposava in pace. Wanda si avvicinò e si inginocchiò al suo fianco, posando delicatamente la testa di Maurice sul proprio grembo.

Nonostante il corpo fosse ancora caldo, la neve lo stava raffreddando in fretta. Provò a trascinarlo via da lì, ma sembrava impregnato d'acqua talmente era pesante. Era come se le radici degli alberi si fossero avviluppate attorno al suo corpo e non lo lasciassero andare. In quel momento, incrociò lo sguardo di un ragazzo al di là della recinzione.

Era lì da un po', da prima che arrivassero sia Maurice sia il vampiro. Wanda lo aveva visto anche altri giorni, mentre girava intorno alla casa. «Aiutami» lo chiamò. «Aiutami a portare Maurice in ospedale. Non gli ha sottratto troppo sangue, potrebbe farcela! Ci metterà qualche mese a riprendersi dalla caduta, ma può sopravvivere... Dobbiamo portarlo in ospedale prima che si congeli completamente, prima che le radici lo avvolgano del tutto!» All'improvviso, il ragazzo sorrise e Wanda scorse i canini affilati e gli occhi luminosi.

Da qualche parte si sentì il rumore di qualcosa che si spaccava. Il suono di un tronco che veniva tagliato. Un collo spezzato. Il suono di una vita che si spegneva. Wanda non si girò. Chiuse gli occhi per un istante, le palpebre tremanti mentre lacrime le scorrevano giù per le guance. Udì dei passi avvicinarsi. Non aveva bisogno di guardare per sapere che era Lily. Anche se il sole avesse inghiottito ogni suono del mondo, Wanda avrebbe riconosciuto i suoi passi ovunque.

Quando riaprì gli occhi, il ragazzo era sparito. Wanda voleva che Lily scomparisse come quel ragazzo. Forse l'aveva detto ad alta voce, ma non si ricordava. Abbracciò il corpo freddo di Maurice e lo implorò con tutta se stessa: «Non abbandonare questo mondo. Non diventare una parola morta. Rimani in questa foresta assolata con me. Non congelare. Non andare. Non infrangere la nostra promessa. Non lasciarmi sola.

«Non diventare un lupo grigio che si nasconde dagli umani».

Suyeon

Dopo aver osservato con attenzione l'appartamento, Chantae raggiunse Suyeon nel corridoio. In mano aveva la carta d'identità di Nanju. Prese il cellulare per controllare i dati, ma Suyeon lo precedette.

«Seo Nanju, nata a Nowon-gu nel 1986, laureata in Infermieristica all'università di Gyeonggi. Prima della sua assunzione al Cheolma, tre anni fa, lavorava per una clinica di chirurgia plastica a Nowon-gu, quella coinvolta nel caso di spaccio di morfina, nonché il motivo del suo cambio nome da Seo Yeongeun a Seo Nanju. È solo una mia supposizione, ma credo somministrasse morfina anche ai pazienti del Cheolma in cambio di denaro. Se fosse ancora viva, avremmo potuto chiederglielo di persona.»

Suyeon si avvicinò al cadavere della donna, coperto da un lenzuolo bianco. Era morta seduta con la schiena contro la porta. L'assassino aveva usato un coltello da cucina. Prima di essere estratta, la lama aveva squarciato l'addome, perforando gli organi. Nonostante il danno subito ai tessuti interni, la causa del decesso era stata l'emorragia. Quando la polizia e i paramedici erano sopraggiunti, il corpo ormai era cristallizzato nella posizione in cui era morta. Dovevano essere passate cinque o sei ore a giudicare dal rigor mortis. Suyeon era arrivata a casa di Nanju a mezzanotte e ventuno, il che significava che la morte era avvenuta fra le sei e le sette di sera. Dopo il tramonto. Suyeon sollevò il lenzuolo e osservò gli occhi sbarrati di Nanju. S'infilò dei guanti in lattice e controllò viso e collo. "Non ci sono." Esaminò le clavicole, le braccia, i polsi. Niente. Nessuna traccia che un vampiro avesse succhiato abbastanza sangue per ucciderla. Stava per lasciare la mano di

Nanju quando notò alcune unghie rotte. Il sangue lì era secco, segno che aveva opposto resistenza.

Una X contrassegnava il punto in cui il coltello era caduto, di fianco alla coscia destra. Al momento del ritrovamento, Nanju stringeva ancora il manico dell'arma con la lama rivolta verso l'addome, ma era solo una pessima messinscena. Era raro che una persona che si pugnalava allo stomaco facesse in tempo a sfilare il coltello, senza contare che solitamente un suicida avrebbe scelto di tagliarsi le vene. Chi aveva inscenato questo teatrino era stato approssimativo di proposito. Tutti i presenti sulla scena avevano capito subito che non si trattava di un suicidio. Allo stesso tempo, era difficile pensare che potesse essere un omicidio. L'appartamento di Nanju si trovava al dodicesimo piano e, stando alle registrazioni delle telecamere nel corridoio, non c'era stato nessun visitatore nelle dieci ore precedenti all'incidente. Avevano controllato le riprese più e più volte, ma, a parte Nanju, nessuno era entrato o uscito dal monolocale. Le opzioni erano due, una più inverosimile dell'altra: un omicidio misterioso senza risposte, oppure un orribile suicidio.

Suyeon però sapeva esattamente chi fosse il colpevole. Una creatura che si muoveva solo dopo il tramonto e non aveva bisogno della porta d'ingresso per entrare. Una folata di vento smosse le tende e la detective si rese conto che la finestra era aperta. Si avvicinò. Gocce di sangue sul davanzale. Era indubbio che fosse opera di un vampiro, ma non capiva perché avesse deciso di compiere un vero e proprio omicidio invece che ucciderla succhiandole il sangue. Chantae la raggiunse e spalancò le tende.

«Cosa penseresti se l'assassinio fosse un essere soprannaturale?» chiese Suyeon con un tono piatto. Poi aggiunse: «Mi rendo conto che non ha senso».

«Sinceramente lo preferirei. Sarebbe più facile.»

«E se fosse davvero così?»

Suyeon si fece seria e Chantae le restituì lo stesso sguardo, ma solo per un attimo. La colpì con un pugnetto sulla spalla.

«Finalmente fai qualche battuta anche tu!»

Chantae iniziò a elencare i vari indizi che aveva trovato. Suyeon non poteva mettersi a blaterare di vampiri. La gente l'avrebbe derisa come aveva fatto lei quando Wanda aveva tirato fuori l'argomento. Dopotutto, la prima impressione che aveva avuto di lei era che fosse una pazza furiosa.

«Ma come faceva a vivere qua?» esclamò Chantae. «Il frigo è vuoto, nemmeno una bottiglia d'acqua! Sarà anche stata da sola, ma dai, nemmeno una coscia avanzata di pollo fritto? Niente neanche nel cestino, la casa è praticamente vuota. Forse aveva dei problemi con qualcuno e stava cercando di fuggire? In quel caso avremmo il nostro colpevole. La prima cosa da fare è controllare le persone che conosceva, vedere se troviamo qualcosa di sospetto che possa darci un'idea del movente. Sempre che sia un omicidio! Aspettiamo di vedere cosa dicono le impronte digitali. Stiamo anche sentendo i familiari, magari possiamo richiedere un'autopsia, ma procediamo per gradi. Intanto andiamo, non c'è niente qui. Sembra la casa di un fantasma.»

Chantae se ne andò per primo. Suyeon stava per seguirlo, quando le tende si mossero. Si voltò. Non tirava un alito di vento.

In macchina con Chantae, diretti alla stazione di polizia, Suyeon scrisse un messaggio a Wanda:

> Seo Nanju è morta. Credo sia opera di un vampiro, ma non andare sulla scena. Per ora è classificato come omicidio, potresti finire fra i sospettati.

Si fece pomeriggio, e Wanda ancora non rispondeva.

Jiseon, il medico legale, concluse che non si trattava di una ferita autoinflitta considerando la posizione e la profondità del taglio. La forza con cui il coltello aveva trapassato l'addome era tale che solo il manico sporgeva, e la lama si era fermata giusto qualche centimetro prima di perforare la schiena. Una lesione di questo genere era stata provocata, molto probabilmente, da un uomo adulto. Quando Chantae chiese se fosse davvero impossibile che si trattasse di suicidio, Jiseon riconobbe che esisteva una minuscola percentuale di possibilità, ma dubitava che una persona fosse in grado di procurarsi da sola un tale dolore. Bisognava anche considerare che Nanju aveva opposto resistenza; purtroppo, però, sotto le unghie non avevano trovato tracce del DNA del colpevole. Dagli esami risultò che aveva ingerito del sonnifero; tuttavia, non era una quantità sufficiente per sospettare un suicidio. Nanju sembrava semplicemente soffrire di una brutta insonnia.

La scientifica confermò che le uniche impronte sul coltello erano quelle della donna, e che in casa avevano trovato solo due orme che non le appartenevano. La cosa insolita era che entrambe erano di persone entrate con le scarpe, ma siccome dalle telecamere nessuno risultava aver visitato l'appartamento nell'ora presunta dell'omicidio, erano inutili. Nella stanza dell'autopsia, Chantae camminava avanti e indietro, in preda alla frustrazione. Si schiarì la gola e si sedette di fianco a Suyeon per allacciarsi le scarpe.

«È per questo che tenevi d'occhio l'ospedale? Sospettavi che le infermiere somministrassero morfina illegalmente?» Ripiegato su se stesso, le sue parole le arrivarono attutite.

«Una cosa del genere.»

«Cosa te l'ha fatto pensare?»

«Tutte quelle morti nello stesso ospedale, mi suonava strano. Sai benissimo che se invece di essere accaduto in una clinica di riabilitazione per anziani fosse successo in un ospedale generale, sarebbero partite subito le indagini.»

«Certo, ma in questo caso avevamo delle circostanze particolari che indicavano una direzione specifica. Non potevamo ignorarle. In un altro ospedale, queste circostanze sarebbero venute a mancare e, sì, avremmo aperto un'indagine. Ma sai bene che al Cheolma...» Chantae lasciò la frase in sospeso, incapace di dire quello che pensava davvero: in quella clinica, togliersi la vita era l'opzione migliore. «Mi sembra ovvio che questa volta avevi ragione tu. Un detective deve iniziare subito a indagare, se ha dei sospetti. Hai imparato bene.»

«Merito di Eungyeong.»

«Eungyeong, eh? Già, lei era proprio quel tipo di detective... Ehi, ma questo caso non ti sembra simile a quello che stava seguendo? Quello in cui il sospettato cui era appresso si è suicidato? C'erano già abbastanza prove per incolparlo, in più Eungyeong ha rincarato la dose usando le maniere forti durante gli interrogatori. Il tipo soffriva di schizofrenia e quando durante il processo le cose si sono messe male, lui ha sparato le solite stronzate, che era stato costretto, che non aveva cattive intenzioni, bla bla. Comunque, quando hanno controllato in casa dell'uomo, hanno trovato un sacco di informazioni su Eungyeong: nome, numero di telefono, indirizzo... Forse voleva vendicarsi di lei o lasciare un qualche messaggio, chissà. La famiglia è impazzita e ha minacciato di denunciarla. Alla fine, non se n'è fatto nulla, ma Eungyeong si è presa del tempo con il pretesto di riflettere sul suo approccio. Da allora, tutti noi siamo un po' sul chi va là all'idea di dare le nostre informazioni a eventuali sospettati.»

Era la prima volta che sentiva questa storia, ma Suyeon non era sorpresa. Era un comportamento che si addiceva a Eungyeong. Per quanto ne sapeva lei, poteva benissimo essere stata molto più violenta di quanto i suoi colleghi supponessero. Chantae si schiarì la gola.

«Nell'appartamento di Nanju c'era un foglio con il tuo numero. Mi hanno chiamato poco fa. Prima però mi hai detto che se fosse stata ancora viva, avremmo potuto chiederle di persona cos'era successo. Seo Nanju non sapeva che sospettavi di lei?»

Suyeon rimase in silenzio. Qualsiasi cosa avesse detto non avrebbe risolto i dubbi di Chantae.

«Allora? Non dici niente?»

Suyeon scosse la testa.

«Ho capito. Puoi andare. Sappi comunque che non ti sarà assegnato questo caso, anche se lo stavi seguendo tu. Torna quando arrivano i rinforzi, così possiamo trasferire tutto il materiale e rispondere alle loro domande. Io controllo ancora le registrazioni delle telecamere e poi me ne vado.»

Suyeon si limitò ad annuire. Chantae si alzò e se ne andò.

Una volta che anche Jiseon se ne fu andata, Suyeon rimase da sola con il corpo di Nanju. L'infermiera aveva tenuto il suo numero, il che dimostrava che aveva avuto l'intenzione di chiamarla. Per dirle cosa? I morti sembravano sempre così pacifici, come se volessero dire ai vivi che, una volta lasciato questo mondo, tutto perdeva di significato. Seo Nanju però non avrebbe dovuto far parte di queste persone. Suyeon aveva ancora troppe cose da chiederle. Voleva urlare: "Svegliati, cosa ci fai lì sdraiata?", ma era troppo tardi. Mandò giù la rabbia che minacciava di esplodere se solo avesse aperto bocca. Tremante, respirò a fondo per calmarsi e solo allora cominciò a fare domande a quel corpo senza vita, domande che non avrebbero trovato risposta. Voleva sapere cosa fosse successo, cosa voleva dirle, chi l'aveva uccisa, se anche lei aveva incontrato un vampiro, e se davvero lo aveva aiutato.

«Perché l'hai fatto? Perché hai sfruttato la solitudine di umani come te?»

Anche quando si catturava il colpevole e un caso veniva chiuso, alcune cose rimanevano ignote. La voce dei morti non faceva mai parte del territorio delle indagini. I morti rimanevano morti, lasciando sempre aspetti irrisolti.

Erano passate cinque ore da quando aveva scritto a Wanda, ma non aveva ancora ricevuto risposta. Suyeon si preoccupò che potesse andare a ficcanasare sulla scena come le volte precedenti. Un caso di omicidio veniva trattato in maniera diversa da uno di suicidio. Tutti i residenti del complesso sarebbero stati considerati dei sospettati e come tali interrogati, così come chiunque fosse passato nelle vicinanze al momento del delitto e ogni numero nella rubrica di Nanju. I suoi colleghi al Cheolma erano probabilmente già stati contattati dalla polizia. Non ne sarebbe venuto fuori niente di buono se Wanda avesse attirato l'attenzione degli agenti su di sé. Quella se ne andava sempre in giro per l'ospedale fingendo di essere una detective... Presa dall'ansia, Suyeon provò a chiamarla, ma, proprio come si aspettava, la donna non rispose.

Si fecero le otto di sera, e ancora non c'erano notizie dalla squadra di rinforzo. Dopo aver lanciato qualche sguardo a Suyeon, Chantae si mise a dormicchiare. Suyeon tossì un paio di volte, rumorosamente, e aprì e chiuse con forza i cassetti della sua scrivania. Chantae non si mosse. Una volta confermato che non si sarebbe svegliato, Suyeon afferrò la sua pistola e lasciò l'ufficio.

La pioggia iniziò non appena Suyeon arrivò al complesso di appartamenti. Un'aura di morte vi aleggiava attorno, rendendolo più desolato e inquietante di quelli accanto. Svuotato della maggior parte dei suoi residenti, il silenzio era assordante. Dopo la notizia dell'omicidio, molti avevano deciso di passare la notte da un'altra parte, e non poche persone si erano affrettate a disdire i loro contratti di affitto. Suyeon entrò al piano terra, dove il custode che aveva visto quella mattina era mezzo addormentato. L'uomo si svegliò di soprassalto, sorpreso di vederla lì, ma appena la riconobbe si tirò su, pensando che fosse venuta a fargli delle domande riguardo al caso. Sembrava spaventato. Suyeon lo salutò con un cenno del capo e quando lo superò, il custode fece un sospiro di sollievo. Chantae l'avrebbe cercata appena si fosse svegliato e sarebbe andato su tutte le furie una volta saputo che era tornata sulla scena del crimine. Era preoccupato per lei. Suyeon non poteva essere considerata fra i sospettati, ma nel caso improbabile in cui si fosse trattato effettivamente di suicidio, sarebbe potuta diventare colei che aveva spinto la vittima a uccidersi.

Il corridoio deserto del dodicesimo piano le ricordò delle rovine abbandonate. A ogni passo le sembrava di sentire ancora il sangue appiccicoso sotto le suole. La porta d'ingresso dell'appartamento di Nanju l'accolse come un mostro dalle fauci spalancate, pronto a inghiottirla. Faceva sempre freddo nei luoghi dove si era verificata una morte. Fra colleghi scherzavano che era colpa del fantasma del defunto che rimaneva lì a gironzolare. Una battuta da far venire i brividi, ma quel giorno più che mai Suyeon avrebbe voluto incontrare l'anima di Nanju e finalmente trovare risposta alle domande che le bruciavano dentro. Purtroppo, però, Suyeon non si era mai imbattuta in nessun fantasma nel suo lavoro. I morti potevano parlare solo attraverso le tracce che lasciavano dietro di loro. Questa era la maledizione dei vivi, prigionieri della carne, impossibilitati a incontrare i morti.

La tenda svolazzò: la finestra era ancora aperta. "No" si rese conto Suyeon, "prima era chiusa." Qualcuno l'aveva aperta. Nonostante sapesse che era inutile, strinse il calcio della pistola nella tasca interna della giacca. L'arma era più che altro una sicurezza per se stessa. Uno sparo avrebbe allarmato i vicini, che avrebbero chiamato la polizia. Anche se il vampiro si fosse mostrato di fronte a lei, Suyeon sperava che sarebbe scappato all'arrivo di altre persone, per mantenere segreta la sua esistenza. Superò il letto e afferrò le tende. Le aprì con uno strattone. Il davanzale era vuoto. Una risata si alzò da un punto dietro di lei. Lì, nascosto nell'oscurità, c'era l'artefice di tutte quelle morti. Un'ombra si allungò verso di lei, e lentamente emerse la figura di un uomo. Si ricordò come Wanda aveva descritto i vampiri: un viso dalla pelle bianca e immacolata, labbra rosso scarlatto. L'oro degli occhi, dono divino. Un corpo affusolato e meraviglioso. Creature impossibili da dimenticare, il cui ricordo non svanisce nemmeno a occhi chiusi. Un solo sguardo, e potevi riconoscerli anche in mezzo alla folla.

Bagnato dalla testa ai piedi, il vampiro le sorrise. I suoi occhi dorati brillavano come stelle, inchiodandola sul posto. Le labbra scarlatte si schiusero. Quel viso bello da mozzare il fiato sembrava scolpito nel ghiaccio. Mentre lo fissava, Suyeon comprese finalmente cosa aveva voluto dire Wanda quando li aveva descritti. I pallidi raggi di luna illuminavano la sua pelle liscia come petali di un fiore di loto, le guance modellate in un sorriso. Lo sguardo di Suyeon si mosse dal naso dritto alle labbra ben disegnate, per poi risalire fino a quegli occhi folgoranti, incorniciati da lunghe ciglia. L'uomo protese una mano verso di lei, pronto a stringere la sua. Tesa come una corda di violino, Suyeon gli puntò la pistola contro. Lui non si scompose.

«Ulan De Fayeur, piacere. Chiamami pure solo Ulan.» Il suo sorriso morbido pareva gentile e affettuoso. «So che mi stai cercando. So anche che pensi io stia facendo qualcosa di orribilmente malvagio.»

Suyeon avrebbe voluto rispondere, ma le sue labbra non collaboravano. Era una sensazione completamente diversa da quando aveva scoperto che Greta era un vampiro: le sembrava che Ulan avrebbe potuto ucciderla da un momento all'altro.

«Quelle persone mi desideravano.» Il suo sguardo e la sua voce intrisi di tristezza erano tinti di bramosia. «Io ho scelto loro, e loro me. Non abbiamo fatto altro che dare l'uno all'altro ciò di cui avevamo bisogno: la benedizione della salvezza. Loro mi hanno salvato donandomi il sangue, io offrendo loro una morte indolore.»

Che costa stava facendo? Perché ammetteva le sue colpe? Suyeon non riusciva a comprendere le vere intenzioni dietro il comportamento di Ulan.

«Io ho il potere di salvarli. Il loro dio non li aiuta. Io, al contrario, non riesco a ignorare il dolore terreno. Dio ha creato questo mondo, un inferno in terra, per poi lavarsene le mani. Un essere spietato, non trovi? Potrebbe sterminare il mondo intero, e invece non prova nemmeno ad alleviare le piccole tragedie di un individuo. Sono io il loro redentore. *Io* gli ho detto di riporre la loro fede in me solo, perché non fingo di non vedere la loro tristezza e solitudine.»

«Quante stronzate.» Suyeon fu grata che la sua voce non tremasse.

«Approccio solo umani che mi desiderano disperatamente, persone divorate da una solitudine che non hanno scelto, la cui vita ha perso di significato. Persone per cui il proprio respiro è un tormento, per cui ogni giorno è uguale al precedente, intrappolate in un corpo che non è il benvenuto da nessuna parte. Guardami: la mia razza vive più a lungo della vostra, e questo perché abbiamo imparato a bilanciare la fame dilagante con la solitudine. La morte non è qualcosa da temere, ma un rifugio dagli orrori del mondo, la perfetta redenzione.»

Ulan osservava Suyeon appoggiato al davanzale della finestra. Un lieve sorriso gli danzò sulle labbra, ma un attimo dopo inarcò le sopracciglia. Qualcosa non lo soddisfaceva. Si allontanò dal davanzale e fece un passo verso Suyeon.

«Che strano. Perché non scappi?»

La detective indietreggiò, ma sapeva che non poteva più fuggire. Dal momento in cui era entrata in quella casa, era spacciata. Il gocciolio regolare del rubinetto catturò la sua attenzione e si girò verso la cucina: una spugna completamente secca, il detersivo per i piatti quasi finito, delle posate di plastica che sostituivano quelle in metallo. Ulan si passò lentamente una mano sulla guancia.

«Perché voi umani vi buttate nelle braccia della morte se vi spaventa così tanto? Anche quando sapete benissimo che sarà inevitabile. È un controsenso.»

Ulan aveva ragione, ma Suyeon era venuta consapevole di quello a cui andava incontro. Il colpevole tornava sempre sul luogo del delitto e lei voleva stanarlo. Sapeva benissimo che la sua pistola non le sarebbe servita a niente, eppure eccola lì. Proprio come aveva detto Ulan, gli umani erano esseri contraddittori. A volte si buttavano volontariamente nel pericolo perché senza rischio la vita era solo una mera imitazione della morte. Il giorno in cui era morta, Eungyeong sapeva che sarebbe successo. Negli umani esistono dei meccanismi ignoti che portano istintivamente a temere la morte, una memoria genetica che la riconosce e che quel giorno avevano urlato a Eungyeong che era giunta la sua ora.

"Mi sono sempre chiesta perché sono nata così. Perché sono tormentata dal desiderio di fare ciò che altri mi vietano. Ormai ho accettato questo mio carattere, ma tu, Suyeon, insegui la tua curiosità. Solo così puoi sopravvivere." Le ultime parole di Eungyeong le riecheggiarono nella testa. Suyeon l'aveva odiata per questo. Se non voleva che diventasse come lei, Eungyeong le avrebbe dovuto dire che a volte bisognava evitare certe situazioni. Invece le aveva insegnato che gli umani, anche a un passo dalla morte, hanno qualcosa da proteggere, qualcosa che vogliono realizzare a discapito della propria vita. E così, ora, Suyeon doveva soddisfare la sua curiosità. Perché proprio quell'ospedale? Perché Nonna Eunshim? Perché Nanju? La paura la stava pian piano abbandonando. L'essere che aveva davanti non era diverso dalla miriade di criminali che aveva incontrato prima di lui. Non importava che non fosse umano. Nessun criminale lo era.

«Hai ucciso Seo Nanju, vero?»

Ulan annuì.

«Perché?»

«Ha iniziato ad avere paura, e voleva uccidermi. Ho provato a toglierle il coltello dalle mani per calmarla, e alla fine...» Alzò le braccia scuotendo la testa. Per lui era tutto un gioco. «Non ho potuto farci niente.»

«In che rapporti eravate?»

«Una relazione simbiotica. Io ho ucciso per lei, e lei ha lavorato per me. Trovava fra i pazienti quelli stanchi di vivere.» Ulan schioccò la lingua con un tocco di rimpianto. «Senza fiducia questo tipo di relazione non può esistere. Non avevo intenzione di ucciderla, ma lei credeva che l'avrei fatto. Ci credi che ieri quando mi ha visto mi ha minacciato con quello stupido coltello? Era terrorizzata, non sono riuscito a fermarla.»

Suyeon lo fissò negli occhi.

«E perché... perché hai ucciso Nonna Eunshim?»

Non voleva davvero sentire la risposta; aveva la sensazione che fosse una motivazione banale. Avrebbe preferito non confermare che una morte potesse essere priva di nobiltà o significato, ma doveva sapere perché aveva ucciso Nonna Eunshim. Anche se il tormento sarebbe stato insopportabile.

«Mi dava i nervi il modo in cui mi ignorava. Non odiarmi troppo: quella vecchia *voleva* morire. Hai visto la sua lettera. L'ha scritta di suo pugno, io non ho fatto niente.»

Ulan parlava con estrema calma, ma Suyeon non era sorpresa. L'uomo che aveva ucciso Eungyeong si era comportato allo stesso modo. Anche lui aveva detto che aveva ucciso per rabbia, con la stessa espressione annoiata di uno studente a lezione.

«La donna con cui vai in giro» ricominciò Ulan camminando lento per la stanza. «Ha tutti i mezzi a disposizione per fermarmi, ma sceglie di non farlo. Praticamente è la mia personalissima stalker! Mi osserva, sperando che prima o poi la sua fidanzatina si faccia viva. Non le importa di chi muore nel frattempo. È davvero frustrante. Non mi piace sentirmi usato. Anni fa ha fatto la stessa cosa. Ha lasciato che un vampiro succhiasse il sangue di suo padre finché non ci è rimasto secco. Una morte orribile, molto peggio di quello che è successo alla tua cara nonnina.»

Suyeon ripensò a ciò che le aveva detto Wanda: "Mai farsi incantare dalle parole di un vampiro".

Ulan stava cercando di provocarla con menzogne ben fabbricate, ma Suyeon non si sarebbe lasciata ingannare così facilmente. Non avrebbe perso il controllo. Non sarebbe stata al suo gioco. Ulan la studiò. L'espressione di Suyeon era indecifrabile. Si accigliò, deluso.

«Sei meno emotiva di quanto credessi.»

«Non mi farò abbindola...»

«Non era nemmeno la tua vera nonna.»

Ulan scoppiò a ridere, mentre nell'appartamento rimbombarono due colpi di pistola. Il primo sparò a vuoto, il secondo trapassò la spalla del vampiro, che inarcò le sopracciglia portando una mano alla ferita. "Anche se dovessi credergli, non cambierebbe niente." La persona che amava aveva già lasciato questo mondo e non sarebbe mai più tornata. Niente poteva riportarla indietro...

Suyeon premette di nuovo il grilletto. Questa volta mirò al cuore. Ulan barcollò per la forza dell'impatto, ma niente di più. Irritato, passò una mano sul punto dov'era entrata la pallottola come se fosse un semplice graffio.

«Odio questa ferraglia, serve solo a uccidere. Una vera e propria opera del diavolo.»

Suyeon non si scompose. Sapeva che non poteva fargli nulla. Fredda come ghiaccio, sparò ancora e ancora. Sperava che le ferite avrebbero avuto un qualche impatto, ma quell'illusione sparì non appena

Ulan le strappò la pistola di mano. Ormai disarmata, Suyeon fissò la canna dell'arma puntata alla sua testa.

«Non hai proprio paura, eh? Detesto quello sguardo impudente. Intanto mettiamo via questa, che ne dici? Non vale barare.» Ulan infilò la pistola nella tasca del cappotto e guardò fuori dalla finestra. «Sapevo che la pioggia avrebbe portato nebbia, ma guarda che roba! Non si vede a un palmo dal naso. Mi piacciono le notti così. Ottime per nascondersi, perfette per uccidere.»

Ulan l'afferrò per il collo e la trascinò attraverso la stanza. Suyeon si agitò cercando di opporre resistenza, ma contro di lui non era altro che un patetico insetto che dibatteva disperatamente le ali nel tentativo di liberarsi. Ulan la scagliò in un angolo. Suyeon si schiantò contro lo scaffale della cucina prima di afflosciarsi sul pavimento. Aveva sbattuto su un angolo appuntito e un dolore lancinante si irradiò dalle costole, tagliandole la voce. Provò a rialzarsi, ma ogni tentativo risultava in una fitta più dolorosa. Udì Ulan avvicinarsi, ma se non riusciva nemmeno a sedersi, scappare era fuori discussione. Si aggrappò con tutte le forze che le erano rimaste a una caviglia del vampiro senza mollare la presa. Era l'unica cosa che poteva fare se voleva catturare quel mostro.

Ulan la sollevò afferrandola per il mento. Le sue unghie lunghe e scure le si conficcarono come coltelli nel collo e nelle guance. Ebbe la sensazione che sotto quella pressione i suoi zigomi si sarebbero frantumati. Lottò per liberarsi, ma Ulan le torse il braccio destro con una facilità disarmante. Un urlo squarciò l'aria. Suyeon si morse le labbra tremanti fino a farle diventare bianche, poi abbassò lo sguardo. Il viso di Ulan era una maschera di calma.

«Neanche io credevo di essere in grado di serbare rancore così a lungo nei confronti di un'umana. Pensavo che avrei dimenticato il passato e vissuto la mia vita come se niente fosse. Ma quando l'ho rivista, l'ho riconosciuta subito, nonostante gli anni trascorsi. Com'è possibile che *lei* abbia dimenticato *me*? No, no, sa chi sono, ha solo deciso di ignorarmi, esattamente come l'ultima volta.»

Suyeon non aveva idea di cosa Ulan stesse blaterando, ma una certezza l'aveva: quel vampiro aveva sprecato buona parte della sua lunga vita, almeno metà di quella di un umano, a rincorrere un'ombra del passato. Con fatica, Suyeon riuscì a sputare fuori qualche parola.

«Gli umani... non si aggrappano alle cose... a lungo come te... Solo così... possiamo sopravvivere.»

Se cinque anni equivalevano a mezzo secolo per un vampiro, allora un ricordo vago per un umano era invece vivido come se fosse accaduto ieri per uno di quegli esseri. Ma gli umani non rimanevano legati al loro passato. Trovavano sempre una via d'uscita. Dimenticavano, seppellivano, si rassegnavano e si preparavano ad accogliere nuovi mondi.

Con un colpo secco, Ulan le piegò la testa all'indietro. Suyeon si chiese se forse non aveva riposto troppo fiducia in Wanda. Dopotutto l'aveva appena conosciuta, che motivo aveva di mettere la sua vita nelle mani di quella donna? Ma Suyeon si fidava del suo istinto risvegliato e scatenato dalla voglia di sopravvivere; lo stesso istinto che le aveva suggerito che Wanda si meritava la sua fiducia. Non rimase delusa nemmeno questa volta. Attraverso le palpebre semichiuse, Suyeon scorse una figura familiare: la donna era in piedi all'entrata, sulla porta spalancata, che li fissava. "Giusto in tempo." Suyeon le rivolse un debole sorriso, ma il suo sguardo si offuscò e non fu in grado di capire se Wanda avesse risposto al saluto.

Distratto dal pensiero che presto avrebbe affondato i denti nella carne della sua preda, Ulan non si era accorto di Wanda. Lei stessa si era mossa furtiva, tanto che anche Suyeon ci aveva messo un po' a notarla. In mano teneva un coltello a doppia lama, affilato come un rasoio. Ricordava un pugnale usato dai cavalieri nel Medioevo, ma invece di decori sfarzosi, il manico era avvolto in stracci che lo facevano sembrare niente più che vecchia spazzatura. Ferma a osservare la scena, Wanda non sembrava intenzionata a salvare Suyeon.

Aspettava che Ulan squarciasse le sue vene. Se Suyeon l'avesse chiamata, lui l'avrebbe abbandonata per rivolgersi alla sua nuova preda. Nonostante la paura, Suyeon non poteva far altro che fidarsi di Wanda. Così, quando i canini di Ulan le penetrarono la pelle del collo e un lampo bianco le balenò di fronte agli occhi, mentre le forze l'abbandonavano, Suyeon lo circondò in un abbraccio serrato, per permettere al pugnale di Wanda di ucciderlo una volta per tutte. Nauseata dopo aver perso così tanto sangue, gocce di sudore freddo le imperlarono il corpo. Il velo bianco di fronte a lei svaniva e ricompariva, fino ad avvolgerla completamente. Un rumore simile a un tuono risuonò nella stanza. Uno sparo... Ma Suyeon non riusciva ad aprire gli occhi.

Era ancora notte quando riprese coscienza.

Non sapeva per quanto fosse rimasta svenuta, ma non doveva essere passato molto tempo. Era ancora distesa sul parquet freddo. Un gemito le fuoriuscì dalle labbra. Percepì una presenza poco lontano.

Le palpebre pesanti si rifiutavano di sollevarsi. Fece uno sforzo, e finalmente i due lembi di pelle si aprirono come un taglio nella carne. "Cos'è... Un mostro a due teste? No, no... due persone." Aveva ancora la vista offuscata. Raccolse le ultime forze che le erano rimaste e aggrottò le sopracciglia. Provò ad alzare la braccia deboli, ma riuscì solo a muovere la punta delle dita. Al secondo tentativo, l'ultimo frammento della sua anima sembrò sgusciare via da lei. Sentiva ancora il battito regolare del cuore, il suono di quel muscolo che lavorava per pompare sangue. La mano nel suo campo visivo era pallida, le pulsazioni nella sua spalla sinistra l'unico indizio che fosse ancora viva. La nebbia stava cercando di infilarsi nella stanza, impedendole la vista con la sua oscurità. Suyeon guardò di nuovo la figura a due teste.

Wanda spinse il coltello conficcato nell'addome di Ulan più a fondo. I loro volti erano talmente vicini che i respiri si intrecciavano. Le mani insanguinate di Ulan avvolgevano quelle di Wanda, tremanti. Suyeon si sforzò di mantenere gli occhi aperti.

Sangue cremisi sgorgava dalla ferita mentre la voce di Ulan impastava un groviglio di lingue che Suyeon non comprendeva del tutto. Sembrava predicare la sua innocenza. "Non hai alcun diritto di odiarmi, non ti ho fatto nulla di male." Wanda usò il suo peso per affondare ancora di più l'arma nella carne, finché la punta non emerse dalla schiena di Ulan. Contorto dal dolore, dalle sue labbra scaturì un urlo feroce. Wanda rimase sorda a quei lamenti.

«Esistono tre situazioni in cui la vittima può essere salvata.» La sua voce era di una calma glaciale. «Quando l'assassino non la uccide, quando se ne impedisce l'omicidio, e quando non si lascia sfuggire l'ultima possibilità di sopravvivenza.»

Wanda rigirò la lama nella ferita e il grido di Ulan riverberò nel cielo notturno. Conficcò le unghie affilate nelle braccia della donna, trapassando la pelle della giacca e infilandosi nella carne, ma Wanda rimase silenziosa, le mani salde sul coltello.

«Sapevi che quel mostro sarebbe venuto a casa nostra. Per questo eri lì quel giorno, per vedermi morire. Ma allora avresti dovuto fermare quel bastardo quando si è scagliato contro un uomo innocente. Avresti dovuto salvarlo quando era a terra che lottava per il suo ultimo respiro. Quando ho urlato, quando ti ho supplicato, avresti dovuto aiutarmi. Vuoi che ti racconti di nuovo tutto? Di come ti ho visto mentre ridevi? Allora? Sei felice adesso?»

"È sangue quello sulle mani di Wanda? Mi sembra esausta..."

«Perché? Perché non hai fatto niente? Ti ha dato gioia osservare mio padre morire? Vedere la ragazza che amavo lasciarmi?»

Ulan non poteva rispondere. Allentò la presa su Wanda. Le sue braccia scivolarono senza vita sui fianchi, immobili.

Era morto. Il mostro che aveva divorato migliaia di vite umane era stato ucciso dal coltello di Wanda.

Suyeon avrebbe voluto dirle che avevano vinto, ma le mancava la forza anche solo per sorridere. Il mondo attorno a lei girava mentre un'ondata di nausea la travolse. Lasciando cadere il coltello, Wanda si staccò dal corpo di Ulan, ma incapace di reggersi in piedi, crollò a terra. Suyeon tese una mano verso di lei, ma Wanda era troppo lontana. Tutto ciò che sentiva era la calda viscosità del sangue. Il suo sguardo seguì quel liquido rosso. Sperava con tutta se stessa che appartenesse a Ulan, ma gli occhi si fermarono sull'addome di Wanda.

Nebbia fitta. Corpi pesanti. Sangue scuro. In quel disordine, la notte rimaneva silenziosa, come se la foschia avesse inghiottito ogni suono. Come se nulla fosse accaduto. Suyeon rivide davanti a sé l'incubo cui aveva assistito, il gelo immutabile che l'aveva avvolta. Voleva afferrare Wanda prima che diventasse fredda come Ulan, ma il suo corpo non collaborava. "Perché sono sempre un passo indietro?"

«Wanda» chiamò in un sussurro.

Ma Wanda non la guardò.

Il costante alzarsi e abbassarsi del petto le diceva che era ancora viva, ma sembrava aver perso ogni volontà di vivere. Fissava il soffitto con occhi vuoti. Suyeon odiava quello sguardo vacuo, lo stesso che aveva visto in Nonna Eunshim, Nanju ed Eungyeong. Incrociando lo sguardo con quei buchi neri, il vento gelido della morte arrivava fino ai vivi.

Suyeon voleva urlare a Wanda di combattere per sopravvivere. Di non abbandonarsi alla morte. "Che qualcuno chiami un'ambulanza! Fermate tutto questo sangue!"

La nebbia cominciò a dissiparsi, svelando una luna rossa. Suyeon si ripulì dallo strato di sangue che le ricopriva gli occhi e vide una donna entrare dalla finestra.

"È un'umana?" La donna si avvicinò a Wanda e Suyeon notò che era un vampiro come Ulan, ma c'era qualcosa di diverso in lei. La donna s'inginocchiò di fianco a Wanda. I suoi capelli lunghi e neri incorniciavano un viso pallido dalle labbra color cremisi. Indossava scarpe blu e calzini gialli. "Che vampiro strano."

Suyeon le osservò fin quando non perse di nuovo i sensi. La donna accarezzò i capelli impregnati di sangue di Wanda. Si piegò a pochi centimetri dal suo viso e la guardò negli occhi, poi avvolse le dita attorno al ciondolo che Wanda portava al collo. Suyeon la sentì sussurrare qualcosa, ma non capì quello che stava dicendo. Wanda prese le mani della donna fra le sue e con un leggero strattone si tolse la collana e la consegnò al vampiro.

Suyeon la udì bisbigliare qualcosa, ma anche questa volta non riuscì a capire.

La donna si presentò dicendo di essere una detective. Sul braccio destro aveva una cicatrice lunga quindici centimetri, un taglio profondo probabilmente inflitto da un coltello affilato. Nonostante sembrasse una ferita vecchia, risultava ancora molto nitida, come se fosse passato troppo tempo prima che venisse ricucita. Non era l'unica cicatrice che aveva, ma quella in particolare catturò l'attenzione di Suyeon. Un coltello... Sdraiata sul letto d'ospedale, Suyeon si ricordò del coltello che aveva trafitto il cuore di Ulan. La donna richiamò la sua attenzione con un colpo di tosse, e Suyeon si girò di nuovo a guardarla.

«Se non se la sente, posso tornare più tardi. Dorma ancora un po'.»

«No, sto bene, grazie.» Suyeon scosse la testa.

Quando si era risvegliata, si era ritrovata in un letto d'ospedale, lontana dal cemento del vecchio edificio di Nanju. Chantae, rimasto a sorvegliare la stanza, le aveva detto che aveva dormito per due giorni, durante i quali era stata operata, e gli infermieri avevano dovuto cambiarle le lenzuola quattro volte, perché gli incubi orribili che aveva la notte la infradiciavano di sudore. Chantae fece per chiederle qualcosa, ma fu interrotto dall'arrivo di quella donna. Era una detective della sezione investigativa della polizia di Incheon Ovest e da quel momento in poi il caso di suicidio e morfina del Cheolma su cui Suyeon aveva indagato sarebbe passato a lei.

Suyeon osservò il gesso al suo braccio destro. "Una frattura?" Ci picchiettò sopra, ma era troppo spesso e non sentì niente. La donna prese una sedia dall'angolo della stanza e la sistemò accanto al letto di Suyeon. Si sedette, tirò fuori un registratore, lo fece partire e lo posizionò sul tavolino lì di fianco. Solitamente, bisognava chiedere il permesso prima di registrare il resoconto di un caso, ma la donna doveva aver intuito che per Suyeon andava bene e aveva omesso ogni convenevole, andando dritta al punto.

«Detective, da adesso in poi ha l'obbligo di raccontarmi tutto.»

Suyeon annuì.

«Inizierò dettagliandole il rapporto della nostra squadra riguardo al caso e dopo può confermare o specificare le discrepanze.»

«Va bene.»

Aveva la gola secca. Avrebbe voluto dell'acqua, ma non se la sentiva di chiedere, e così si limitò a passarsi la lingua sulle labbra. La donna aprì la cartellina che aveva in mano e ne estrasse un foglio A4. Scorse con lo sguardo il contenuto.

«Il rapporto dice che nel periodo tra il 14 febbraio e il 25 aprile, all'ospedale di riabilitazione Cheolma si sono verificati sei casi di suicidio. Lei, detective, ha cominciato a sospettare che si trattasse di un suicidio di massa l'11 aprile, il giorno del quinto incidente.»

La donna fissò Suyeon per conferma e lei annuì. Saltò alcuni paragrafi non essenziali e iniziò a leggere i punti salienti.

«Vedo qui che, secondo lei, questi suicidi non erano dovuti a una depressione o a influenze esterne, ma piuttosto sono stati istigati da qualcuno. Ha poi scoperto che l'infermiera Seo Nanju, impiegata al sesto piano del Cheolma, aveva in passato ricevuto soldi in cambio di somministrazione illegale di morfina ai pazienti di una clinica dov'era impiegata. La sua ipotesi è che questi suicidi siano avvenuti sotto l'effetto di allucinazioni indotte da sostanze stupefacenti e...» La donna lasciò la frase in sospeso e mostrò una foto a Suyeon. «La sospettata è morta, corretto?»

Suyeon rimase impassibile di fronte al cadavere maciullato di Nanju. Si accorse che la donna stava studiando la sua espressione. Le sue domande non miravano semplicemente ad avere i dettagli del caso: era un interrogatorio vero e proprio. Voleva scoprire perché Suyeon stesse indagando da sola su un caso del genere e capire quale verità si celava dietro la morte di Seo Nanju. Stava creando una nuova lista di sospettati.

«Lei, detective, è stata trovata a casa della vittima da sola.»

Da sola.

Quelle parole rimbombarono nella sua mente.

«I dottori mi hanno messo al corrente delle condizioni in cui era quando è arrivata in ospedale. Ci sono due cose che mi chiedo. La prima è: perché tornare a casa di Seo Nanju quella notte, senza avvertire nessun collega? La risposta più ovvia è che lei fosse andata per indagare, ma devo considerare anche altre ipotesi.»

Suyeon annuì, dimostrando che comprendeva appieno i suoi dubbi.

«In secondo luogo, mi incuriosiscono le condizioni in cui lei è stata trovata. Fratture al braccio destro e alle costole, più una grave emorragia. Se i soccorsi fossero arrivati anche solo un attimo dopo, lei sarebbe morta, detective.»

La donna si interruppe di nuovo. I suoi occhi assetati di verità somigliavano a quelli di un falco che non molla la preda. Sperava che fosse Suyeon a dire per prima quella parola a cui lei stessa non poteva credere. Continuò il suo interrogatorio, consapevole che quanto stava per dire era ridicolo.

«Lei non presenta nessuna ferita che possa spiegare l'emorragia, e non è stato rinvenuto sangue nel punto dov'è svenuta. Non capisco.»

La reazione più naturale probabilmente sarebbe stata mostrarsi sorpresa e incredula, ma Suyeon rimase immobile, lo sguardo fisso in quello della donna.

«L'unico sangue che è stato trovato sulla scena non apparteneva a lei, detective.»

La donna le consegnò una foto del parquet insanguinato, ma non era di Suyeon: il suo sangue non aveva mai toccato il pavimento.

«Alcuni testimoni hanno sentito dei colpi di pistola, e sulla scena ci sono tracce di sangue di altri individui. L'unica pistola rinvenuta, però, è la sua, così come le impronte digitali. L'unica persona trovata sulla scena è sempre e solo lei, detective. Le telecamere di sorveglianza nel corridoio mostrano una donna che entra in casa di Seo Nanju proprio nell'orario in cui lei si trovava lì, ma non è mai uscita. *Puff*, sparita nel nulla. E dalle registrazioni si vede che la stessa donna aveva fatto visita a Seo Nanju il giorno prima della sua morte. Abbiamo poi scoperto che lei e questa donna eravate, come dire... partner. Una delle infermiere del Cheolma lo ha confermato.»

Fissò Suyeon con insistenza. Non solo la persona con cui aveva condotto le indagini non faceva parte della polizia, ma era addirittura andata a casa della vittima, sia il giorno precedente all'incidente sia la sera stessa. E non era mai stata vista uscire. Suyeon non aveva risposte. Non poteva certo dire che probabilmente Wanda era scappata arrampicandosi giù per il muro esterno dell'edificio. L'unica cosa che riuscì a sputare fuori fu che Wanda conosceva Nanju.

Sembrava fosse esattamente la reazione che la donna si aspettava.

Rilassò le spalle tese e sorrise scoraggiata. Sospirò, raccolse i documenti e si alzò.

«Sarà meglio che oggi si riposi ancora, tornerò domani per...»

«Mi ricordo.»

La donna la osservò, poi si rimise subito a sedere.

«Ricordo tutto. Voglio collaborare.»

Era dovere di un detective condividere le sue indagini. Per Suyeon il problema non era parlare di ciò che era successo, quanto più rivelare ogni dettaglio. Se davvero avesse riferito tutto a quella donna, le avrebbe creduto? Suyeon immaginava che la risposta fosse no.

«Probabilmente non crederà a molte delle cose che le dirò, e va bene così. L'importante è che mi ascolti.»

La donna annuì, le sembrava una richiesta ragionevole. Suyeon partì a raccontare da quando aveva iniziato ad avere sospetti riguardo i suicidi.

La donna lasciò l'ospedale a notte fonda, e al suo posto giunse la pioggia, quasi fosse una visita programmata. Suyeon, sdraiata su un fianco, fissava le gocce picchiettare sulla finestra. Ripensò a tutto ciò che aveva raccontato alla detective. Le era sembrata turbata, ma non poteva biasimarla. Era il tipo di storia che avrebbe potuto farla internare in un ospedale psichiatrico, se mai fosse venuta fuori. Suyeon si era aspettata che la donna se ne sarebbe andata deridendola non appena avesse aperto bocca; invece, era rimasta ad ascoltarla e aveva accettato quel racconto, dimostrando una grande apertura mentale. Prima di andarsene, la donna aveva detto: «È una storia assurda, ma tutti i dettagli e l'ordine degli eventi tornano».

Suyeon aveva preso quelle parole come un'ultima gentilezza nei suoi confronti.

La stanza era buia e silenziosa. Se alzava la testa, fuori dalla porta vedeva figure che facevano avanti e indietro nel corridoio. "E se ne parlassi anche con quegli agenti?" Se nemmeno loro le avessero creduto, forse avrebbe dovuto ammettere che era stato tutto frutto della sua immaginazione. Suyeon sollevò il braccio destro, pesante a causa del gesso. Corrugò le sopracciglia al vivido ricordo del dolore che aveva provato alla mano. Poi, una fitta sconosciuta le attraversò la spalla. Si mise a sedere e, con le dita libere dalla fasciatura, si passò una mano alla sinistra del collo. Lentamente, tracciò una linea fino alla spalla, dove si fermò. Eccoli. I due fori.

Poteva quasi sentire la risata di Wanda. Era incredibile che proprio lei fosse diventata uno dei sopravvissuti all'attacco di un vampiro. "Dove sarà adesso?" Le tornò in mente il viso della donna che aveva accarezzato i capelli di Wanda. Il suo inspiegabile sesto senso le diceva che la sua partner era ancora viva.

Suyeon fu dimessa due settimane dopo. Era stata sottoposta ad altri interrogatori durante il suo soggiorno in ospedale, ma senza corpo non c'era nessun crimine e, a causa di tutte quelle domande senza risposta, le indagini andavano a rilento. Suyeon si era aspettata che Wanda le facesse visita e aveva spesso tenuto d'occhio la finestra, ma non si presentò mai. Fu Chantae che la raggiunse mentre si preparava in solitaria a lasciare l'ospedale. Mostrandole le chiavi della macchina, il suo capo le prese la borsa e la precedette fuori dalla stanza.

Chantae le aveva detto di dormire nel tragitto fino a casa, ma Suyeon non si sentiva stanca. Seduta nel posto del passeggero, aprì il finestrino per sentire l'aria che finalmente si stava scaldando. Nonostante il cielo fosse coperto, il vento tiepido era piacevole sulla pelle. Stava osservando le foglie verdi degli alberi che correvano lungo la strada quando Chantae le comunicò della chiusura del Cheolma.

«Dove hanno mandato tutti i pazienti ricoverati lì?» chiese Suyeon dopo un attimo di silenzio.

«Alcuni sono tornati dalle famiglie, altri invece sono stati trasferiti in ospedali migliori.»

«Oh. Meno male.»

Suyeon lasciò che il vento le accarezzasse il viso. Un'altra stagione era passata. I nuvoloni in cielo minacciavano pioggia da un momento all'altro. Chantae rimase in silenzio per un po' prima di aprire bocca di nuovo. Ogni parola era misurata.

«Quella detective mi ha raccontato tutto, sai? Mi ha fatto promettere di non dirlo a nessuno, anche perché non ha molta rilevanza nel caso.»

Il mondo andava avanti tranquillo. La guerra che Suyeon temeva non era ancora scoppiata. Le persone vivevano indisturbate, ignare dell'odore del sangue.

«Dopotutto, con un trauma come quello che hai subito, non sarebbe strano se soffrissi di amnesia temporanea.»

A Suyeon non dispiacque questa soluzione. Anzi, era meglio così. Non faceva differenza se quello che era successo fosse realtà o finzione. Aveva perso un'altra persona. Ora capiva perché la vita doveva finire: il dolore per la morte di una persona amata non svaniva mai. Sopportarlo per l'eternità avrebbe reso l'esistenza un inferno.

«Ne hai viste tante, ma passerà anche questa. Semplicemente il tuo mondo è un po' più vasto e buio di quello degli altri, ma cosa vuoi che sia! Con il lavoro che facciamo, non abbiamo molta scelta.»

Chantae si fermò a un semaforo. Mentre guardava fuori dal finestrino, Suyeon scorse un volto familiare in mezzo alla folla. Lo seguì con lo sguardo: Greta. Viveva tra gli umani come se niente fosse, respirando la stessa aria, un sorriso sulle labbra. Il cielo scuro finalmente spremette l'acqua dai nuvoloni grigi, e i passanti, uno dopo l'altro, aprirono i loro ombrelli. Solo Greta continuò a camminare serena sotto la pioggia. Quando notò Suyeon, le fece un cenno con la mano.

Proprio come aveva detto Chantae, era tutto come prima, con l'unica differenza che il loro mondo era più vasto e buio, l'odore della solitudine più distinguibile che in quello degli altri.

«Loro però sono sempre al nostro fianco» disse Suyeon. «Dobbiamo stare attenti. L'unico modo per proteggerci è non lasciare nessuno da solo.»

Nascosti in angoli bui, lontano dagli occhi della gente, i vampiri sarebbero sempre stati alla ricerca del sangue dei dimenticati.

NOTA DELL'AUTRICE

Conoscevo una signora che mi considerava sua figlia. Sapeva che non ero effettivamente sua figlia, ma chiamarmi così le portava gioia. Ha passato un anno ricoverata in ospedale prima di essere dimessa e poi, per fortuna, è andata a vivere con la sua famiglia. Così si è concluso il periodo in cui ho avuto due madri.

Ci tengo a dire che non tutti gli ospedali sono luoghi bui come il Cheolma di questo romanzo. Per stare accanto a mia madre, credo di aver visitato ogni tipo di struttura sanitaria, dagli enormi ospedali universitari fino ai centri di riabilitazione con ricovero a lungo termine. Alcuni erano a dieci minuti di macchina, mentre per altri dovevo guidare due ore. I ricoveri più corti sono stati di sei mesi, i più lunghi, invece, sono duranti anche tre anni. Ho camminato per quei corridoi talmente spesso da abituarmi all'odore di disinfettante tipico degli ospedali, tanto che ormai non lo sento neanche più; ho imparato a riconoscere le invisibili lotte di potere fra le corsie, soprattutto nelle strutture con ricovero a lungo termine. Ogni piano ha i suoi "pezzi grossi" e ci sono regole non dette che stabiliscono l'ordine per fare la doccia, per usare la lavatrice o il microonde. È proprio quando mi sono ritrovata immersa in questa piccola società che ho deciso di scrivere una storia ambientata in un ospedale, anche se il romanzo che avevo in mente allora non era questo.

Le guardiane della notte è una versione rivista di *Sopravvissuti: 0,* storia che ho presentato al concorso di scrittura di Safehouse nella seconda metà del 2019. Nonostante il racconto non sia stato selezionato, è piaciuto a Hayden, editor di Safehouse, che ne ha reso possibile la pubblicazione. Alla nostra prima riunione, Hayden mi ha chiesto quale fosse il significato di questo romanzo e la mia risposta è stata simile a quello che ho scritto poco fa: «Gli ospedali sono diventati la mia seconda casa. Ultimamente ne sto frequentando uno che si trova in una zona commerciale deserta, e i familiari non vengono quasi mai a trovare i pazienti. È come se, ormai diventati inutili per la società, fossero stati abbandonati in questo ospedale. Vorrei scrivere un romanzo che esorti la gente a non lasciare queste persone da sole».

Nel processo di revisione, mi sono concentrata soprattutto sulle relazioni tra i personaggi, riducendo le parti che riguardavano i pazienti, e mi preoccupava l'idea di aver dipinto il Cheolma in maniera troppo lugubre. Tuttora mi resta il dubbio, motivo per cui vorrei sfruttare questo spazio per spiegare le mie scelte, anche se in ritardo. Esistono ospedali felici, dove il personale e i pazienti vivono in armonia e i familiari vanno a far visita ogni giorno. Dove, anche in tempi di pandemia quando non era possibile vedere i pazienti, le persone passavano a lasciare cibo per gli infermieri.

Il messaggio che volevo dare è racchiuso nelle ultime parole di Suyeon, e questa lunga storia mi ha aiutato ad arrivarci. È stato un percorso difficile, e ci sono stati momenti in cui mi sono sentita persa. Ho finito la bozza nell'agosto del 2020 e ho continuato a revisionarla fino a febbraio 2021. Ancora non sono sicura di aver trovato la strada giusta, ma credo che sia migliorata molto dalla prima stesura: ho tenuto solo un terzo della versione originale.

Nel processo di scrittura, l'autore perde spesso la strada, torna al punto di partenza, e questa danza si sussegue a lungo. Vorrei quindi ringraziare le mie editor Hayden e Mo per avermi costantemente sostenuto e consigliato, aiutandomi a navigare le preoccupazioni e le difficoltà incontrate per strada. Sono stati loro i primi a chiedermi cosa volessi dire non solo con questo romanzo, ma con la mia scrittura. Di frequente mi ritrovavo sdraiata a letto a domandarmi perché scrivessi, e il loro costante supporto mi ha aiutato a trovare chiarezza.

Mi chiedo se esista un romanzo di cui l'autore non rimpiange niente. Ne dubito, ma nel frattempo lascio queste pagine in mano ai miei lettori.

Maggio, 2021
Cheon Seon-ran

GLOSSARIO

Banchan: piccoli piatti di cibo, spesso definiti "contorni", serviti insieme al riso.

Bokjumeoni: piccolo sacchetto tradizionale coreano, grande poco più del palmo di una mano, usato come portafortuna.

Goshiwon: minuscolo monolocale tra i 3 e i 6 metri quadrati.

Guksu: spaghetti coreani.

Haejangguk: zuppa generalmente utilizzata come cura per i postumi di una sbornia. Di solito consiste in cavoli Napa essiccati, verdure e carne in un abbondante brodo di manzo.

Hanbok: abito tradizionale coreano. È composto da una parte superiore (*Jeogori*) indossata sia da uomini sia da donne, e da una parte inferiore che consiste in un'ampia gonna (*Chima*) per le donne e in pantaloni larghi per gli uomini (*Baji*).

Jjajangmyeon: piatto sino-coreano costituito da spaghetti accompagnati da una salsa densa a base di pasta di fagioli dolce, maiale a dadini e verdure.

Kimchi jjigae: piatto tipico della cucina coreana a base di pancetta di maiale, tofu e cavolo fermentato (*kimchi*).

Miyeokguk: zuppa di alghe che si mangia per tradizione in Corea ai compleanni.

Ramyeon: noodle istantanei.

Sangju: secondo la tradizione, ruolo ricoperto normalmente dal primogenito o da un nipote maschio che sovrintende le esequie del parente defunto. Il suo compito va dalla scelta degli abiti per il defunto alla buona riuscita della cerimonia nell'osservazione di tutti i riti previsti dalla tradizione.

Sundaeguk: zuppa di frattaglie.

Suneung: noto anche come CSAT (College Scholastic Ability Test), il Suneung è l'esame per accedere alle università coreane. Questo test viene sostenuto lo stesso giorno di novembre da tutti i giovani coreani che desiderino iscriversi a un'università.

Ugeojiguk: zuppa di cavolo, ravanello e verdure.

Unni: letteralmente il termine significa "sorella maggiore", e viene utilizzato da donne più giovani per riferirsi a una sorella e a una donna più grande.

Yangjangpi: antipasto influenzato dalla cucina cinese a base di verdure e frutti di mare.

Certificato PEFC
Questo prodotto è realizzato con materia prima da foreste gestite in maniera sostenibile e da fonti controllate
PEFC
PEFC/18-32-03
www.pefc.it

Mondadori Libri S.p.A.

Questo volume è stato stampato
su carta HOLMEN
con fibra vergine proveniente da foreste sostenibili holmen.com/paper
presso ELCOGRAF S.p.A.
Stabilimento - Cles (TN)

Stampato in Italia - Printed in Italy